김용준

김용준 지음

청소년이
읽 ‥ 는
우리 수필

10

돌베개

김용준 ─청소년이 읽는 우리 수필 10

김용준 지음

2004년 10월 15일 초판 1쇄 발행

펴낸이 한철희 ┃ 펴낸곳 돌베개 ┃ 등록 1979년 8월 25일 제406-2003-018호
주소 (413-832) 경기도 파주시 교하읍 문발리 파주출판도시 532-4
전화 (031)955-5020 ┃ 팩스 (031)955-5050
홈페이지 www.dolbegae.com ┃ 전자우편 book@dolbegae.co.kr

편집장 김혜형
책임편집 이경아 ┃ 편집 김희동·박숙희·윤미향·서민경·김희진 ┃ 교정 최양순
디자인 이은정·박정영 ┃ 인쇄·제본 영신사

ISBN 89-7199-199-2 04810
　　　 89-7199-168-2 04810(세트)

책값은 뒤표지에 있습니다.

이 도서의 국립중앙도서관 출판시도서목록(CIP)은 e-CIP 홈페이지
(http://www.nl.go.kr/cip.php)에서 이용하실 수 있습니다.(CIP제어번호: CIP2004001741)

김용준

청소년이
읽 . . 는
우리 수필

10

'청소년이_ 읽는_ 우리_ 수필'을_ 펴내며_

컴퓨터와 인터넷이 우리 삶 속으로 깊숙이 들어온 오늘, 책 읽기는 한 편으로 밀려난 듯합니다. TV나 영화 같은 영상 매체가 우리의 감성을 지배한 지 이미 오래입니다. 또 전자 게임이나 애니메이션, 또는 VTR이나 DVD 영상 매체 등이 특히 청소년의 정서나 감각에 지대한 영향을 미칩니다. 그래서 이른바 영상 세대로 불리는 오늘날의 청소년은 문자보다는 이미지로 자신을 표현하는 데 더 익숙합니다. 그런 만큼 청소년들은 책을 통해 지식이나 정보를 얻는 것보다 영상을 통해 얻는 것이 더 편안하고 쉽다고 생각합니다. 그렇다고 청소년의 독서 능력이나 이해력이 곧바로 떨어진다고는 할 수 없지만, 아무래도 예전보다 책을 덜 읽는다는 사실은 부정하기 어려울 것입니다. 오늘날은 지식과 정보를 받아들이는 경로가 그만큼 다양해졌기 때문입니다.

이러한 상황에서 더욱 중요한 것은 정보의 처리 방식입니다. 어떤 경로를 통해 정보를 얻든, 그 정보를 체계화하고 논리화해야 할 필요가 있습니다. 그런데 정보의 체계화는 기본적으로 다양하고 풍부한 정보의 축

적과 저장이 있어야 가능합니다. 다시 말해, 많이 보고 많이 듣고 많이 생각해야 한다는 것입니다. 이 말은 글쓰기의 3요소라 불리는 다독(多讀), 다작(多作), 다상량(多商量)과 비슷합니다. 그 중에서도 가장 기본은 많이 읽는 것입니다. 그만큼 독서가 중요합니다.

오늘날 청소년들은 입시 제도의 중압으로 고통받고 있습니다. 교과서 밖에 나오는 글이나 생각에 눈을 돌릴 겨를이 없다고 합니다. 입시에 필요한 지식과 정보만을 취할 뿐, 그외의 것에는 관심조차 두지 않는 실정입니다. 그러나 그렇게 얻은 지식은 눈앞의 목표에는 쉽게 이르게 할지 모르나, 광대하고 심오한 인류의 유산이나 새로운 미래의 세계를 이해하는 데는 별로 도움이 되지 않습니다. 그리고 궁극적으로는 자신을 좁은 세계에 가두고 맙니다. 폭넓은 독서를 통해 세상을 더 넓게, 더 깊게 이해하는 눈을 가져야 합니다. 우리는 이런 점에 주의를 기울이면서 청소년이 쉽고 재미있게 책과 친해질 수 있도록, '청소년이 읽는 우리 수필'을 기획했습니다.

많이 읽는 것도 좋지만, 좋은 글을 가려 읽는 일도 중요합니다. 세상에는 청소년들이 알아야 할 것이 너무도 많습니다. 하지만 그 가운데 어떤 것이 좋은가를 알아차리기는 쉽지 않습니다. 그만큼 독서의 방향과 내용(질) 또한 중요합니다. 개인의 취향이나 관심에 따라 읽으려는 자료와 그 내용이 저마다 다를 것입니다. 역사나 경제에 관심이 있는 사람이 있는가 하면, 과학이나 기술에 더 흥미를 느끼는 사람도 있습니다. 그러나 어떤 분야에 관심을 두든, 누구나 즐기고 또 알아 두어야 할 것이 있습니다. 그것을 일컬어 흔히 '교양'이라고 하는데, 거기에는 아름다움, 지혜 또는 진리나 선(善), 정의 등의 가치가 담겨 있습니다. '청소년이 읽는 우리 수필'을 통해 바로 이 같은 가치를 청소년들이 발견하고 느끼고 맛볼 수 있기를 기대합니다.

수필은 여러 문학 장르 가운데 누구나 쉽고 편하게 접근할 수 있는 장르입니다. 시나 소설, 드라마 같은 문학 장르들이 일정한 예술적 장치를 통해 우리 세상의 굽이굽이를 펼쳐 보여 주는 반면, 수필은 특별한 장치나 기교 없이 생활의 숨결과 느낌을 전해 주기 때문입니다.

이 기획은 우리나라 근현대의 수필 작품들 가운데 가장 빼어나고 청소년의 눈높이에 맞는 글들을 가려 뽑아 작가별 선집 형태로 묶어 낸 것입니다. 여기에는 과거 일제 식민지 시대에 아름다운 문장으로 우리말과 글을 지켜 온 지식인 문인들도 있고, 비판적 지성과 실천적 행동으로 굴곡진 우리 현대사의 전개를 바로잡기 위해 애썼던 분들도 있습니다. 이들의 삶과 생각이 진솔하게 드러나 있는 아름다운 글과 문장이 오늘을 사는 청소년들의 가슴과 머릿속에 깊이 아로새겨지기를 희망합니다.

계속 좋은 수필과 좋은 문인들을 만날 수 있는 자리를 마련하도록 애쓰겠습니다.

기획위원

차례

제3부 화가의 동무

일러두기

1. 이 책은 김용준의 산문 가운데 청소년의 눈높이에 맞는 글들을 가려 뽑아 수록한 것이며, 각 글의 출처는 따로 밝히지 아니하였다.
2. 띄어쓰기와 맞춤법은 현대 표기법에 따랐으며, 작가의 개성이 드러난다고 인정되는 경우에만 당대 표기 및 사투리를 그대로 옮겼다. 외래어 지명, 인명, 낱말 등은 원칙적으로 현대 외래어 맞춤법에 따랐으나, 원문에 인용된 시의 경우는 띄어쓰기와 맞춤법 모두 원문의 표기에 따랐다.
3. 원문의 한자어는 한글로 바꿨으며, 청소년들의 이해를 돕기 위해 일부 단어는 작은 글씨로 한자를 병기하여 그 뜻을 명확히 하였다. 병기한 한자의 음이 한글과 다른 경우에는 〔〕를 사용하여 구분하였다. 본래 한글이었던 부분도 필요에 따라 작은 글씨로 한자를 병기하였다.
4. 문장 부호(마침표, 쉼표, 물음표, 느낌표 등)나 단락은 원문 그대로 두었다.
5. 내용상 뜻풀이나 보충 설명이 필요한 단어의 경우는 본문에 *를 표시하고 책 뒤에 용어 사전을 달아 이해를 도왔으며, 더러 본래의 의미를 파악하기 어려운 경우에는 편자가 최소한의 해설을 덧붙였다. 설명이 짧은 경우는 본문 옆에 작은 글씨로 처리하였다.
6. 김용준의 생애와 문학적 의미에 관하여 이 책의 마지막에 약전을 붙여 독자의 이해를 도왔다.

그러다가 나는 다시 희멀건 조선조의 백사기를 봅니다. 희미한 보름달처럼 아름답게, 조금도 그의 존재를 자랑함이 없이 의젓이 제자리에 앉아 있습니다. 그 수줍어하는 품이 소리쳐 불러도 대답할 줄 모를 것 같구려. 고동의 빛이 제아무리 곱다 한들, 용천요의 품이 제아무리 높다 한들 이렇게도 적막한 아름다움을 지닐 수 있겠습니까.

제1부 화가의 눈

발跋*

내가 수필을 쓴다는 것은 어릿광대가 춤을 추는 격이다.

문학을 전공하는 사람들의 말을 듣든지, 내 경험으로 보아서든지 아무튼 수필이란 글 중에도 제일 까다로운 글인 성싶다.

그림 한 폭을 변변히 못 그리는 주제에 무슨 염치로 책으로까지 내게 되는지 나 자신으로서도 알 길이 없다.

다방면의 책을 읽고 인생으로서 쓴맛 단맛을 다 맛본 뒤에 저도 모르게 우러나는 글이고서야 수필다운 수필이 될 텐데…….

그러나 불행인지 행인지 모르나 마음속에 부글부글 괴고만* 있는 울분분한 마음을 어디에다 호소할 길이 없어, 가다오다 등잔 밑에서 혹은 친구들과 떠들고 이야기하던 끝에 공연히 붓대에 맡겨 한두 장씩 끄적거리다 보니 그것이 소위이른바 내 수필이란 것이 된 셈이다.

옛날 세상 같으면 서러운 심회心懷*를 필묵筆墨*에 맡겨 혼쇄渾灑*하기도 하고, 그렇지 않으면 강저江渚에 낚대낚싯대로 벗을 삼아 한평생 꿈결같이 살아 나갈 수도 있을 터인데, 현대라는 괴물은 나에게 그렇게 할 여유조차 주지 않는다.

예나 이제나 우리 같은 부류의 인간들은 무엇보다도 자유스러운 심경을 잃고는 살아갈 수 없다.

"남에게 해만은 끼치지 않을 테니 나를 자유스럽게 해 달라."

밤낮으로 기원하는 것이 이것이언만 이 조그만 자유조차 나에게는 부여되어 있지 않다.

언제나 철책에 갇힌 동물처럼 답답하고 역증役증이 나서 내 자유의 고향이 그리워 고함을 쳐 보고 발버둥질을 하다 보니 그것이 이 따위 글이 되고 말았다.

이 중에는 묵은 글도 있고 새 글도 있고, 수필 비슷한 것도 있고 화인전畵人傳 비슷한 것도 있고 군소리 비슷한 것도 있어 잡채 무치듯 뒤죽박죽으로 버무려 놓았다.

이것을 밉다 아니하고 음으로 양으로 책이 되도록 은근히 힘을 도와준 여러 친구에게 마음속으로 사의謝意를 표하지 않을 수 없다.

무자戊子 음陰 2월 초初 3일

반야초당半野草堂에서

— 『근원수필』1948에 실린 발문

발

매화

댁에 매화가 구름같이 피었더군요. 가난한 살림도 때로는 운치韻致*가 있는 것입니다. 그 수묵水墨* 빛깔로 퇴색해 버린 장지壯紙* 도배에 스며드는 묵흔墨痕*처럼 어렴풋이 한두 개씩 살이 나타나는 완자창卍字窓* 위로 어쩌면 그렇게도 소담스런*, 희멀건* 꽃송이들이 소복素服* 한 부인네처럼 그렇게도 고요하게 필 수가 있습니까.

실례의 말씀이오나 "하도 오래간만에 우리 저녁이나 같이 하자"고 청하신 선생의 말씀에 서슴지 않고 응한 것도 실은 선생을 대한다는 기쁨보다는 댁에 매화가 성개盛開* 하였다는 소식을 들은 때문이오, 십 리나 되는 비탈길을 얼음 빙판에 코방아를 찧어 가면서 그 초라한 선생의 서재를 황혼 가까이 찾아갔다는 이유도 댁의 매화를 달과 함께 보려 함이었습니다.

매화에 달 이야기가 났으니 말이지 흔히 세상에서들 매화를 말하려 함에 으래* 암향暗香*과 달과 황혼을 들더군요.

선생의 서재를 황혼에 달과 함께 찾았다는 나도 속물俗物*이거니와, 너무나 유명한 임포林逋*의 시가 때로는 매화를 좀 더 신선하게 사랑하고 싶은 사람에게는 한 방해물이 되기도 하는 것입니다.

화초를 상완賞玩*하는 데도 매너리즘*이 필요할 까닭이 있나요.

댁에 매화가 구름같이 자못* 성관盛觀*으로 피어 있는 그 앞에 토끼처럼 경이의 눈으로 쪼그리고 앉은 나에게 두보杜甫*의 시구詩句*나 혹은 화정和靖*의 고사故事*가 매화의 품위를 능히어서 좌우할 여유가 있겠습니까.

하고많은 화초 중에 하필 매화만이 좋으란 법이 어디 있나요. 정이 든다는 데는 아무런 조건이 필요하지 않는가 봅디다.

계모 밑에 자란 자식은 배불리 먹어도 살이 찌는 법이 없고, 남자가 심은 난초는 자라기는 하되 꽃다움이 없다는군요.

대개 정이 통하지 않은 소이所以*라 합니다.

연래年來*로 나는 하고많은 화초를 심었습니다. 봄에 진달래와 철쭉을 길렀고, 여름에 월계와 목련과 핏빛처럼 곱게 피는 달리아*며, 가을엔 울 밑에 국화도 심어 보았고, 겨울이면 내 안두案頭*에 물결 같은 난초와 색시 같은 수선이며 단아端雅*한 선비처럼 매화분梅花盆*을 놓고 살아온 사람입니다. 철 따라 어느 꽃 어느 풀이 아름답고 곱지 않은 것이 있으리오마는 한 해 두 해 지나는 동안 내 머리에서 모든 꽃이 다 사라져 버렸습니다. 그러나 오히려 내 기억에서 종시^{끝내} 사라지지 않는 꽃, 매화만이 유령처럼 내 신변을 휩싸고 떠날 줄을 모르는구려.

매화의 아름다움이 어디 있나뇨?

세인^{世人}이 말하기를 매화는 늙어야 한다 합니다. 그 늙은 등걸°이 용의 몸뚱어리처럼 뒤틀려 올라간 곳에 성긴 가지가 군데군데 뻗고 그 위에 띄엄띄엄 몇 개씩 꽃이 피는 데 품위가 있다 합니다.

매화는 어느 꽃보다 유덕^{有德}한 그 암향이 좋다 합니다.

백화^{百花}가 없는 빙설리^{氷雪裏}에서 홀로 소리쳐 피는 꽃이 매화밖에 어디 있느냐 합니다.

혹은 이러한 조건들이 매화를 아름답게 꾸미는 점일는지도 모르겠습니다. 그러나 내가 매화를 사랑하는 마음은 실로 이러한 많은 조건이 멸시된 곳에 있습니다.

그를 대하매 아무런 조건 없이 내 마음이 황홀하여지는 데야 어찌하리까.

매화는 그 둥치°를 꾸미지 않아도 좋습니다. 제 자라고 싶은 대로 우뚝 뻗어서 제 피고 싶은 대로 피어오르는 꽃들이 가다가 홀쩍 향기를 보내기도 하고, 또 어느 때는 제가 방 한구석에 있는 체도 않고 은사^{隱士}처럼 겸허하게 앉아 있는 품°이 그럴듯합니다.

나는 구름같이 핀 매화 앞에 단정히 앉아 행여나 풍겨 오는 암향을 다칠세라 호흡도 가다듬어 쉬면서 격동하는 심장을 가라앉히기에 힘을 씁니다. 그는 앉은 자리에서 나에게 곧 무슨 이야긴지 속삭이는 것 같습니다.

매화를 대할 때의 이 경건해지는 마음이 위대한 예술을 감상할 때의 심경과 무엇이 다르겠습니까.

내 눈앞에 한 개의 대리석상이 떠오릅니다. 그리스에서도 유명한 페이디아스*의 작품인가 보아요.

다음에 운강雲崗과 용문龍門*의 거대한 석불*들이 아름다운 모든 조건을 구비하고서 내 눈앞에 황홀하게 나타납니다.

그러나 수유須臾*에 이 여러 환영들은 사라지고 신라의 석불이 그 부드러운 곡선을 공중에 그리면서 아무런 조건도 없이 눈물겹도록 아름다운 자세로 내 눈을 현황眩慌*하게 합니다.

그러다가 나는 다시 희멀건 조선조의 백사기白砂器*를 봅니다. 희미한 보름달처럼 아름답게, 조금도 그의 존재를 자랑함이 없이 의젓이 제자리에 앉아 있습니다. 그 수줍어하는 품이 소리쳐 불러도 대답할 줄 모를 것 같구려. 고동古銅*의 빛이 제아무리 곱다 한들, 용천요龍泉窯*의 품이 제아무리 높다 한들 이렇게도 적막한 아름다움을 지닐 수 있겠습니까.

댁에 매화가 구름같이 핀 그 앞에서 나의 환상은 한없이 전개됩니다. 그러다가 다음 순간 나는 매화와 석불과 백사기의 존재를 모조리

매화

잊어버립니다. 그리고 잔잔한 물결처럼 내 마음은 다시 고요해집니다. 있는 듯 만 듯한 향기가 내 코를 스치는구려. 내 옆에 선생이 막 책장을 넘기시는 줄을 어찌 알았으리요.

요즈음은 턱없이 분주한 세상이올시다. 기실실제로 나 남 할 것 없이 몸보다는 마음이 더 분주한 세상이올시다.

바로 일전며칠 전이었던가요. 어느 친구와 대좌마주 앉음하였을 때 내가 "X 선생 댁에 매화가 피었다니 구경이나 갈까?" 하였더니 내 말이 맺기도 전에 그는 "자네도 꽤 한가로운 사람일세" 하고 조소비웃음를 하는 것이 아닙니까.

나는 먼 산만 바라보았습니다.

어찌어찌하다가 우리는 이다지도 바빠졌는가. 물에 빠져 금시에 죽어 가는 사람을 보고 "그 친구 인사나 한 자였다면 건져 주었을걸" 하는 영국풍의 침착성은 못 가졌다 치더라도, 이 커피는 맛이 좋으니 언짢으니, 이 그림은 잘되었느니 못 되었느니 하는 터수*에 빙설을 누경履經*하여 지루하게 피어난 애련한 매화를 완상翫賞*할 여유조차 없는 이다지도 냉회冷灰*같이 식어 버린 우리네의 마음이리까?

         ―정해丁亥 입춘 X 선생 댁의 노매老梅*를 보다.

말과 소

마차馬車가 앞을 서고 우차牛車가 뒤미처 따라간다. 말이란 놈은 허울 걸모양 좋은 털을 푸르르 날리면서 그 길지막한* 다리를 보기 좋게 성큼성큼 떼어 놓는 양모습이 돈 관貫*이나 좋이봬 없앤다는 외입쟁이*다.

뒤에 따르는 소란 놈은 어떠냐.

이놈은 갈 데 없는 촌놈이다. 촌놈에도 상복喪服 입은 촌놈이다.

그 험상궂은 상판*에 무지스런* 뿔다귀뿔하며, 여북*하면 얼음에 자빠진 쇠눈깔이란 소리까지 듣는 번들번들한 눈깔딱지눈곱하며, 게다가 걸음걸이조차 느레고자처럼 느릿느릿 걷는 양*이 저러고서야 '그놈 소 같은 놈'이란 욕설이 아니 생길 수 없으리만큼 그놈은 미련해 보인다.

나는 지금 이 좋은 대조로* 걸어가고 있는 두 놈의 짐승을 번갈아 생각하고 있다.

말이란 놈은 그 윤기가 자르르 흐르는 미끈한 몸집이 '은안백마'
銀鞍白馬[*]라든가, "다락같은 말"[*]이라든가 하는 미문여구 美文麗句[*]로써
과연 한번 불러 보고도 싶고 쓰다듬어 보고도 싶은 짐승이다. 말은 그
보다도 잔월 殘月[*]이 서산에 기울어 풀 한 포기 없는 모래 언덕 위에 고
독하게 세워 놓고 "말아, 다락같은 말아" 하고 시인이면 불러 보렴직
도 한 짐승이다.

말은 이렇게 환상의 동물, 낭만의 동물로 귀염받기에 시인에게뿐
만 아니라 예나 이제나 많은 화가들도 흥미 있는 소재로서 채관 彩管[*]
을 들은 이가 또한 많다.

조선 말기의 화가로 유명한 장승업 張承業[*] 같은 이도 말을 그리기
여간 흥미를 가진 이가 아니었고, 프랑스의 규수 閨秀[*] 화가 마리 로랑
생 Marie Laurencin[*] 같은 이는 거의 말만을 상습[*]적으로 그리다시피 한
분이다.

현대의 화가들도 말을 비애 悲哀[*]의 상징으로 혹은 초현실의 표징 表
徵[*]으로 재현 再現[*]하기에 힘쓰는 이가 많다. 어쩐 일인지 말은 동양 사
람이나 서양 사람이나 혹은 시로 혹은 그림으로 각가지 갖가지 표현 방
법으로써 이 동물을 우려먹기[*]에 인색하지 않았다. 그러나 말과 달라
소란 놈은 그렇지 않다. 소의 성격이 동적 動的[*]이라기보담은 차라리 정
적 靜的[*]인 탓인가. 화려하기보담은 차라리 검소한 탓인가. 서양 사람으
로서 소를 제재[*]로 하고 소를 찬미한 작품은 그다지 찾아보지 못했다.

그럼으로써도 소를 그린 화가는 공교롭게도* 동양 사람에 많다. 허다한 서양 화가들 중에서 소를 그린 화가란 별로 기억되는 작가가 없다.

그놈의 걸음걸이, 그놈의 말 없는 양, 고요하게 참선參禪*하는 중과: 같은 그놈의 성격이 동양 사람에게 맞음이런가. 예로부터 소를 노래한 시가詩歌가 동양에는 수없이 많다. 그림으로도 많다. 그중에도 소 잘 그리기로 유명한 퇴촌退村 김식金埴* 같은 이의 작품을 보면 그 어리석은 표정이 우리에게 무한한 자비를 던져 주는 것 같아서 저절로 소에게 경애하는 마음이 생기게 된다.

더구나 불교에서는 소를 진리 혹은 도道에다 비기었으니*, 유명한 「심우가」尋牛歌*가 곧 그것이다.

이렇게 식자간識者間*에는 유서가 깊은 소이언마는 세상 사람들은 이 소를 어떻게 생각하고 있는가.

미련한 사람을 가리켜 소 같다, 못생긴 놈을 가리켜 소 같은 놈— 이렇게 천시하고 경멸하는 것이 우리가 소를 말하는 보통 상식이다.

그러나 이러한 모든 악평을 달게 받으면서도 아무런 말이 없는 그놈— 세 살 난 어린이에게도 순順히순하게 복종하는 짐승, 힘에 벅찬 짐을 아무리 실을지라도 눈 한 번 꿈쩍하지 않는 놈, "이러—, 이러—" 주인의 모진 매가 소낙비처럼 내리는데도 소리 한 번 지르지 않는 이 짐승, 천리 길을 걸을지언정 지속遲速*이 없는 그 걸음걸이. 위대한 교훈이다.

소는 인생에게 확실히 위대한 교훈을 던지고 있다.

"말아, 다락같은 말아" 하고 말에게서는 애수를 느낄 수 있으나 이 대지와 같이 말 없는 성격의 소유자에게서 애수를 느낄 수는 없다.

"소야, 멍텅구리 같은 소야"라고나 해 볼까. 소에게서는 애수를 느낄 수 없다. 그러나 소에게서는 말에서 얻지 못할 커다란 교훈을 얻고 있다.

세상은 소를 미련한 놈이라 한다.

미련하다고 욕을 하면서 그를 부려 먹고, 그의 고기를 먹고, 그의 피를 빨고, 그의 가죽을 쓰고, 그의 내장을 쓰고, 그의 뿔을 쓰고, 그의 털을 쓰고, 그의 뼈를 쓰고, 그의 분_똥을 쓰고, 그의 뇨_{오줌}를 쓰고, 그놈이 가진 구석에서 구석까지의 모든 것을 가장 긴요緊要*하게 써먹으면서, 그리고 그에게서 겸양謙讓*의 덕을 배우고, 무위지위無爲之爲*의 덕을 배우고, 사색의 덕을 배우고 하여 모든 덕행德行*의 근본을 또한 그에게서 찾으면서 오히려 세상은 그를 가리켜 미련한 놈이라 욕한다.

소가 미련한 놈일까!

과연 말은 영리하고 소는 미련하고 보잘것없는 짐승일까.

나는 소를 대할 때마다 어쩐지 그놈이 그 커다란 눈깔을 이리저리 굴리면서 무슨 말이나 할 듯 할 듯한 표정을 느끼곤 한다.

그리고 순직純直*하기 이보다 더할 바 없고, 무겁기 이에서 더할 바

없는 소란 놈을 볼 때마다 말에게서 받는 것과는 정반대의 감정을 느끼는 것이 일쑤다.

구와꽃

가을 소식을 제일 먼저 전해 주는 꽃이 있다. 흐린 공기와 때묻은 나뭇잎들만이 어른거리는 서울의 거리를 거닐다 보면, 가다 오다 좁다란 골목 속 행랑살이* 문 앞에 혹은 쓰레기통 옆에 함부로 심어 컸을 망정 난만爛漫*하게 피어 하늘거리는 꽃이 있다.

희고 붉고 혹은 보랏빛으로 가느다란 화판꽃잎*이 색술*처럼 늘어지고, 씨 앉는 자리가 해바라기처럼 중심을 버티어서 한두 송이 간혹 서너 송이씩, 여름으로서는 바람이 제법 건들거리고 가을이라기에는 햇볕이 지나치게 따가운 요즈음 철기계절에 가련하게 피는 꽃이 있다.

서울서는 이 꽃을 구와라 혹은 칠월국화과꽃라 하고, 지방에 따라서는 왜국화倭菊花* 또는 당국화唐菊花*라 부르는 곳도 있다.

꽃 모양, 잎새 모양, 줄기 뻗은 꼴까지 이렇다 할 화려함도 없고 그럴듯한 품위나 아취雅趣*도 보이지 않는다. 그러나 다른 꽃에서 보기

드문 보랏빛이 있다는 탓인지, 꽃철이 아닌 이 계절에 유난스럽게 씩씩하게 피어나는 탓인지, 아무런 특색이 없는데도 불구하고 어딘지 모르게 버릴 수 없는 정취情趣*가 있고 애착을 주는 것이 이 꽃의 특색이다.

더군다나 훨훨 자유스럽게 넓은 화단에 피지도 못하고, 제법 값 높은 화분에나 좋은 흙에 담기지도 못했건만, 깡통 속에서 자배기* 쪽조각 속에서 오히려 아무런 불평도 없이 낭만浪漫*하게 자유스럽게 그 개성을 충분히 발휘하는 이 꽃을 나는 존경하지 않을 수 없다.

구와꽃

두꺼비 연적을 산 이야기

골동집* 출입을 경원敬遠*한 내가 근간近間*에는 학교에 다니는 길 옆에
꽤 진실성 있는 상인 하나가 가게를 차리고 있기로 가다 오다 심심하
면 들러서 한참씩 한담閑談*을 하고 오는 버릇이 생겼다.

하루는 집으로 돌아오는 길에 또 이 가게에를 들렀더니 주인이 누
릇한* 두꺼비 한 놈을 내놓으면서 "꽤 재미나게 됐지요" 한다.

황갈색으로 검누른* 유약釉물을 내려 씌운 두꺼비 연적硯滴*인데 연
적으로서는 희한稀罕*한 놈이다.

사오십 년래年來*로 만든 사기砂器*로서 흔히 부엌에서 고추장, 간
장, 기름 항아리로 쓰는 그릇 중에 이 따위 검누른 약을 바른 사기를
보았을 뿐 연적으로서 만든 이 종류의 사기는 초대면初對面*이다.

두꺼비로 치고 만든 모양이나 완전한 두꺼비도 아니요, 또 개구리
는 물론 아니다.

툭 튀어나온 누깔*과 떡 버티고 앉은 사지四肢*며 아무런 굴곡屈曲*
없는 몸뚱어리—그리고 그 입은 바보처럼 '헤' 하는 표정으로 벌린
데다가, 입속에는 파리도 아니요 벌레도 아닌, 무언지 알지 못할 구멍
뚫린 물건을 물렸다.

콧구멍은 금방이라도 벌룸벌룸할 것처럼 못나게 뚫어졌고, 등어리*
는 꽁무니에 이르기까지 석 줄로 두드러기가 솟은 듯 쭉 내려 얽게 만
들었다.

그리고 유약을 갖은 재주를 다 부려 가면서 얼룩얼룩하게 내려 부
었는데, 그것도 가슴편에는 다소조금 희멀끔한* 효과를 내게 해서 구
석구석이 교巧하다*느니보다 못난 놈의 재주를 부릴 대로 부린 것이
한층 더 사랑스럽다.

요즈음 골동가*들이 본다면 거저 준 대도 안 가져갈 민속품이다.
그러나 나는 값을 물을 것도 없이 덮어놓고 사기로 하여 가지고 돌아
왔다. 이날 밤에 우리 내외夫婦간에는 한바탕 싸움이 벌어졌다.

쌀 한 되 살 돈이 없는 판에 그놈의 두꺼비가 우리를 먹여 살리느
냐는 아내의 바가지다.

이런 종류의 말다툼이 우리 집에는 한두 번이 아닌지라 종래*는 내
가 또 화를 벌컥 내면서 "두꺼비 산 돈은 이놈의 두꺼비가 갚아 줄 테
니 걱정 말아"라고 소리를 쳤다. 그러한 연유까닭로 나는 이 잡문雜文*
을 또 쓰게 된 것이다.

잠꼬대 같은 이 한 편의 글 값이 행여* 두꺼비 값이 될는지 모르겠으나, 내 책상머리에 두꺼비 너를 두고 이 글을 쓸 때 네가 감정을 가진 물건이라면 필시반드시 너도 슬퍼할 것이다.

너는 어째 그리고 '그리도'의 잘못 못생겼느냐. 눈알은 왜 저렇게 튀어나오고 콧구멍은 왜 그리 넓으며, 입은 무얼 하자고 그리도 컸느냐. 웃을 듯 울 듯한 네 표정! 곧 무슨 말이나 할 것 같아서 기다리고 있는 나에게 왜 아무런 말이 없느냐. 가장 호사*스럽게 치레*를 한다고 네 몸은 얼쑹덜쑹하다마는 조금도 화려해 보이지는 않는다. 흡사히마치 시골 색시가 능라주속綾羅紬屬*을 멋없이 감은 것처럼 어색해만 보인다.

앞으로 앉히고 보아도 어리석고 못나고 바보 같고…….

모로모난 쪽으로 앉히고 보아도 그대로 못나고 어리석고 멍텅하기만* 하구나.

내 방에 전등이 휘황輝煌하면* 할수록 너는 점점 더 못나게만 보이니, 누가 너를 일부러 심사를 부려서*까지 이렇게 만들었단 말이냐.

네 입에 문 것은 그게 또 무어냐.

필시 장난꾼 아이 녀석들이 던져 준 것을 파리인 줄 속아서 받아 물었으리라.

그러나 뱉아 버릴 줄도 모르고.

준 대로 물린 대로 엉거주춤 앉아서 울 것처럼 웃을 것처럼 도무지 네 심정을 알 길이 없구나.

너를 만들어서 무슨 인연으로 나에게 보내 주었는지 너의 주인이 보고 싶다.

　나는 너를 만든 너의 주인이 조선 사람이란 것을 잘 안다.

　네 눈과, 네 입과, 네 코와, 네 발과, 네 몸과, 이러한 모든 것이 그것을 증명한다.

　너를 만든 솜씨를 보아 너의 주인은 필시 너와 같이 어리석고 못나고 속기 잘하는 호인好人*일 것이리라.

　그리고 너의 주인도 너처럼 웃어야 할지 울어야 할지 모르는 성격을 가진 사람일 것이리라.

　내가 너를 왜 사랑하는 줄 아느냐.

　그 못생긴 눈, 그 못생긴 코, 그리고 그 못생긴 입이며 다리며 몸뚱어리들을 보고 무슨 이유로 너를 사랑하는지를 아느냐.

　거기에는 오직 하나의 커다란 이유가 있다.

　나는 고독한 사람이기 때문이다!

　나의 고독함은 너 같은 성격이 아니고서는 위로해 줄 수 없기 때문이다.

　두꺼비는 밤마다 내 문갑 위에서 혼자서 잔다. 나는 가끔 자다 말고 버쩍* 불을 켜고 나의 사랑하는 멍텅구리 같은 두꺼비가 그 큰 눈을 희멀건히* 뜨고서 우두커니 앉아 있는가를 살핀 뒤에야 다시 눈을 붙이는 것이 일쑤다.

두꺼비 연적을 산 이야기

털보

난데없는 빗방울이 떨어지면 길을 가던 사람들의 걸음이 금시_{금방}에 빨라진다.

쏟아지면 한층 더 빠르다.

그러나 순간이라도 비가 멈칫하면 그들의 걸음은 따라서 느려지고 쏟아지면 달리고 멈칫하면 또 느려지고—좀체로_{쉽사리} 비가 그치지 않을 줄을 번연히_{뻔히} 알건만 사람들의 걸음은 노래에 장단을 맞추듯 달리기도 하고 멈추기도 한다.

기위旣爲* 젖어 버린 옷일 바에야 마음 놓고 쉬엄쉬엄 갔으면 좋으련만, 비가 하자는 대로 고저장단高低長短*을 맞추어 걸어가는 사람들을 보면 우습기 짝이 없다.

한번은 우비 없이 나섰다가 나도 꼭 같은 꼴을 당했다.

뚜닥뚜닥 듣는* 비에 걸음을 빨리하다 말고 나는 내 자신을 비웃었다.

'사람의 심리란 이다지도 약한 것인가.'

나는 기를 써 침착한 태도로 걸으려 했으나 웬걸 눈앞에 굵은 빗방울이 가로지르기만 하면 무의식중에 발은 달리고 있다.

부富한 자의 심리와 빈貧한 자의 심리는 이러한 것일까?

내가 밑구멍이 치째지게* 가난할 때는 제 걱정은커녕 제법꽤 가난한 친구를 돈만 있으면 얼마든지 도와주고 싶다가도, 논마지기나 사고 주머니에 잔돈푼이 마르지 않을 만큼 한 신세만 되면, 불쌍한 친구들을 돕고 싶기는커녕 그러한 친구들이 찾아올까 봐 겁을 낸다.

답답할 때와 넉넉할 때의 사람의 심리란 이렇게도 다르다.

돈처럼 천하고 더러운 것이 어디 있느냐. 사람의 손으로 만들어 낸 쇳조각이나 종잇장을, 그놈의 것 때문에 의리를 저버리고 양심을 빼앗기고 강도가 생기고 살인이 나고―하는 놈의 돈!

그놈의 것 때문에 착취를 하고 반항을 하고 식민지나 시장을 만들려 하고 독립을 하려고 유혈流血의 참극이 벌어지고―도대체 전쟁은 왜 나며 인종 멸시는 왜 생기며 부모, 형제, 동포끼리 좌우 쌈싸움은 왜 벌어지는 것이냐?

그러기에 옛날 왕이보王夷甫*라는 학자는 평생 '돈' 소리를 입에 올리지 않았다는 것이다.

어느 때 그의 아내가 어쩌나 보자고 그 침상 옆에 질펀하게* 돈을

털보

퍼 놓았더니 잠이 어렴풋이 깨어난 이보가 그 꼴을 보고서는 곧 하인을 불러 '아도물' 阿堵物('저것'이란 뜻)을 치워라 하였을 뿐 '돈' 소리는 내지 않았다 한다.

공연히 '돈!' 하는 소리가 불쾌스러워 그러한지 우리도 흔히 '동그래미' 라고 대칭代稱*하는 수가 많다.

"자네 꼴이 죽게 되었네그려."

돼지처럼 살이 찐 녀석이 오이꼭지같이 말라붙은 사람을 보고 이러한 인사를 할 때 그 친구는 두 손가락을 맞붙여 '동그래미'를 만들면서 "이게 없는 팔자니까!" 하고 탄식하는 장면을 종종 본다.

십 수년 전만 하더라도 백 원짜리 지전지폐 한 장만 품고 다녀도 경관의 취초取招*를 받는 수가 많았다.

소위이른바 해방 사 년에 이 가난한 조선에 웬 놈의 돈이 그렇게도 쏟아졌는지 지금은 '동그래미' 쇠돈엽전 또는 동전은 골동품 가게에서 밖에는 얻어볼* 수 없고, 널려 있는 이 털보 영감을 그린 백 원짜리 지폐투성이다(해방 후 급격한 통화 팽창으로 말미암아 화폐가 백 원권 중심으로 발행된 현상을 가리킨다).

그렇다고 조선이 부富하여졌느냐!

전에는 중학교에서 한 달에 팔구십 원 봉급을 받아서도 저녁이면 과자나 과일 개나 사서 집안 식구들과 단란하게 이야기도 할 수 있었고, 한 주일에 한 번쯤은 두서너 친구와 몇 잔 술을 나누고 즐길 수도 있었다.

지금은 대학교수의 월급이 삼 천 기백수백 원이라든가 근 십 년이나 계속되는 쌀 배급은 삼사 년래* 풍년이 들건 말건 두 홉* 안팎으로 제 꽁지만 물고 돌아간다. 세간*을 팔고 서책책을 팔아서도 하루 이틀이요 한 달 두 달이다. 집집이 식구들은 영양 불량으로 병이 생기고 아침저녁 빈혈로 쓰러진다. 낫살*이나 먹은 사람들은 그러다가 죽어 버리면 그만이겠지만, 2세니 3세니 하는 어린이들이 오이꼭지처럼 곯아* 드는 데는 무심히 보아 넘길 수 없다.

노력하는 사람이면 먹을 수 있는 세상이 되어야 한다. '털보'가 골고루 퍼질 수 있는 독립을 해야 한다. 이 땅에서 양심을 지키는 사람 치고 살아 나아갈 사람이 몇이나 될 것인가?

원수의 '털보'는 모이는 데로만 모인다. 그들은 '털보'와 더불어 주야밤낮로 향락享樂*하고 민족의 대다수가 죽는지 사는지 아랑곳할 배바가 아니다. 이 꼴이 오래가다가는 우리 민족은 멸망이다.

팔일오가 딱 닥쳐오자 우리들은 할 일이 태산 같다 하였다.

전에 공부를 더 열심히 못한 것을 한恨했고, 너무도 할 일이 많아 맡아볼 사람이 부족한 걸 한했고, 나이 먹어 떳떳한 일을 하지 못할 걸 한했고, 그러나 죽든 살든 그야말로 뼈가 부서질 때까지 일은 하다가 죽어야겠다고 초조도 했다.

미미국와 소소련는 다 약소한 민족을 도와주는 천사려니 했다.

8월 16일이던가 소련군이 경성京城*역에 도착한다는 소문을 길 가다가 듣고 어린 양 떼처럼 몰려 나가기도 했다.

미국 병정이 처음 입성入城*할 때는 너무도 감격해서 할 줄 모르는 영어로 "탱큐 탱큐" 하고 부르짖었더니 그들은 빙그레 웃기까지 했다.

그러나 그뒤에 온 것은 무엇이었던가.

우리들이 사갈蛇蝎*보다 더 싫어하던 부일附日 분자*, 민족 반역자, 또는 이에 유사한 것들이 팔일오 전이나 꼭 마찬가지로 골고루 자리를 차지해 있고, 시골로 서울로 하라는 일은 아니하고 늘어 가는 이 노름꾼, 강도, 협잡이*요, 장안* 안 한복판에는 벌써 핏빛 입술에 껌을 찌꺽찌꺽 씹는 미국 다녀온 색시들이 우리들을 깔보기가 일쑤요, 설탕과 강냉이와 입다 남은 누런 양복 배급을 주어서 고맙기는 하나, 그리고 그 향기로운 '필립 모리스'*의 골통 담배와 가볍게 거품이 이는 뽀얀 세숫비누들을 '털보'*만 있으면 얼마든지 살 수 있어 편리한 세상이기는 하나, 이렇게 좋은 세상에 무슨 이유로 밥만 먹으면 체증滯症*이 생기고 아니꼽기만 하고 정신은 얼이 빠진 놈처럼 흐리멍텅하고 당장 조석* 끼니가 없는데도 아무 일도 손에 잡히지 않는 것일까.

어떻게 하든 바른 정신을 가진 사람들이 한데 어울려서 이 멸망에 직면한 위기를 극복할 생각은 아니하고 '모두 다 우리 민족이 못생긴 탓이라' 고 걸핏하면 제 민족만 나무라는 시러베* 잡놈*들이 의외에도 많다.

소위 배웠다는 녀석들 중에서 이 따위 소리를 되뇌는˚ 것은 한심하다기보다 어이없는 일이다.

못생긴 줄 알면 저부터 왜 자살을 해 버리지 못하는 건가?

대개 이런 생각을 가진 사람일수록 저만 잘난 줄 알고 저만 같으면 독립은 누워 떡 먹긴 줄 안다. 그러나 그런 녀석일수록 외적外敵에게 아첨도 가장 잘하는 놈들이다.

자기 재산을 지키기 위하여 독립운동을 하는 사람도 있고, 자기의 명예나 지반地盤˚을 닦기 위하여 독립운동을 하는 사람도 있고, 민족에 끼친 죄악을 호도糊塗하기 위하여 독립운동을 하는 사람도 있다. 그러나 자기 일신自己 한 몸의 안위安危˚를 잊어버리고 민족 전체의 살아나갈 길을 위하여 독립운동에 몸을 바친 분이 몇 분이나 될꼬!

남들이 모두 정치를 한다는데 우리 같은 못난이는 그뒤에 앉아 소위 문화니 도깨비니 하는 것을 붙들어 가 보자고, 교단에도 올라 보고 그림 쪽˚도 그려 보고 글줄˚도 써 보았으나 수염이 대자라도 먹어야 산다. 죽을 판 살 판 허덕거려도 '야미쌀'˚ 한 말 사려면 허리가 휘청거린다.

삼사 년 풍년이 들건 말건 근 십 년이나 서 홉 밥 배급도 못 타 먹는 세상에서 문화는 무엇이고 교육은 다 무엇이냐.

아아 '털보'! 너는 나를 죽이고 또 우리를 끝내 죽이고 말려느냐.

나는 일제 때부터 턱 아래위에 안으로 오그라드는 짤막한 수염을 멋있게 기르고 다녔다. 그래서 친구들은 나를 보면 털보라고도 부르고 고수공焦鬚公*이라고도 불렀다.

모든 것을 다 잃어버리고도 내 사랑스런 수염만은 끝끝내 지켜 왔다.

그랬던 것이, 끔찍한 보배로 여기던 내 수염은 이삼 년 전이었던가 길거리에서 두어 번 코보*에게 만지워 놀림감 노릇을 당하고 나서는 분김분한 김에 싹 깎아 버리고 말았다.

그들은 이렇게 기른 수염을 이상하게 본 모양이라고 생각했더니 그런 것도 아니었다. 그후 미국 병정 중에도 꼭 내 수염 같은 털보를 여럿 보았기 때문이다.

아침으로 세수할 때 손이 슬쩍 미끄러지는 것이 좀 서운하기도 하지만 이제는 못된 친구들이 "털보" "털보" 하고 놀리지 않을 뿐 아니라, '털보'로 해서 우리가 죽느니 사느니 하는 것을 생각하면 내 턱 아래위가 달걀처럼 매끄러운 것이 한층 더 사랑스럽다.

고독

아무것도 아닌 일에 걸핏하면 외로움을 느끼게 된다.

나이 이십을 전후할 적에 이런 일이 많았다. 그것을 나는 인생의 가장 낭만적인 시기인 관계라 하였다.

처녀로 치면 공연히 산만 보아도 울고 싶고, 꽃만 보아도 울고 싶은 그러한 심사와 같이 공연히 울적하여, 대하는 사람마다 모두 나를 보고 조롱하는 것 같고, 친구들까지도 나만을 따로 돌리는 것 같아서 외롭고 슬픈 마음을 걷잡을 수 없던 때가 제법 한동안 계속되었다.

그럴 때면 나는 흔히 책을 읽고 그림을 그렸다.

아무도 안 보는 호젓한˚ 곳에서 혼자서 글을 읽고 그림을 그리는 동안에 이 고독한 심사는 얼마쯤 위안이 되는 것이었다.

그때 나는 생각키를, 고독이란 자기의 역량˚이 빈약할 때 느껴지는 일종의 감정이라고 했다.

물질적 여유보다도 정신적 여유가 부족할 때 더욱 절실히 느껴지는 것이 이 고독이라는 감정이라 했다.

사실로 나는 때때로 친구들과 명랑하게 떠들고 놀다가도 공연히 외로워 그 자리를 피해 올 것처럼 호젓한 내 집으로 돌아오는 악성^惡^性이 있으면서도, 만일 한동안 고독한 가운데서 서책^冊을 탐독^{耽讀}하고 화필을 희롱한 후이면 어쩐지 그 외롭던 심사가 사라지고 배부른 듯 도도한 여유를 느끼게 되면서 내 편에서 도리어 남이 청^請치 않는 쾌활을 뽐내 보기도 하는 것이었다.

이러한 심리 가운데에서 나는 또 생각키를, 이것은 사춘기를 전후한 젊은 사람의 일시적 심리 상태이리라 하였다. 그리고 낫살이 들면 차츰차츰 사라져 버리는 감정이리라 하였다.

그러던 것이 작금^{昨今} 양년^{兩年}으로 들어서 어인 셈인지 나는 다시금 바짝 외로워짐을 느낀다.

사물에 대한 흥미가 사라지고 인생에 대한 회의가 다시 생겨난다. 이럴 때면 나는 친구들에게 떳떳한 일을 해 주지 못하는 주제이면서 친구들에게서는 나만을 알뜰히 생각해 주기를 염원하는 덧없는 외로움까지도 느낀다. 그러나 지금의 나는 설사 어느 친구가 끔찍이 나를 사귀어 주는 이가 있다 치더라도, 나의 외로움은 오히려 더한층 심각함이 있을 것이다.

이 외로움은 이십년대의 그것과는 질적으로 벌써 다르다. 미온적

微溫的인* 듯하면서도 그 반면으로 깊은 곳에 뿌리를 박고 있다.

시기時期 아닌*철이 지난(사춘기도 지났음을 가리킴) 이 외로움을 나는 혹 생리적 변조變調*로 오는 것일까 하고 생각해 본 적도 있다. 그러나 생리적 변조를 일으킬 아무런 조건도 나에게는 없다.

그러면 이것은 나의 인격적 수양이나 예술적 토대가 부족한 데서 느껴지는 것일까.

여기에는 다소어느 정도 수긍할 점이 없지도 않다.

그러나 이것만으로써 나의 고독을 전부 말할 수는 없다.

호화로운 일을 보거나 유쾌한 일을 당할 때 기쁜 감정보다도 도리어 외롭고 적막한 심사를 느끼는 것이 반드시 인격의 부족으로나 지식의 결함에서만 오는 것은 아닐 것이다.

이것을 혹 신경질이라고 해석하는 이도 있다. '히가미 근성'*이라고 부르는 이도 있다.

혹 어떤 이는 이러한 감정이 있고서야 예술을 창작할 수 있다고도 한다.

그 어느 말이 어느 점까지 경청할 여지가 있는지 나는 모른다.

다만 이 감정이 때때로 나로 하여금 불안케 하는 것만은 사실이다.

바다에 조수*가 밀려오듯 이 불안한 감정이 내 온몸에 밀려들 때는 나는 무어라 형언形言*할 수 없는 공포를 느끼면서 내가 왜 진작 순진한 신앙을 갖지 못하였던고 하는 회한悔恨*을 금할 길이 없다.

고독

안경

독서를 하려면 단 오 분이 못 되어 눈이 피로해진다. 이것은 반드시 무슨 고장이 있는 것이리라 하여 A 병원에 검안눈 검사을 갔더니 간호 부가 무슨 약으론지 올빼미처럼 동공눈동자을 키워 놔서 사오 일 동안 이나 글 한 자 볼 수 없다.

글을 안 보고 사는 것쯤은 누워 떡 먹기보다 더 쉬우리라 했더니 막 상 딱 당해 놓고 보니 그런 것도 아니었다. 전차를 타고 '노리카에'˚ 를 받아 들고 동소문東小門˚이 바로 찍혔나 하고 살피려면 글자는 몽롱 한 꿈속과 같이 흐릿하다.

의사의 말에 의하여 약 기운이 사라질 때까지 독서를 금할 것은 물 론이겠지만, 자기 손을 보아도 흐릿하고 멀찍이 서 있으면 보이는 식 구들의 얼굴이 가까이 온즉 그만 흐리멍덩흐릿함해지는 것이 아닌가.

세상에 앞 못 보는 장님은 어찌하여 사는가!

내 눈이 안 보일 때 비로소 앞 못 보는 불쌍한 사람들이 이 세상에는 얼마든지 있구나 하는 생각이 난다.

검안을 한 결과는 경도輕度*의 난시亂視*였고 그후 며칠을 지나 눈에 맞는다는 안경을 맞추어 썼다.

그러나 맞는다는 안경은 쓰는 그 순간부터 부자연하기 짝이 없다. 눈앞에 보이는 온갖 것이 바로 뵈기는커녕 어룽거리기만* 한다.

의사에게 이 안경이 내 눈에는 맞지 않는 것이라 했더니 처음은 누구나 다 그러하니 한 십여 일 그대로 쓰고 견디어 보라 한다(아무리 안 맞는 안경이라도 오래 써서 맞아질 것은 정한 이치가 아닌가).

그후 십여 일도 훨씬 지난 오늘에 와서는 과연 의사의 말대로 어룽거려 보이는 증세는 없어졌다.

그러나 이제는 반대로 썼던 안경을 벗는 날이면 온갖 것이 어룽거려 견딜 수 없다.

자아, 이렇고 보면 나는 안경으로 하여 이利*를 본 셈인가, 해害*를 입은 셈인가? 생때같던* 눈이 안경을 따라 나빠진 것인지, 안경이 비뚤어진 내 눈알을 바로잡아 놓은 것인지, 의사는 물론 안경의 정확성을 고집하겠지만 나는 확실히 안경이 내 눈을 잡아 놓은 것이 아닌가 싶다.

그러나 어느 편이 나빠졌든 세상은 그저 속아서 사는 곳인가 보다. 길이 들면 그대로 살란 법인가 보다.

만첩청산萬疊靑山*을 울울타리을 삼고 번개같이 뛰놀던 맹수라도 동물원 철책 속에 들어가는 날이면 그놈도 하릴없이* 길이 든다.

뒤통수에 눈알이 하나만 더 있었다면 인생은 얼마나 더 행복되었으리요마는 마땅히 있어야 할 그곳에 눈이 없어도 사람이란 그대로 살아가는 법이요, 색맹이 붉고 푸른 빛을 구별할 줄 모르면서도 조그마한 부자유도 없이 살아가는 걸 보면 사람이란 결국 자기 안에 한 세계를 만들고 그것으로 자족自足*하는 본성이 있는가 보다.

그러고 보면 장님이라고 구태여굳이 못 살란 법도 없을 것이다. 눈이 안 보이는 가운데서 따로이 자기의 세상을 만들어 놓고 거기에서 만족을 구할 수 있는 것이 아닌가.

나도 의사가 동공을 키워 논 대로 그놈의 약 기운이 사라지지 않는다고 가정한다면 처음은 갑갑할 것이나 하루 이틀 지나는 동안에 차츰 길이 들어서 나중에는 그 속에서 도리어 만족을 얻을 길이 열리는지도 모른다.

은행이라는 곳

은행 출입을 뻔질나게_{매우 잦게} 하는 사람들이면서도 예술가인 방_方 군은 은행에 들어가기란 소가 도수장_{屠獸場} 가기 싫어하듯 죽기보다 더싫다는데, 이와 반대로 장사하는 오_吳 군은 세상에 은행 출입보다 더유쾌한 곳이 어디 있느냐는 것이다. 우선 안이 깨끗하고, 겨울이면 다른 데와 달라 스팀이 따뜻하고, 또 공짜로 전화도 맘대로 쓸 수 있고하니까 누구와 만나기로 약속을 하는 데도 흔히들 가는 찻집을 피하고조용하고 따뜻한 은행을 이용하는 것이 얼마나 유리하냐는 것이다.

한데 나로 말하면 실인즉_{실은} 은행 출입의 인연이 별로 없는 사람이라 그런지, 방 군처럼 그다지 싫을 것도 없고, 그렇다고 오 군처럼그다지 유쾌할 것도 없다. 요새 같은 석탄 귀한 세상에는 들어서면 우선 따뜻하고 하니까 추운 책사_{서점}에 들르기보다 잠깐 쉴 수 있는 점은 오 군 말대로 좋다. 그러나 친구를 만나자는 약속까지 은행을 이용한다는 건 좀 이해하기 곤란하다.

　한번은 방 군의 소관所關*으로 그가 죽기보다 더 싫어하는 은행에를 같이 들어가서 스팀 앞에 앉아 있노라니까 십 수년이나 못 만나던 피皮 군이 나를 힐끗 쳐다보고서는 못 본 체하고 휙 지나간다.

　이 피 군이란 사람을 잠깐 소개하자면, 수십 년 전에는 나와도 꽤 친한 사이였다.

　학비가 넉넉하지 못하여서 굶으며 먹으며 하던 학창 시대에 그는 도스토예프스키Dostoevskii*의 명작 『학대받은 사람들』을 탐독*하고, 나더러도 그 책을 꼭 한번 읽어 보라고 권하면서 "여보게 김 군, 내 꼭 돈을 벌어서 그놈의 돈 원수를 좀 갚아 봐야지. 자네도 내가 성공하기만 기다리게. 우리 불쌍한 친구들끼리 한데 모여서 어디 이상촌理想村*을 건설해 보세나그려."

　지방 사투리가 약간 섞인 어조로 그가 흥분되어 말하던 것을 지금도 역력히또렷하게 기억한다.

　이런 기억이 왜 내 머리에서 사라지지 않는가 하는 이유는—하필 돈과는 불구대천不俱戴天*의 원수가 되어 평생을 돈! 돈! 하고 지냈다는 도스토예프스키의 소설을 읽고 돈! 돈! 하며 흥분되어 외치던 피 군의 그때 얼굴이 나 보기에는 꼭 피 군이 도스토예프스키인 것만 같아서 나도 돌아앉으면서 눈시울이 젖어 드는 것을 억지로 참으려고 애를 쓰던 생각이 잊혀지지 않기 때문이다.

학창 생활을 떠나서 십 수년 지남남쪽 지북북쪽에 서로 헤어진 동안에 그는 나와는 별다른 운명의 물결 속에서 살았다.

피 군은 서울 모 여중학에서 교편을 잡다*가 우연한 기회에 일약단번에 천만장자가 되어 한때 금광왕金鑛王 피皮라면 모르는 사람이 없었다.

남은 그 숙원宿願*이던 돈벼락을 이렇게 맞는데 운명의 신이 내게는 그 오죽잖은* 소망인 작가 생활의 길도 열어 주기는커녕 긴 세월을 두고 병마가 신변에서 떠날 날이 없었다.

어느 해 여름이었던지 요양을 한다고 석왕사釋王寺*를 갔던 길에 바로 그 등 너머 살고 있다는 피 군을 찾지 않을 수 없었다. 하도 오래간만에 그의 부자가 된 내력이나 듣고 서회敍懷*나 하려 함이었다. 그랬더니 내가 유留하고머물고 있던 집의 유劉 군이(유 군도 학창 시대의 동무였다) 한사코기어코 말리는 것이다.

"전날 피 군은 아닐세. 가 보았자 문전축객門前逐客*일세."

허허, 유 군의 말을 믿는다면 돈이란 것은 경이원지敬而遠之*할 물건임이 분명하였다.

그후 몇 핸가 지나서 동숭동 버스 안에서 피 군과 해후邂逅하였다. 그런데 과연 피 군은 그다지 반가운 기색*이 없을 뿐 아니라, 십여 년 만에 만난 옛날 친구인데도 슬슬 눈치를 보아 가면서 피해 버리는 것이다.

나는 속으로 괘씸한 사람이라고 생각했지만 한편 섭섭한 정을 금할 길이 없어서 그를 붙들고 울고 싶었으나 억지로 꾹 참았다.

은행에서 만난 것은 그뒤로 또 십 수년 만에 처음이었다.

그의 행색行色*은 전과는 달리 퍽 초라해 보였다.

내가 꽉 붙잡으면서 "이 사람 왜 이리 못 본 체하나?" 하고 껄껄 웃어 버리는 것으로 나는 나대로 수십 년 구우舊友*와의 서회를 대신하고 말았지만,

그가 처음부터 돈에 찌들린 사람이라는 것,

그가 하필 도스토예프스키를 애독愛讀*하였다는 것,

그가 의외의 졸부벼락부자가 되었다는 것,

그러나 해방 후에 그의 부富는 실패하였으나 지금도 그가 은행과의 인연은 여전한 모양이라는 것.

이러저러한 생각을 하다가 보면 은행을 싫어하는 성격에도 일리*가 있고 좋게 생각하는 성격에도 일리가 확실히 있는 것이다.

답답한 이야기

오죽잖은˚ 일에 서로 핏대를 세우고 싸우는 사람들을 보면 답답한 때가 많다. 속 시원하게 탁 풀어 버리고 한번 껄껄 웃으면 그만일 텐데 왜들 저러나 싶어진다. 그러나 막상 내가 그런 경우를 당해 놓고 보면 그리 쉽사리 해결이 될지 의문은 의문이야…….

늙은이들이 흔히 길을 가다가도 괜히 혼자 무어라고 중얼중얼하는 꼴을 본다.

'저 늙은이가 미쳤나 혼자 왜 저럴까?'

따라가면서 보노라면 웃음이 나와 견딜 수 없다. 나도 늙으면 저렇게 되지 않을까 싶어서 시험 삼아 혼자 중얼거려 본다. 그러나 소리가 입속에서만 뱅뱅 돌고 종시끝내 나오지는 않는다.

역시 천착穿鑿˚스런 늙은이고서야 중얼거리게 되는 게로군 하고 나만은 늙어도 안 그럴 것을 자신했다. 한데 현대 사람으로서는 내 나이 아직 늙은이 축에는 채 끼지도 못할 처지인데 어느 날 걷다 말고 불의不意*에 군성거리는* 소리가 바로 내 입에서 흘러나오는 것을 발견했다.

역시 내가 그 경우에 처해 보지 못하고서는 세상일이란 장담할 건 못 되는 것이다.

집에 환갑 진갑을 지낸 노인 한 분이 계시는데 어떤 때 방에 앉아 있노라니 밖에서 "허허, 글쎄 왜 이러니?" 하고 후다닥거리는 노인의 소리가 난다.

'누구하고 저러실까' 하고 내다보니 닭의 새끼가 말을 안 듣고 마루에 올라온다고 야단이다. "원 답답도 하시유. 닭이 사람의 말을 알아듣습니까. 두들겨 내쫓아야지요" 하나 그 다음에도 이 노인은 의연* 짐승들에게 갖은 이야기를 다 건네시는 걸 본다.

지금 보기에 답답해 하는 마음이언만 나도 나이 환갑 진갑을 지나면 또 혹시 저렇게 될지 누가 아나 싶어 장담을 할 수 없다.

나의 심중마음속을 모르고 답답해지는 일은 이런 것뿐만은 아니다.

벌써 지난 일이지만 쌀이 없어 굶네 죽네 하는 판에 모 외빈外賓* 한 분의 말씀이 "조선 사람은 이해할 길이 없다"고, "맛 좋고 영양 좋은 사과나 고기가 가게마다 그득*한데 하필 그 비싼 쌀만 먹자고 야단들이냐"고.

세상에 이보다 더 답답한 말은 들어 본 적이 없다. 그야말로 내 창자를 그와 바꾸어 본다면 혹시나 알는지.

그분네들이 우리를 볼 때 사사건건 이러할 테니 이 일을 장차 어이하면 좋단 말이냐. 지지 않으려고 바득바득 싸우는 심정도 내가 싸워 보면 알 일이요, 혼자 중얼거리는 습관을 비웃는 것이나 닭과 주고받고 이야기하는 것쯤은 나이를 먹으면 알 수도 있고 그렇게 될 수도 있을 것이다. 그러나 맛 좋은 사과와 고기를 보고도 못 먹는 심정은 무슨 수로 알게 할 도리가 있을 거냐!

내 소갈머리*가 좁고 답답한 탓인지, 공교롭게 타고난다고 난 것이 요런 시기에 걸려든 것인지, 싸움질도 많고 답답한 꼴도 많이 볼 바에는 신경이나 든든하여 남이야 어쨌든 내 할 일이나 꾸준히 할 수 있는 사람이라면 또 모르겠는데, 진정 이 따위 환경에선 살기가 어려워 어느 깊숙한 산촌에 소학교초등학교 교장이나 한자리 얻어서 죽은 듯 몇 해만 지내다 왔으면 싶다가도, 들어 보면 산촌은 산촌대로 서울 뺨치게 더 야단들이란다.

그래 그도 저도 단념하고 요즈음은 멍청이처럼 멍하고 그날 그날을 지내는 판인데 어느 날은 친구가 야국野菊* 한 포기를 심으라고 갖다 주기로, 하도 오래간만에 화분을 찾고 뿌리를 담을 비료 섞인 흙을 구하러 마당 이 구석 저 구석을 뒤치기* 시작했다.

평일에 보면 헤어진 게 흙이고 보이는 이 비료뿐이러니, 막상 꽃을 위한 흙을 구하려니 그도 그리 쉬운 노릇은 아니었다. 대체 흙조차 이렇게 귀한 건가.

한 송이 꽃이 피는 데는 좋은 비료는 물론 매일같이 신선한 물을 얻어먹어야 하고, 햇볕을 보아야 하고, 주인이 잡초를 뽑아 주어서 그러고도 오랜 시일을 경과하고서야 비로소 아름답고 탐스런 꽃을 볼 수 있는 것이다.

분에 흙을 담다 말고 나는 문득 비감悲感*한 생각이 솟아오름을 금할 길이 없다. 이 꽃뿐 아니라 내가 하는 일도 어느 때나 꽃을 보려나. 꽃은커녕 물은커녕 하다못해 거름 노릇이라도 했으면 다행이겠는데, 거름 축에도 못 드는, 아무런 쓸 곳 없이 뭇사람의 발에 짓밟히기만 하는 노상路上*의 흙이나 되지 않을까.

인력으로 막아 낼 수 없는 나이는 또 하나 더 먹는다. 이러다가 어느 겨를에 죽고 말는지 누가 아느냐.

세상에 무엇이 답답하니 무엇이 답답하니 하여도, 제 자신이 하는 일에 자신을 못 갖고 허덕이는 것보다 더 답답한 노릇은 없는가 보다.

서울 사람 시골 사람

포도원에 포도 송이가 보기 좋게 익어 가는 초가을이면 성북동의 호 젓한* 길녘*은 산보하는 청춘 남녀로 가득 차고 맙니다. 그들의 코스 는 으레* 포도를 사서 들고 청룡암靑龍庵으로 뚫린 아늑한 산길을 걸어 가는 것입니다. 우리 집이 이 길녘에 있기 때문에 산속에 사는 나일 망정 한 주일에 한 번씩은 도회都市의 첨단을 힘들이지 않고 구경할 수 있는 것입니다.

어느 일요일 날 나는 성북동의 농부가 되어 뜰에 쌓인 낙엽을 비질 하고 있었습니다. 그때에 지나가던 한 쌍의 산보객(하나는 단발 미녀, 하나는 사각모*였다)이 우리 문에서 발을 멈추고 이렇게 지껄여 댑니 다.

"에그ㅡ, 저 가암感 봐, 어쩌면!"

"좀 팔라구 그래 볼까?"

"곱기두 해!"

단발 미녀는 우리 집 뜰에 선 감나무에 가지가 찢어질 듯 익어 어우러진 감을 보고 이러한 감탄사만으로는 못 견디겠다는 듯 나에게 직접 교섭이 시작되었습니다.

"여보세요(농부님), 저 감 한 가지枝만 파세요, 네?"

그러나 이 무지한 농부(그는 나를 농부로만 알았다)는 도회의 여성을 경멸하였습니다.

연탄 연기, 가솔린 냄새˚, 비단옷, 뾰족한 구두, 그리고 어찌하면 코티˚ 화장료化粧品로만 얼굴을 만지는 팔자가 될까, 어찌하면 걸음을 원스텝식으로만 걸을 수 있을까…… 하는 허영밖엔 아무런 희망도 가지지 못한 도회의 엔젤들에게 여지없는˚ 포탄을 던졌습니다.

"안 파오!"라고.

도회의 미녀는 애원하듯 조르다가 결국 가고 말았습니다.

도회의 사람들은 불쌍합니다. 그들은 자연의 품속에 묻혀 살면서 자연이 얼마나 아름다움을 알지 못합니다. 그들은 자연이 그들을 낳게 한 것이었건만 자연이 그들의 생명의 한끝임을 알지 못하는 가련한 방랑자입니다.

그들은 이 썩어 가는 조그만 초당草堂˚의 주인공이 몇 개만 매어 달린 감 한 가지를 돈 원圓이나 주마는준다는 데 안 팔리라고는 생각지 못하였습니다.

'세상에 돈을 싫다고 할 농부가 있을까' 하고 그들은 생각하였습니다.

그후 얼마 되지 않아서 시골 있는 생질甥姪*이 서울 구경을 왔습니다.

나는 이 수려한 산으로 '그애'를 인도하였는데 '그애'는 주위를 한번 휘둘러보더니 필경마침내 한다는 말이 "아저씨 댁은 왜 이 모양입니까. 아저씨는 왜 이런 산골에서 사십니까" 하는 것입니다.

그래서 나는 "애, 너는 이런 산속이 심심하냐. 그러면 너 이 학생들 단체에 데려다 주마" 하였더니 '그애'는 '이제야 살았다'는 듯이 펄펄 뛰며 좋아했습니다.

사람의 마음이란 너무나 간사한 것인가 합니다.

도회에서 자란 애들이란 나뭇가지에 매달린 감만 보아도 요술이나 되는 것처럼 신기하게 여깁니다.

시골서 자란 애들이란 그따위 것쯤 심상타* 못해 눈에 보이지도 않습니다.

둘이 다 불행한 인간인가 합니다.

기도碁道* 강의

어느 기인碁人*의 말이 "바둑을 노는 것보다는 수필 쓰는 재미가 여간이 아니라"고.

"바둑이란 것은 한번 딱 놓고 나면 물릴 수도 없고 되풀이할 수도 없어서 그날 판세에 맡기는 도리밖에 없지만, 글을 쓴다는 것은 상대방의 위협도 없어 좋거니와, 일 년이나 이태두 해 후일지라도 깎고 고치고 하여 첨삭添削*하는 재미도 있고, 또 쓰고는 잊어버렸던 글을 얼마 후에 다시 읽어 보면 내가 언제 이런 것을 썼던가 싶어서 꽤 흥미를 돋운다"는 것이다.

그는 또 말하기를,

"전문가란 것은 병신이라"고.

"자기가 전문으로 한다는 자부심보다도 전문으로 하는 것이어니 하는 때문에 별반그다지 흥미가 없는데, 전문 이외의 것은 꽤 투기*적

投機的인 흥미를 느낄 수 있는 점이 좋다"고.

이 말에는 제법 경청할 여지가 있었다.

그런데 나는 바둑이고 수필이고 모두 전문이 아니면서 괜히 건드리기만은 좋아하는 성미인데, 그러나 어쩐지 글쓰기보다는 바둑을 노는 것이 더 취미가 있다.

문학을 하는 사람들은 어떤지 몰라도 글을 짜낸다는 것은 정말 고통 중의 고통이다. 깎고, 짓고, 문지르고, 다듬고 아무리 낑낑거려도 자기의 의사 표시를 하려면 삼동三冬*에도 이마에 땀이 흐르지 않고는 못 배긴다.

오죽 답답하고서야 창으로 들어오는 광선이 아른거려서 덧문겉창을 첩첩이 닫아도 보고, 그리고 나니 또 깜깜해서 전등불을 켜도 보고, 그리고 나니 또 안방에서 지껄이는 소리가 귀에 거슬려서 원고지며 펜을 들고 산으로 올라가도 보고, 풀섶*에 엎드렸노라니 또 개미 새끼들이 넓적다리를 꼭꼭 찔러서 화가 벌컥 나고, 이리하여 내가 여남은* 장 원고를 쓸 양이면 농*이 아니라 십년감수*는 하고야 만다.

이건 내 나이 삼십이 훨씬 넘어 배웠기 때문에 하룻강아지 범 무서운 줄 몰라서 그런지, 누구든지 만나면 두고 싶고, 두기로 말하면 집에 불이 나도 모를 지경으로 빠지고 만다.

하찮은 바둑도 두어 보니 거기에도 법이 있고, 요령이 있고, 예의가 있고, 염치도 있는 것이라.

기도 강의

흰 점과 검은 점이 광막廣漠[*]한 지역에 운명의 씨처럼 한 점 자리를 잡고 앉는 것이 바로 철리哲理[*]나 해득_{깨우쳐 앎}될 것 같다가, 차츰 전쟁이 벌어지기 시작할 때면 평온하던 심장이 긴장되고, 적의 포위 태세가 점점 줄어들 때는 그만 간조증[*]이 나면서 나도 모르게 오줌을 지리는[*] 수도 많다.

완연히_{분명히} 서편에 공격을 당하는 줄만 알았는데 어느 여가_틈엔지 동편이 포위를 당한다.

이것은 소위 성동격서聲東擊西[*]의 전술이다.

그러다가 전세가 불리하면 점잖게 바둑을 놓고 항복의 뜻을 표한다.

그러나 이것은 신사적인 바둑이다.

어디까지 점잖게 신사적으로 수비를 든든히 하는 것이 능수[*]로, 능수일수록 적을 공격하기를 주저한다.

적이 패한다는 것은, 결산을 해 보면 적이 침략적인 방법으로 덤벼들 때에 한한다. 침략적인 태세를 취할수록 패하는 도수_{빈도}는 잦아진다.

능수일수록 되도록 공세와 침략을 피하고 덕德[*]과 의義로 자기의 지역을 방어한다.

그러나 풋내기 바둑은 출발부터 침략이다. 뿐만 아니라 어떻게 하면 상대편을 속일까 하여 갖은 모략[*]을 다 쓴다.

침략도 모략도 또 용서할 수 있으나 풋내기는 걸핏하면 물러 달라기가 일쑤요, 심한 것은 바둑을 두다 말고 자기의 실력이 부족하든 덕의심德義心*이 부족하든 간에 자기편이 불리한 경우에는 다짜고짜 먼저 얼굴빛이 변하고 그 다음 불평이 나오고 그 다음은 가끔 화를 버럭버럭 내다가, 그러나 그뿐인가, 후레자식*들은 그만 폭력을 쓴다(요샛말로 테러가 전개된다). "내─드런 것, X 같은 놈의 바둑 안 두네" 하는 날이면 바둑판이 쏟아지고 주먹질이 건너온다.

이렇게 되면 아찔이다.

바둑을 놀 홍미는 완전히 사라진다.

바둑은 잘 두면 정신 수양도 된다.

의협심*도 는다. 상대편을 사랑하고 싶은 애타심*도 생긴다.

허나하지만 막된* 놈이 바둑을 배우는 날에는 처음부터 침략이요, 그 다음은 폭력이요, 그 다음은 친한 친구끼리의 의리를 저버리는 못된 습관만 는다.

아마 이것은 기도基道에뿐 아닐 것이다.

전쟁도 그러하고 정치도 그러할 것이 아닐까.

인仁과 의義로써 한다면 전쟁도 정의를 살리기 위하여만 생길 의의가 있고, 또 정의로 나선 편이 반드시 이길 것이요, 정치도 인의仁義로 나서는 편에 인민*은 가담할 것이니, 우리 같은 범용*한 사람의 생각도 이러하거든, 하물며 정치를 한다는 사람들이야 무엇보다 먼저 기도의 정신을 체득*할 필요가 없을 것이냐.

기도 강의

십삼 급 기인碁人* 산필散筆*

문자 잘 만들기로 유명한 중국에서 바둑이나 투전*을 일러일컬어 '수담' 手談*이라 한다고.

묘한 말이다.

친구들과 바둑을 대국對局*할 때는 되도록은 말이 없는 것이 좋다.

두는 사람도 그러하려니와 옆에서 관전하는 사람도 있는지 만지 해야 한다.

흑백이 서너 점 떨어지면 벌써 천하의 대세는 결정되는 성싶다.

바둑은 서너 점 흑백이 어울릴 때부터 벌써 긴장되기 시작한다.

적의 포위하려는 의도가 어느 편에 집중된다는 눈치를 채게 되면, 그 포위망을 피하는 데 대개 두 가지 길이 있다.

우리 같은 서투름뱅이는 어떡하든 고립시키지 않으려고 원군援軍* 을 부절不絕*히 보내는 것이나, 능한 사람이 두는 걸 보면 완전히 적의 의도를 무시하고, 고군孤軍이 포위를 당하거나 적이 공세를 노골적으로 보이거나 할 것 없이 모르는 체하고 왕청스레* 딴 짓을 한다. 그렇게 하는데도 한참 두다 보면 좀체로 고군이 죽는 법도 없거니와, 가사假使 한두 점이 희생되는 한이 있더라도 극히 적은 희생에 그치고 엄청나게 큰 이익을 거두는 수가 많다.

"하하아." 바둑을 두다 말고 나는 흔히 고개를 끄덕거린다.

세상일도 이러한 것이렷다.

지식이 빈곤한 사람들이 근거리가까운 거리의 이해利害밖에는 볼 줄 몰라서, 심하면 자기 일신의 영달榮達에 그치고, 그렇지 않으면 자기네 가족의 영화榮華나 기껏 멀리 본대야 자기 일파당一派黨의 이익밖에는 옹호할 줄 모르는 것과 같다.

국수國手는 결코 작은 이익에 머무르지 않는다. 좀 더 시야를 멀리 해서 한두 점이 희생을 당할지언정 '대마' 大馬를 절대로 죽이는 법이 없다.

남은 계획을 딱 세워 놓고 차근차근 두어 가는 판에 성미 급한 싱거운 관전객은 중뿔나게* 훈수訓手를 든다.

상대편이 고경苦境에 빠져 어쩔 줄 모르고 어물거릴 때 "거기 놓으면 쓰나. 여기다 놔, 여기다……" 하고 요충要衝을 일러 주는 싱거운 훈수꾼이 있다.

이것이 몇 점의 이해라면 모르겠는데, 가다가는 형세가 역전하여

승부가 금방 뒤집히게 되는 경우에 이런 싱거운 훈수가 들어올 때는 딱 질색이다.

그러나 사람의 성벽性癖*이란 또 우스운 것이어서 번연히 자기 실력이 부치는 줄 알면서도 훈수를 듣고서 부득부득 제가 이겼다고 우기는 비겁한 친구도 곧 많다.

관전꾼의 동정이 어디로 모일 것은 자명한 일이다.

이런 경우에 제 돈을 내어서까지 훈수를 드는 친구도 밉살스러워 보이지만, 남의 힘을 빌려 자기 수를 건성 높이려 드는 뻔뻔이들은 한층 더 침이라도 뱉고 싶다.

비겁하단 말이 났으니 말이지, 바둑을 두는 도중에 걸핏하면 물러 달라는 친구를 대할 때는 진정 견딜 수 없다. 그것도 점잖게 두다가 정 억울한 대문*에 한 번쯤 물리자면 또 용혹무괴容或無怪*이겠는데, 이건 처음부터 갖은 잔소리를 다 해 가면서 놓았다 들었다 찧고 까불다가 한 마리만 걸려도 물러 달라, 두 마리만 잡혀도 물러 달라, 열 번이고 스무 번이고 제 해*만 아니 죽이겠다고 악을 쓰는 친구가, 상대편은 스무 번에 한 번만 물러 달래도 화를 벌컥 내면서 "그 따위로 둘 테건 바둑 그만 두자"고 꽥꽥거리는 못난 이들을 곧잘 본다.

이건 죽일 수도 없고 살릴 수도 없는 '하오불'이라 치지도외置之度外*하는 수밖에 별 도리가 없는데, 이런 친구일수록에 게다가 또 모략*을 쓰는 것이란 장관이다.

얕은 속임수로 적을 농락을 하려 든다.

모르는 체하고 속아 주면 제가 젠체하고* 네 활개를 치다가, 가다가는 제 꾀에 제가 넘어가는 수도 없지 않은데, 그리고서도 똥 뀐 년이 성낸다는 격으로 제 편에서 감정을 품고 돌아서는 사람도 있다.

이런 친구들을 볼 때는 바둑을 두다 말고 나는 곧잘 친일파를 연상聯想*한다.

바둑이란 두어 보면 여러 가지 버릇이 있는데, 어떤 사람은 처음부터 끝까지 공연스레 무당년 뒤풀이하듯 중얼거리기만 하는 사람도 있고, 어떤 사람은 죽자고 바둑돌만 다각다각 만지작거리는 사람도 있고, 어떤 사람은 그저 바둑돌을 놓았다 들었다 놓았다 들었다 어쨌든 안절부절하는 사람이 있는가 하면, 어떤 사람은 누가 훈수나 아니 해 주나 하여서 멍하니 관전객의 눈치만 기다리고 어쩔 줄을 모르는 사람도 있어, 천태만상*으로 버릇들이 다르지만, 이러한 버릇들은 대개 일러 주기도 하고 자기도 조금만 조심하면 곧 고칠 수도 있는 것이나, 자꾸 무르기를 좋아하는 바둑은 좀체로 고치는 사람을 보지 못했다.

결국 한 대 다부지게 얻어맞고서야 고칠 것인지?

한데 내가 바둑 이야기를 늘어놓으니까 모르는 사람이 볼 때는 아마 그자가 바둑깨나 두는 게로군 할지 모르나, 실토를 할 양이면, 바둑이란 어릴 때부터 배워야 하는 것인데, 내 바둑은 내 나이 서른이 훨씬 넘어서 처음으로 붙잡았고, 그도 한 반년인가 배우다가 집어치우고 말았다가 작금* 양년*에 들어서 세상이 하도 뒤숭숭하기로 소우消憂* 삼아 다시 바둑돌을 들게끔 된 터이라, 누가 그러는데 내 바둑은 수로 논지論之*한다면 아마 십삼 급은 되리라고. 그리고 보니 학력으로 친다면 유치원 이년생쯤은 되는 셈이다.

그런데 무슨 바둑 이야기를 그렇게 늘어놓느냐고 대방가大方家*들은 고성질책高聲叱責*할지 모르나, 그러나 반드시 국수들만 바둑 이야기를 할 수 있다는 건 큰 오산이라, 우리 같은 문외인*은 문외인대로의 경청할 만한 경험담이 또 있는 것이다.

바둑을 두어 본 중에 제일 골딱지가 난* 것은 가령 이러한 경우다. (그래서 나는 좀처럼 내기 바둑을 두지 않는 것이지만) 초대면*해서 둘 때는 감쪽같이 자기 수를 숨기고 못 두는 체하고서 일승 일패로 겨누던 자가 "우리 심심하니 내기나 겁시다" 하는 걸 체면에 싫달 수도 없고 해서 그럼 그러자고 단 몇 푼이고 돈을 걸기만 하는 때는 그만 엉뚱하게 원原 수*를 쏟아 놓아서, 여지없이* 거꾸러뜨리고 주머니 돈을 닥닥 긁어 가는 자가 있다. 알고 보면 이런 자는 돈을 따먹기 위해서 초면에는 좀처럼 자기 수를 보이지 않고 약한 체하다가 내기를 걸도록 유혹을 해 놓은 뒤에는 본격적으로 덤벼들어 있는 대로 상대편의 돈을 훑어 간다는 것이다.

악질이다.

간사한 놈들이다.

갖은 감언이설*로써 아첨을 다 하다가, 일단 유사지추有事之秋*에는 교분交分*이고 의리고 헌신짝처럼 집어치우고 이해利害로써 맞서는 세속배*와 같은 자들이다.

바둑이란 것은 꽤 재미나게 된 노름이라 가령 장기 같으면 소위이른바 군왕 비슷한 '장군'이란 놈이 떡 버티고 앉았으면 그놈을 포위하는 '샤'士라는 호위병이 있고 무슨 '차'車니 '포'包니 '마'馬니 '상'象이니 '졸'卒개니 하는 것들이 죽 늘어서고, 각기 소임맡은 일이 달라서 제 몸을 가지고도 제 자유로 움직이지도 못하는 꼴이, 꼭 봉건 군주 제도와 같아서 나는 장기나 장기를 두는 꼴만 보아도 그만 판을 들어 엎고 싶도록 미워지는 성미인데, 바둑만은 그렇지 않아서 장기처럼 무슨 노홍소청老紅少靑이라 하여 연상배年上輩라고 홍을 쥐어야 한다는 법도 없고, 실력數이 높은 사람이면 십 년, 이십 년 아래 친구일지라도 백白을 주는 법이요, 수가 모자라면 제 손자뻘이라도 흑을 쥐어야 하는 것이 평민적이라서 좋고, 또 장기처럼 그 개떡 같은 권력의 집중체*인 '장군'이라든가 차니 포니 마니 상이니 졸개니 하는 계급별이 없어 좋고, 그저 흑이면 흑, 백이면 백, 모조리 동글납작하여 대소귀천大小貴賤*이 없는 꼭 같은 모양들인 것이 좋고, 또 장기처럼 적진敵陣이니 내 진陣이니 하는 천하를 양분하는 지역별이 없이 바둑판이 네 구석에 아무데나 가서 자리를 차지하고 집을 짓고 살 수도 있고, 돌들이 아무렇게나 뛰어다니며 활보*를 해도 행보行步*의 부자유가 없어

첫째 시원하다.

무엇보다 시원한 것은 아무리 저편의 영역 안이라도 내 실력만 있으면 얼마든지 뛰어들어 가서 집을 짓고 살 수도 있고, 제아무리 완적頑敵*이라도 조금도 그것을 방해 놓지 않는다. 뿐만 아니라 올 수 있으면 얼마든지 와서 살라고 환영한다.

어디까지 상대편의 실력을 존중하고 정당하게 싸운다.

만일 한편에서 고군이 역전力戰*하다가 실패를 하였을지라도 다른 편에서 다시 패세敗勢*를 회복하는 수도 있고, 부분적으로 실패한 것이라도 전체적으로 승리를 얻는 수도 많다.

장기라면 이런 것이 도저히 용납되지 않는다.

한 놈의 '장군'을 위하여 수다數多*한 군졸들이 발 한번 옴쭉 못해 보고, 백기를 들고 마는 장기와는 판연判然*히 다르다.

요새 청년들이 '마장'*이나 '카드'로 밤을 새우고 시간을 낭비하면서, 어찌해서 그 좋은 바둑을 경이원지敬而遠之*하는지 도무지 이유를 알 길이 없다.

골치 아픈 노자老子의 『도덕경』*한 페이지를 읽는 대신에 모름지기 바둑판 위에서 인생을 배우는 것이 한층 더 첩경*이 되지 않을까 싶다.

겨울 달밤 성북동

산보하는 길녘*은 좁을수록 좋다. 호젓할*수록 좋다. 봄보다는 들국화 뜨음뜨음 피어 있는 가을일수록 좋다. 산보하는 길녘은 끝이 아니 보이는 길이어야 한다. 좁다란 길이 언덕 너머로 사라지는 비밀의 길이어야 한다. 언덕을 넘으면 좁다란 길이 계속되고, 그 언덕을 넘으면 또 좁다란 길이 계속되는 미지未知의 길이어야 한다.

방향은 곳곳이 있다. 그러나 내 발이 제일 자주 거니는 곳은 역시 내가 사는 성북동 산기슭이다. 나는 동화 속의 사람처럼 가끔 이런 길을 가려 헤매나니, 그러므로 내 산보는 누가 보든지 몽유병자*와 같은 허무한 산책이다.

여름의 산보는 진종일 비를 촉촉이 맞으며 거닐어야 한다. 가을의 산보는 주야밤낮의 구별이 없어도 좋다.

석양이 내 정원에 비낄* 때면 피로한 신경을 이끌고 발길이 문을 나선다. 석교石橋를 건너 서면 들국화 가냘프게 피어 늘어진 조붓한조금 좁은 듯한 길이 청룡암靑龍庵으로 향한다. 나는 내 산보의 유일의 동반자로 밤마다 도적을 보살피는 쫑 군(개 이름)을 앞세운다.

성북동의 산보로散步路는 달밤이 더욱 좋다. 그러나 반드시 겨울 달밤이어야 한다. 나는 가끔 찬 달밤 별들을 헤아리며 등불이 묵묵히 박힌 산 밑 길을 묵묵히 거닐기도 한다. 나무숲 새로 흐르는 달빛도 좋다. 모래알 사이사이로 소리치는 물소리도 들음직하다. 그보다도 영국풍 신사처럼 걸어가는 내 모양과 거상巨象*같이 움직이는 내 그림자가 더욱 좋다. 이러한 신비스러운 밤에 나는 적막한 호흡을 내어 뿜으면서 가까이 있는 친구의 서재를 찾는 일이 내 도락道樂*의 하나이다.

게

정소남鄭所南*이란 사람이 난초를 그리는데 반드시 그 뿌리를 흙에 묻지 아니하니 타족他族*에게 짓밟힌 땅에 개결慨潔*한 몸을 더럽히지 않으려 함이란다.

붓에 먹을 찍어 종이에다 환*을 친다는 것이 무엇이 그리 대단한 노릇이리요마는 사물의 형용을 방불하게 하는 것만으로 장기長技*로 치는 데 그치지 않고, 자연을 빌려 작가의 청고淸高*한 심경을 호소하는 한 방편方便으로 삼는다는 데서 비로소 환이 예술로 등장할 수 있고 예술을 위하여 일생을 바치기도 하는 것이다.

그런데 나란 사람이 일생을 거의 삼분의 이나 살아온 처지에 아직까지 나 자신 환쟁인지* 예술가인지까지도 구별하지 못한다는 것은 딱하고도 슬픈 내 개인 사정이거니와, 되든 안 되든 그래도 예술가답게나 살아 보다가 죽자고 내 딴엔 굳은 결심을 한 지도 이미 오래다.

되도록 물욕物慾˚과 영달˚에서 떠나자, 한묵翰墨˚으로 유일한 벗을 삼아 일생을 담박淡泊˚하게 살다 가자 하는 것이 내 소원이라면 소원이라 할까.

이 오죽잖은˚ 나한테도 아는 친구 모르는 친구한테로부터 시혹時或˚ 그림 장이나 그려 달라는 부질없는˚ 청을 받는 때가 많다. 내 변변치 못함을 모르는 내가 아닌지라 대개는 거절하고 마는 것이나, 그러나 경우에 따라서는 할 수 없이 청에 응하는 수도 있고, 또 가다가는 자진해서 도말塗抹˚해 보내는 수도 없지 아니하니, 이러한 경우에 택하는 화제畵題˚란 대개가 두어 마리의 게를 그리는 것이다.

게란 놈은 첫째, 그리기가 수월하다. 긴 양호羊毫˚에 수묵˚을 듬뿍 묻히고 호단毫端˚에 초묵焦墨˚을 약간 찍어 두어 붓 좌우로 휘두르면 앙버티고˚ 엎드린 꼴에 여덟 개의 긴 발과 앙증스런˚ 두 개의 집게발이 즉각에 하얀 화면에 나타난다. 내가 그려 놓고 보아도 붓장난이란 묘미가 있는 것이로구나 하고 스스로 기뻐할 때가 많다. 그리고는 화제˚를 쓴다.

滿庭寒雨滿汀秋만정한우만정추　뜰에 가득 차가운 비 내려 물가에 온통 가을인데

得地縱橫任自由득지종횡임자유　제 땅 얻어 종횡˚으로 마음껏 다니누나.

公子無腸眞可羨공자무장진가선　창자 없는 게가 참으로 부럽도다.

平生不識斷腸愁평생불식단장수 한평생 창자 끊는 시름*을 모른다네.

역대로 게를 두고 지은 시가 이뿐이랴만 내가 쓰는 화제는 십중팔구 윤우당尹于堂*의 작作이라는 이 시구를 인용하는 것이 항례恒例*다.

왕세정王世貞*의 "橫行能幾何횡행능기하 終當墮人口종당타인구(마음껏 횡행*하기를 얼마나 하겠는가. 결국에는 사람 입에 떨어질 신세인 것을)" 하는 대문*도 묘하기는 하나 무장공자無腸公子로서 단장斷腸*의 비애*를 모른다는 대문이 더 내 심금*을 울리기 때문이다.

이 비애의 주인공은 실로 나 자신이 아닌가. 단장의 비애를 모르는 놈, 약고 영리하게 처세할 줄 모르는 눈치 없는 미물微物! 아니 나 자신만이 아니라 우리 민족 중에는 또한 이러한 인사人士가 너무나 많지 않은가.

맑은 동해변 바위틈에서 미끼를 실에 매어 달고 이 해공蟹公(게)을 낚아 본 사람은 대개 짐작하리라. 처음에는 제법 영리한 듯한 놈도 내다본 체 않다가 콩알만큼씩 한 새끼 놈들이 먼저 덤비고 그 곁두리*를 보아 가면서 차츰차츰 큰 놈들이 한꺼번에 몰려나와 미끼를 뺏느라고 수십 마리가 한 덩어리가 되어 동족 상쟁相爭을 하는 바람에 그때 실을 번쩍 치켜 올리면 모조리 잡혀서 어부의 이利가 되게 하고 마는 것이다.

어리석고 눈치 없고 꼴에 서로 싸우기 잘하는 놈!

게

귀엽게 보면 재미나고, 어리석게 보면 무척 동정이 가고, 밉살스레 보면 가증하기˚ 짝이 없는 놈!

게는 확실히 좋은 화제畵題다. 내가 즐겨 보내고 싶은 친구에게도 좋은 화제가 되거니와 또 뻔뻔스럽고 염치없는 친구에게도 그려 보낼 수 있는 확실히 좋은 화제다.

뜰에 가득 차가운 비 내려 물가에 온통 가을인데

제 땅 얻어 종횡으로 마음껏 다니누나.

창자 없는 게가 참으로 부럽도다.

한평생 창자 끊는 시름을 모른다네.

조어삼매 釣魚三昧*

烏紗鄭去不爲官 오사정거불위관

오사모(烏紗帽*)를 벗어 던져 벼슬자리 물러나니

囊橐蕭蕭兩袖寒 낭탁소소양수한

주머니는 텅텅 비고 양 소매는 차가웁네.

寫取一枝淸瘦竹 사취일지청수죽

청수(淸瘦한*) 대나무 한 폭을 멋지게도 그려 내어

秋風江上作漁竿 추풍강상작어간

바람 부는 가을 강에 낚싯대나 만들어 볼까.

오십이 넘은 판교(板橋)는 마음에 맞지 않는 관직을 버리고 거리낌 없는 자유로운 심경에서 여생을 보냈다.

"청수한 한 폭 대를 그리어 추풍강상(秋風江上)에 낚대 낚싯대나 만들까

보다.”

　궁핍을 면할 양으로 본의 아닌 생활을 계속하느니보다 모든 속사俗事를 버리고 표연히 강상江上의 어객漁客이 되는 것이 운치 있는 생활이기도 하려니와 얼마나 자유를 사랑하는 청고淸高한 마음이냐. 고기를 낚는 취미도 실로 삼매경에 몰입할 수 있는 좋은 놀음이다.

　푸른 물이 그득히 담긴 못가에서 흐느적거리는 낚싯대를 척 휘어 잡고 바늘에 미끼를 물린다.

　가장자리에는 물이끼들이 꽉 엉켰을 뿐 아니라 고기도 송사리 떼밖에 오지 않는지라, 팔 힘 자라는 대로 낚싯줄이 허許하는 대로 되도록 멀리 낚시를 던져 조금이라도 큰 고기를 잡을 양으로 한껏 내던져도 본다. 풍덩 물결이 여울처럼 흔들리고 나면 거울 같은 수면에 찌만이 외롭게 슬프게 곧추서 있다.

　한 점 찌는 객이 되고 나는 주인이 되어 알력과 모략과 시기와 저주로 꽉 찬 이 풍진風塵 세상을 등 뒤로 두고 서로 무언의 우정을 교환한다.

　내 모든 정열을 오로지 외로이 떠 있는 한 점 찌에 기울이고 있노라면, 가다가 별안간 이 한 점 찌는 술 취한 놈처럼 까딱까딱 흔들리기 시작한다.

　‘고기가 왔구나!’

　다음 순간, 찌는 물속으로 자꾸 딸려 들어간다.

'옳다. 큰 놈이 물린 게로군.'

잡아당길 때 무거울 것을 생각하면서 배꼽에 힘을 잔뜩 주고 행여나 낚대낚싯대를 놓칠세라 두 손으로 꼭 붙잡고 번쩍 치켜올리면, 허허 이런 기막힌 일도 있을까. 큰 고기는커녕 어떤 때는 방게°란 놈이 달려 나오고, 어떤 때는 개구리란 놈이 발버둥을 치는 수가 많다. 하면 되는 줄만 알았던 낚시질도 간대로그리 쉽사리 우리 따위까지 단번에 되란 법은 없나 보다.

세상일이란 모조리 그러한 것이리랴마는 아무리 내 재주가 서툴다 기로서니 개구리나 방게란 놈들도 염치가 있지, 속어속담에 이르기를 숭어가 뛰니 망둥이도 뛴다는 셈으로 나는 나대로 제법 강상의 어객인 양하고 나섰는 판에, 그래도 그럴듯 미끈한 잉어〔鯉魚〕까지야 못 물린다손 치더라도 고기도 체면은 알 법한지라, 하다못해 붕어〔鮒魚〕새끼쯤이야 안 물리랴 하는 판에, 얼토당토않은 구역질 나는 놈들이 제가 젠체하고° 가다듬은 내 마음을 더럽힐 줄 어찌 알았으랴.

세상이 하 뒤숭숭하니 고요히 서재나 지키어 한묵〔翰墨〕°의 유희°로 푹 박혀 있자는 것도 말처럼 쉽사리 되는 것은 아니라, 그렇다고 거리로 나가 성격 파산자°처럼 공연스레 왔다 갔다 하기도 부질없고°, 보이는 것 들리는 것이 모조리 심사 틀리는 소식밖엔 없어 그래도 죄 없는 곳은 내 서재나라 하여 며칠만 틀어박혀 있으면 그만 속에서 울화가 터져 나온다.

조어삼매

위진魏晉 간에 심산벽촌深山僻村에 은거하여 청담淸談이나 일삼던 그네의 심경을 한때는 욕을 한 적도 있었으나, 막상 나 자신이 그런 심경에 처해 있고 보니 고인古人의 불우한 그 심정을 넉넉히 동감하게 된다.

白髮魚樵江渚上백발어초강저상　백발의 어부와 나무꾼이 강가에서
慣看秋月春風관간추월춘풍　가을 달과 봄바람을 노상 즐기나니
一壺濁酒 喜相逢일호탁주 희상봉　막걸리 한 병 들고 반갑게 만나서
古今多少事고금다소사　고금의 하고많은 일들을
都付笑談中도부소담중　모두 소담에나 부쳐 보세.

하자는 시기나 되었으면 또 좋으련마는 우리 눈앞에 깃들이고 있는 현실은 그렇게도 못 된다.

　하도 답답하여 시혹時或 틈을 내어 강상江上의 어별魚鼈로 벗이나 삼을까 하여 틀에 어울리지 않는 낚대를 둘러메고 나가는 날이면 기껏해야 이 따위 봉욕逢辱이나 당하고 돌아오기가 일쑤다.

　고왕금래古往今來에 세상이란 언제나 이러한 것인가? 개구리까지도 망둥이까지도 나를 멸시하는, 아니 그 더러운 멸시를 받고도 꼼짝달싹할 수 없는 세상이란 원래 이러한 것인가.

　아아!

잉어가 보고 싶다. 그 희멀건* 눈을 번뜩거리며 끼끗한* 신사의 체구를 가진 잉어가 연잎과 연잎 사이로 자유스럽게 유유히 왕래하는, 현명한 신사 잉어가 보고 싶다.

조어삼매

머리

머리가 있어 여자를 아름답게 하는 것은 마치 공작새가 영롱한* 꼬리를 가진 것과 같다 할까.

여자의 아름다움이 몸에도 있고, 이耳, 목目, 구口, 비鼻, 혹은 말소리, 웃음 웃은 데까지 다 아름다움이 있는 것이지만, 그중에도 머리가 주는 아름다움이란 이루 측량할 수 없는 것이다.

간혹 전차간 같은 데서 구식 부인네들의 고 깎아 세운 듯 단정한 체구에 가뜬하게* 빗은 머리와 예쁘장하게 찐 낭자*를 보면 마치 연꽃 봉오리가 피어오르는 것 같아서 승객들의 눈이 없다면 한번 핥아 보고라도 싶은 일종의 변태심*을 경험할 때가 곧잘 있다.

요즈음 돌아다니는 편발編髮* 중에는 낭자도 좋거니와 퍼머넌트파마라는 놈이 또한 꽤 마음에 드는데, 그놈은 머리를 구불구불 지진 재미보다는 나에게는 차라리 목덜미께에다 두리두리 감아 붙인 것이 그럴듯하여서 한층 더 사랑스럽기도 하다.

그런데 늘 보아도 눈에 설고* 얄미워 보이는 것은 고놈의 쥐똥머리이니, 이 쥐똥머리란 것은 한 이십오륙 년 전 처음에 서울 거리에 푸뜩푸뜩 보일 때는 정통 명사名詞가 '히사시가미'*였고, 속칭*으로는 소위이른바 쇠똥머리라 했다. 그때도 쇠똥을 딱 붙인 것 같다 해서 그렇게 명명한 것인데, 요즈음 와서는 고놈이 점점 작아져서 쥐똥만큼 돼 버리고 보니 이제는 쥐똥머리라고 하는 수밖에 없다.

편발의 변천이란 것도 실로 우스운 것이어서 혜원惠園*의 풍속도를 보면 그때는 부인네들이 흔히 머리를 땋아서 틀어 얹은 모양인데, 그것도 자기의 본바탕의 머리만을 얹은 것이 아니요, 소위 가체加髢*라 하여 다리(혹은 달비)*라는 딴 머리를 넣어서 엄청나게 머리를 크게 한 그림을 종종 본다. 그림으로 보아서도 무섭게 큰 것을 보면, 실지에 그들이 얼마나 무거운 머리들을 얹고 있었던가 함을 추측하기에 어렵지 않다 하였더니, 아닌 게 아니라 어떤 서책冊을 뒤적거리다 보니 조선조 때 큰머리 때문에 야단법석이 난 일이 한두 번이 아닌 것 같다.

요새는 되도록 머리를 작게 해서 뒤통수에 딱 붙이는 것이 그들의 미감*을 돋운다는 것처럼, 그때는 반대로 크면 클수록 더 호사*스러워 보였던 모양이라, 영조英祖 35년에 부인네의 가체하는 풍습을 금한 일이 있었으나 잘 이행되지 않아서 그후 미구未久*에 다시 해금解禁을 하되 다만 너무 고대高大*하여 사치스러운 가체만을 하지 말라 한 일이 있었고, 또 그후 한 삼십 년을 격한* 정조正祖 12년에는 각 신하들이 상소로써 가체의 폐풍弊風*을 말하고 사치의 지나침을 금하자 하여, 온통 금지문을 인쇄해서 경향京鄕*에 반포頒布*하고 아무 때까지 고치지 않을 때는 엄벌에 처한다 한 일까지 있었다 한다.

그중에도 재미난 것은 그때 부인들이 큰머리를 하는 것을 얼마나 기막히게 좋아하였던지, 아무리 빈궁한 유생儒生*의 집일지라도 전지田地*를 판다, 집간을 판다 하여 수백 냥의 돈을 마련하여 다리를 사기에 급급하였다 하는 것이며, 심한 것은 결혼 후 육칠 년이나 되어도 다리를 준비하지 못하여 시집을 가지 못하고, 그 때문에 폐륜廢倫* 지경에까지 간 일도 종종 있었다는 것이며, 어떻든 머리가 크고 무겁고 하면 할수록 호사스러운 것이어서, 어떤 부잣집 며느님 한 분은 나이 겨우 열세 살인데 얹은 머리가 너무 크고 무거워서 방에 들어오시는 시어머님께 절을 하려고 일어서다가 머리에 눌려 경골頸骨*이 부러져 죽은 일까지 있었다 한다.

나이 이십을 지난 방년芳年*의 여성으로서 잘라 놓은 무 토막처럼 싹둑 단발을 해 버리는 요즈음의 '오갑바'*들이나, 또는 간지럽게 작은 머리쪽을 멋을 부린다고 뒤통수에 딱 붙여 버린 최신형 '히사시가미'도 보기에 괴로운 바 있지만 어느 때는 머리를 한없이 크게만 얹는 것으로써 호사를 삼고, 말미암아 경산傾産*을 하고 폐륜에 이르고,

심지어는 생명을 잃어버리는 일까지 있은 것은, 시대가 격하고_{다르고} 사상이 다른 일면은 있다 치더라도 그때와 지금의, 사치만을 좋아하는 여성 심리의 너무나 현격懸隔한[*] 거리에 놀라지 않을 수 없다.

표정과 의상

거리를 걸어가면서 혹은 전차를 타고 가면서 서로 마주치기도 하고 휙 지나쳐 버리기도 하고, 또 내리고 오르고 앉고 서고 웃고 하는 여성들의 동작과 표정과 인상을 나는 가끔 무던히* 주의해 보는 적이 있는데, 그중에서 '저런 여성을 꼭 한번 그려 보았으면' 하는 유혹을 못 견디게 느끼게 하는 여성이란 별로 만나 본 적이 없다.

조선에 미인이 그다지 없는 바도 아니겠고 내 눈이 야단스레* 높은 탓도 아니겠는데 웬일일까, 나는 아직 한 번도 내 화욕畵慾*을 일으킬 만한 여성을 만나 본 적이 없다. 소인素人*의 생각에는 속칭* 미인이면 틀림없이 그림 재료가 되느니 하고 생각하는 이가 많지만, 속소위俗所謂* 미인이란 형은 화적畵的(그림의) 견지에서 볼 때에는 그것처럼 평범하고 보잘것없는 것은 없다. 마주 앉아 이야기나 하기에는 과연 예쁘고 아기자기한 맛이 날지 모르나, 그런 미인들은 용모의 전면이 이렇다 할 만한 특징이 없고 이 구석도 저 구석 같고 저 구석도 이 구석 같아서 말하자면 한군데 쿡 찔리는 차밍매력이 없기 때문이다.

나체를 그린다면 별문제이겠지만(그러나 나체로서는 동양 여성의 육체의 정돈되지 못함이란 이루 비할 데 없다) 용모로서 회화적 조건을 가진 사람이란 극히 드물다.

한 여성의 얼굴이 그림을 만들어 주기에는 단순히 어디인지 모르게 예쁘다 하기보담도 윤곽은 어떻게 되었든 먼저 그 눈의 아리따움이 있어야겠고 다음에는 그 입이 나를 이끌어 주어야겠다.

윤곽도 코도 귀도 혹은 살빛 따위는 아무래도 좋다. 샛별 같은 눈이 필요하다. 그 눈은 감정보다도 이지理智가 가득 차 있어야겠고, 곱고 어진 심령心靈*을 비추고 있어야겠고, 슬픈 듯 기쁜 듯 애원하듯 하소연하듯 하여 마치 산길에 핀 한 송이 가련한 가을 국화를 대한 듯 사람의 마음을 흔드는 눈이어야 하겠다. 그리고 또한 입. 그 입은 가장 엄숙하여 조는 듯 침묵을 지키는 입이어야 하겠다. 그 입에서는 현숙賢淑하고* 고요한 사상을 이야기할 때에만 비로소 열릴 줄 아는 위대한 모성애를 담뿍 품은 듯한 입이어야 할 것이다.

이러한 여성들은 가다 오다 그림에서는 볼 수도 있는데, 넓다는 장안* 안에서 십 년을 돌아다녀야 아직 한 번도 이런 눈과 이런 입을 가진 여성을 만나지 못했다.

그러나 나는 가끔 여자들의 의상에서 화욕*을 일으키는 때가 많다.

의상이라 하여 요사이 시정市井* 여성들에게서 흔히 보이는 커튼 치마나 후줄근한* 하부다이羽二重*, 후지기누富士絹* 따위 옷이 아니요, 깨끗한 모시옷을 말쑥하게 다듬어 입은 청조淸操*한 몸맵시이거나, 그렇지 않으면 열찻간에서 흔히 볼 수 있는 서간도西間島* 보따리를 웅기중기* 둘러멘 농촌 부인네들의 어색한 듯하면서도 어리숙하고 구수한 옷들이다.

모시옷이란 대체로 갈피갈피 접히는 주름이 어느 나라 옷으로도 비교할 수 없는 이취異趣가 있는 것이지만, 농촌 부인네들의 입은 옷들에서도 무명이건 광목廣木*이건 혹은 삼베건 그것이 겹으로 겹으로 접혀 들어간 굵은 주름의 선이 시커멓고 못생긴 얼굴과 썩 잘 조화될 수 있다.

깎아 세운 듯 청아淸雅한* 경녀京女*들의 맵시에도 귀족적인 맛이 있는 것이지만, 시커먼 얼굴에 굵다란 선이 이리저리 뒤섞인 담박*한 색채에는 한층 더 우리를 끄는 야생적인 미를 발견할 수 있다. 말하자면 가장 순결한 표정을 이 사람들은 안면과 의상과 동작에 가지고 있는 것이다.

여기에 우리가 무엇보다도 흥미를 느낄 수 없는 것은 이것도 저것도 아닌 요사이 모던 여성들의 화장법이니, 그 쥐똥만 한 딱 붙인 머리와 알록달록한 치마와 부자연한 사교 표정에는 아무리 보아도 동감할 수 없다.

화욕을 일으킬 걸작이 없다는 건 둘째 문제로 치고라도 다반茶飯*
미학상美學上으로 본대도 취할 건덕지*가 없다.

여자들의 의상에 주름이란 것이 의상미에 얼마나 큰 영향을 주고
있는가를 요사이 여성들은 전혀 고려에 넣지 않고 있다. 하필 화재畵
材*로서의 여성의 조건뿐만이 아니라 보통 처세*적으로 생각할지라
도, 여성들에게 좀 더 두발머리털과 의상과 표정에 관심을 갖는 시대가
왔으면 싶다.

팔 년 된 조끼

혼인 때 얻어 입은 조끼가 팔 년이란 긴 세월을 지나는 동안에 낡다 못해 해지고˚, 해지다 못해 생활에 쪼들린 사람의 상판˚처럼 여지없이˚ 모지라지고˚ 보니, 보다 보다 못해 아내가 바가지를 긁기 시작한다.

"여보시오, 원 입을 걸 입어야지 그게 뭐란 말이오?"

아내의 이러한 탄식에는 '아닌 게 아니라' 수긍˚될 점이 없지 않다.

"돈이 들면 몇 푼이나 들우. 제발 이 겨울에는 하나 해 입읍시다"

하고 조르는 아내의 심정을 넉넉히 짐작할 수 있다. 나의 인색함을 질책하는 <del>꾸짖는</del>──아니 구태여_{군이} 새 옷을 입고 싶은 흥미를 잃어버린 요즈음의 내 마음을 알 길 없어 하는 아내의 탄식에 무엇이라 변명하였으면 좋을까!

"그저 그럴 수밖에 없지." 이렇게밖에는 다시 더 웅변雄辯˚인 대답을 찾을 길이 없는 이 말이 또한 아내의 탄식에 비기어˚ 몇 배의 탄식임을 깨달을 때 진실로 마음속을 훌훌 털어 시원스럽게 보여 주지 못하는 이 육체의 조직이 원망스럽기도 하다.

정열이 사라졌으매 탐구하는 힘을 잃었고, 한때 한담(閑談)*을 일삼은 적이 있었으나 그 세계에서 살 만한 마음의 여유조차 잃어버린 지 오랜 나다.

몇 해 전만 해도 이발을 하러 갈 때면 이렇게 깎아 주, 저렇게 깎아 주 하여 이발사와 말다툼 아니한 적이 별로 없는 나였건만, 요새는 나만큼 이발사에게 충실한 사람도 없을 것이다.

"어떻게 깎으랍니까?"

"당신 마음대로 깎으우." 이 두 마디 외에 이발소에서 오고 가는 말은 한마디 없다.

구태여 머리에 기름을 발라 젖히고 싶은 마음도 없거니와, 그렇다고 봉두난발(蓬頭亂髮)*로 지낼 수도 없다. 아침이면 눈을 떴나 보다, 배가 부르면 밥을 먹었나 보다, 그러다가 죽고 마나 보다.

외국 사람 같으면 한창 일하려고 발버둥을 칠 시기인데 우리는 어째 요 모양으로 옥말려* 드는 한 덩어리 물질에 불과하단 말인가!

동해로 가던 날

7월 24일. 동반한 김 군이 잡아 준 자리에 마주 앉으면서 차창을 여니 대롱* 같은 비가 보기 좋게 쏟아진다.

"그럼 안녕히 댕겨다녀오서요."

기적 소리와 아내의 전송餞送*을 들으면서 우리는 동해로 떠나가는 나그네가 되었다.

나의 동해행은 처음이 아니다. 작년에도 가고 그끄께지난해의 전해도 갔다.

가면 갈수록 잊혀지지 않는 동해 바다의 그 맑고 고운 물과 모래.

동해는 언제 보아도 싫지 않은 곳이다. 영동嶺東의 경개景槪*로 경포대니 낙산사니 총석정이니 하는 이름 높은 팔경八景은 누구나 다 아는 바이지만, 동해안 일대란 물과 돌 그것만으로도 다른 어느 곳과도 비길* 수 없을 만큼 곱고 아름다운 곳이다.

안변安邊서 갈아탄 차는 미끄러지다시피 굴러간다.

어느 역 어느 촌을 지날 때나 동으로 저 멀리 새파란 수평선이 사라질 때가 없다.

그 감벽紺碧의 바다가 십 리 길이나 멀찍이 떨어져 있는가 하면, 어느덧 바로 내 눈 아래 와서 흰 거품을 삐걱삐걱 뿜으면서 퍼덕이는 것이다. 이럴 때마다 '바다여 너는 나에게 무엇을 하소연하려느뇨' 하는 탄식이 제절로저절로 쏟아진다. 바다는 오계梧溪에서도 보인다. 상음桑陰에서도 보인다. 내 주위에는 온통 바다뿐인 듯싶다.

그렇게 한적한 정거장에는 플랫폼마다 피어 늘어진 달리아들. 빨갛다 못해 까맣게 반사된다.

아아, 이렇게 화창한 여행이 있을까! 비는 그쳤고 석양이 어스레하게 물 밀려오듯 한다. 나의 눈앞에 어느덧 송전松田이 나타난다. 노련한 솜씨를 가진 원정園丁(정원사)의 손으로 수십 년씩 정성스레 길러 낸 듯 아담스런 소나무들이 편안히 자리 잡고 있는 이 해변.

에메랄드의 소나무들 사이로 붉은 지붕이 보인다.

A씨의 별장, B씨의 별장, C씨의 별장. 피서지의 별장들은 똥뒷간변소만큼만 지어 놓아도 화려하게 보이나 보다.

"E 군이 나왔을까?"

기차가 총석叢石(총석대)을 바라보고 커브를 돌릴 때 등불 하나 없는 플랫폼에서 우리는 오 분이나 머뭇거렸다.

동해로 가던 날

E는 여관에도 없다. 온 마을 다 찾아보아도 없다.

E는 아마 바다로 갔나 보다.

우리는 바다로 경쾌한 스텝을 옮겼다.

바다에서는 느끼한 물 비릿내비린내가 흘러온다.

바다에는 달이 떠 있다. 하늘에 뜬 달은 멍석만 하고 바다 속에 뜬 달은 함지박만 하다.

파도가 몰려온다.

격검擊劍하는 장면처럼 번쩍번쩍 달빛과 파도가 싸우면서 흰 거품을 해변가로 몰아다 붙인다. 그리고 검은 물결은 후회하는 사람처럼 물러앉는 양이 더한층 슬프다.

해변은 마라톤 선수들이 떠난 뒤처럼 희멀끔하다.

문득 나의 환상은 학생 적에 본 프랑스 영화의 한 장면으로 옮아 간다.

─항구. 동양으로 떠나는 배는 오늘도 정박해 있다. 눈알 새파란 계집애는 끝없는 인생의 권태倦怠를 느끼고 있다. 이방異邦으로 떠나는 배를 몰래 잡아탈까 보다.

백치白痴. 이 항구에 백치가 있다. 백치는 그 높다란 층층대를 줄달음쳐 온다. 백치는 그 아득한 사막을 달리고 있다.

이 항구에도 검은 고양이가 있구나─처창悽愴한 밤 바닷가에 이름 모를 조개껍질들이 운명의 씨처럼 여기저기 놓여 있다.

별같이 생긴 해저海底*의 괴물, 동글납작하게 된 이름 모를 물건들.

정다각형으로 된 가지가지 바다의 산물들은 결코 우연히 생긴 것은 아니리라. 조물주의 전능한 힘은 이곳에도 보이는구나.

저편 물속 불과해야 이백 미터밖에 안 되는 곳에 대여섯 명 수영 선수가 헤엄을 치고 있다.

"이 밤에 누가 저렇게 헤엄을 치나" 하였더니,

"사람이 아니라 물개라네, 해구海狗*" 하는 소리가 뒤에서 들린다.

돌아다보니 그것은 E였다.

우리들은 한동안이나 별과 달과 물을 즐기다가 여사旅舍*로 돌아왔다.

"바다에서 나서 바다에서 살다가 바다에서 죽어 버렸으면……."

이런 독백이 누구의 입에선지 흘러나왔다.

동해로 가던 날

쓰리꾼*의 도덕

"역사상 인물로 누가 제일 재미난 인물이냐" 할 것 같으면 무식한 나로서는 서슴지 않고 "그건 장자莊子*요" 할 수밖에 없다. "그건 어째서 그러냐" 할 것 같으면 무식한 나로서는 천생 "그건 내가 『남화경』南華經* 중에서도 「양생주」養生主를 애독*하였기 때문이오" 할 수밖에 없다.

그러나 이실직고*를 할 양이면, 내가 「양생주」를 애독하였다는 말은 허울겉모양뿐이지 「양생주」에 담긴 뜻이 무엇을 말하려 함인지 이 자리에서라도 묻는 사람이 있다면 나는 대답을 못하고 땀만 흘릴 수밖에 없는 실로 애처로운 형편인 것을 미리 고백해 둔다.

누가 웃되 "그럼 너는 「양생주」를 어떻게 읽었단 말이냐" 한다고 가정한다면 그러한 경우에 나는 이러한 태도로 대답할 수밖에 없다.

"「양생주」는 『남화경』 중에서도 좋은 대문*입니다. 「양생주」만 체득*한다면 문제없습니다. 하나 「양생주」에는 달걀 노른자가 있습니다. 그것은 백정白丁° 놈 이야기입니다.”

　소 잡는 데 이력°이 난, 아니 이력이 났다느니보담 소 잡는 데 도통을 한 백정 놈이 문혜군文惠君 앞에서 소를 잡는데, 칼날이 번쩍하자 소는 아무튼 해체°가 되는데, 뼈는 뼈대로 살은 살대로 피 한 점 흐르는 법 없이 척척척 해내는데, 백정 놈이 아니라 문혜군 앞에는 한 도인道人이 신통변°을 부리는 것 같았다.

　문혜군 왈, “선재善哉°라, 어쩌면 기술이 이럴 수가 있을까 보냐”고 시쳇말°로 박수갈채를 했던 모양이지.

　그런데 이 백정이 쓰는 칼이란 놀라다가도 웃을 일이지, 남들이 다달이 해마다 칼을 간다는데 이 치°는 십구 년에 수천 마리의 소를 잡고서도 칼날이 금시금방 숫돌°에서 옮겨 온 것 같다니.

　이만큼 묘리妙理°를 얻어 나가는 데는 칼날처럼 날카로운 물건도 다칠 리가 없는 법이라. 백정의 기술이 도에 이른 것도 장한 노릇이지만 “선재라, 포정庖丁°의 말을 들으니 양생방養生方°을 깨닫겠구나” 한 문혜군이 더욱 가상하다°.

　요즘 전차간에서 쓰리 도인道人이 꽤 기술을 발휘하는데 이것이 문혜군의 표정에 결코 못지않는다.

　밀치고 닫히고 하다가 한 정류장을 지났다.

　싹둑 잘라진 백 원 지폐가 땅바닥에 떨어지자 “쓰리인가” 소리가 어느 입에서 튀어나오자 “이키, 시계를 떼였네” “이크! 칠천 원 돈이 달아났네" 하는 소리가 연발한다.

그중에 한 친구는 고개를 좌로 우로 냅다 흔들기만 한다.

"그것 참 알다가도 모를 일이로군. 확실히 양팔을 가슴에 꽉 끼고만 있었는데 쓰메에리* 양복에 단추 하나 떼지도 않고, 겉으로 칼질 하나 안 가고─이놈이 귀신인가, 어떻게 품속으로 칼이 들어와서 속주머니를 베고 어떻게 꺼내 갔담. 허허 그것 참 장할시고."

쓰리에도 인정이 있고 도덕이 있다. 전날 쓰리 같으면 외투고 양복이고 사정없이 밖으로 칼질을 했다는데, 그것도 이즈막* 은 극도의 발달을 해서 '미안하니까' 거죽은 건드리지도 않고 아예 속에서 칼질이 귀신처럼 지나간단다.

어릴 제 들은 이야긴데, 남대문 정거장에서 금 보석 반지를 낀 부인네가 막 기차에 오르려다가 우연히 조선 호텔을 바라다보았다나. 위층 창문이 열리더니 코 큰 양놈이 창을 열고 히죽 웃고 문을 닫는 걸 보았을 뿐인데 그간에 부인네의 손가락에 건 보석 반지는 간 곳이 없었다고. 그래서 그러한 사유를 경관에게 말했더니 과약시果若是* 그 양놈을 수색하니까 바로 그 부인네가 꼈던 보석 반지가 튀어나왔더라고. 그 당시에 듣기에는 무척 신기로운 듯했으나 동서東西의 교류가 자못* 빈번한 오늘에 있어서는 우리의 쓰리 도道도 의당마땅히 발달되어서 옳은 것이라, 일별一瞥* 할 하등의아무런 신기성신기함도 있을 리 없다.

원자탄의 불빛만 번쩍하여도 수백만 명의 목숨이 하루살이 소나기 겪듯 사라지고 말 판인데, 하기야 그까짓 쓰리 도道쯤 가지고 신통할 것도 못 될 성싶다.

이동 음식점

서울은 재미난 도시다.

골동품 같은 집이 있다.

남의 담장에 기댔을망정 쓰레기통 옆에 놓였을망정 아담한 차림새로 구중궁궐九重宮闕[*] 부럽잖게 꾸밀 대로 꾸미기도 했다.

추녀 끝에는 방울 같은 새를 앉히고 납작한 완자창卍字窓[*]도 달았다.

쌍희자雙喜字[*]를 아로새긴 세렴細簾[*]도 늘였다.

이 집에는 떡국도 팔고 진짜 냉면도 있다. 맛 좋은 개장국도 한다.

노동자 빈민은 물론 한다하는알아 줄 만한 신사도 출입을 한다.

이 집에는 계급의 구별도 없다.

땅바닥에는 검둥이란 놈이 행여[*] 동족의 뼈다귀나 한 개 던져 줄까 하고 침을 꿀꺽꿀꺽 삼키며 기다리고 있다.

이래 봬도 하루의 수입이 물경勿驚[*] 만 원을 넘기는 것은 누워 떡 먹기다.

　더구나 이 집의 재미난 것은 주추柱礎* 대신에 도롱태*를 네 귀*에 단 것이다. 아무 때나 이동할 수 있다.

　순경 나으리가 야단을 치는 날이면 지금 당장에라도 훨훨 몰아갈 수 있다.

　주인 부처夫妻*는 진종일하루 종일 영감 그린 종이를 모으기에 눈코 뜰 새 없다가, 도시의 소음이 황혼과 함께 스러진 뒤 참새 보금자리 같은 이 집 속에서 신화 같은 이야기를 도란거리다가 고요히 꿈나라로 들어가고 만다.

　재민災民*들은 이렇게 가지각색으로 살고 있다.

　세상을 살아가는 법이란 별의별 재주가 다 있어…….

．

이동 음식점

유희이면서 경솔히 할 수 없고, 흔한 듯하면서 귀한 것이 미술입니다. 종로 거리에 산재한 간판이나 장식이 모조리 미술 될 수 없고, 전람회장에 진열된 작품이라 하여 모조리 미술 될 수 없습니다. 한 개의 진정한 미술이 산출되려 함에는 적어도 오랜 시대가 필요하고 위대한 정신이 필요하고 무서운 노력이 필요하고서야 비로소 불멸하는 미를 산출할 수 있습니다.

제2부 화가의 일

선부善夫* 자화상

원고를 써 달라는 족족 시치미를 딱 떼고 거절하는 판에 여성지에서 하필 왈, 자화상을 그려 달란다.

그 목적이 나변那邊*에 있는지를 족히 짐작하는지라 이번에 또 거절을 하는 날이면 제 얼굴이 "추남이 되어 저러는 게로구나" 할 테니 옜다 보아라 "추남이라고 자랑 못할 날까 보냐" 하고 튀어 나설 나인 줄을 알아차린 눈치 빠른 편집자 씨의 약은 꾀에 안 넘어가려다가 기어이 내가 또 넘어가는구나.

기왕 내친 걸음이니 내 얼굴 자랑이나 좀 해 보자꾸나. 나는 원래 순후純厚(臀厚)*하고 면장面長*하고 안심眼深*하고 비고鼻高*한 분이니, 나쁘게 말하자면 톨스토이* 같고, 좋게 말하자면 해중海中에서 솟아오른, 문인文人·묵객墨客*이 애무愛撫하는 괴석怪石*과 같다.

한때 유학생 시대에는 동경 일판*에 내 코는 몰리에르Molire* 코 같

99

다고 자못* 평판이 자자하였던 코라 지금도 끔찍이 내가 사랑하는 코다. 남들은 어떻게 볼는지 모르지만 나는 거울을 놓고 내 얼굴의 이모저모를 아무리 뜯어보아도 그저 좋기만 하다.

더구나 요즈음은 여름에 빨갛게 깎았던 머리가 수더분하게* 길어오르고 코밑 턱밑의 수염이 제법 고전풍*으로 어울려서, 다른 분은 실례의 말씀으로 이 수염을 보시고 욕 꽤나 할는지 모르나 내 눈에는 이수염처럼 내 적막寂寞* 한 심사를 위로해 주는 것은 없다.

내 얼굴에서 굳이 결점을 잡아내자면 양미간*이 좁고 찌부러져서 보는 이는 속이 빽빽하다 하겠으나 기실은 실제로는 내 속이 빽빽한 것이 아니요 미간의 좁은 내 심저心底*에 깊이 숨은 우울이 나타난 것이다.

그러나 나는 이 우울이 나로 하여금 그림을 그리게 하고 글을 읽게 하며 부단히 끊임없이 내 불량심을 바로잡아 주는 것이 아닌가 한다.

나는 어느 좌석에서 희한하게도 통쾌한 호號 하나를 얻었으니 왈 선부善夫라.

평생에 소원이 어찌하였으면 선량하게 살아 볼까 하는 것이었는데, 그러면서 늘 나는 양심에 거리끼는 일을 가끔 저지르고 그리고는 곧 참회하곤 하였다. 하다못해 이름 하나만이라도 선善 자를 넣어 볼까 하던 차에 별안간 선부란 이름이 튀어나왔다.

그러나 막상 선부 하고 부르고 보니 내가 과연 선 자를 놓을 만한 잽이*가 되는가 싶어서 마음이 움츠러진다. 선부가 부당하면 불선부

선부 자화상

不善夫도 좋다. 어느 친구나 나를 불선부라 부른 것은 결코 섭섭히 생각지 않는다.

이제까지 꽤 내 자랑을 하기는 했으나 자화상을 보니 나도 그 추남임에는 정이 떨어진다.

아내가 늘 "저런 인 줄 알았으면 시집을 아니 올걸" 하는 고충을 내가 모르는 바 아니다.

그리고 편집자 씨가 내 얼굴을 장사하려는 현명賢明도 잘 알기 때문에 이제 일필휘지一筆揮之 내 얼굴이 지상紙上에 재현된 것이다.

추사秋史* 글씨

어느 날 밤에 대산袋山*이 "깨끗한 그림이나 한 폭 걸었으면" 하기에 내 말이 "여보게, 그림보다 좋은 추사秋史 글씨를 한 폭 구해 걸게" 했더니 대산은 눈에 불을 버쩍* 켜더니 "추사 글씨는 싫어. 어느 사랑에 안 걸린 데 있나" 한다.

과연 위대한 건 추사의 글씨다. 쌀이며 나무, 옷감 같은 생활필수품 값이 올라가면 소위이른바 서화니 골동이니 하는 사치품 값은 여지없이* 떨어지는 법인데, 요새같이 책사서점에까지 고객이 딱 끊어졌다는 세월에도 추사 글씨의 값만은 한없이 올라간다.

추사 글씨는 확실히 그만한 가치를 가지고 있다. 하필 추사의 글씨가 제가諸家*의 법을 모아 따로이 한 경지를 갖추어서, 우는 듯 웃는 듯, 춤추는 듯 성낸 듯, 세찬 듯 부드러운 듯, 천변만화千變萬化*의 조화가 숨어 있다는 걸 알아서 맛이 아니라, 시인의 방에 걸면 그의 시경

詩境[*]이 높아 보이고, 화가의 방에 걸면 그가 고고한 화가 같고, 문학자, 철학가, 과학자 누구누구 할 것 없이 갖다 거는 대로 제법 그 방 주인이 그럴듯해 보인다. 그래서 그런지 상점에 걸면 그 상인이 청고[*]한 선비 같을 뿐 아니라 그 안에 있는 상품들까지도 돈 안 받고 그저 줄 것들만 같아 보인다. 근년래에 일약 벼락부자가 된 사람들과 높은 자리를 차지한 분들 중에도 얼굴이 탁 틔고 점잖은 것을 보면 필시반드시 그들의 사랑에는 추사의 진적眞跡[*]이 구석구석에 호화로운 장배裝背[*]로 붙어 있을 것이리라.

추사 글씨 이야기를 하다 보니 재미난 사건 하나가 생각난다.

진陳 군은 추사 글씨에 대한 감식안[*]이 높을 뿐 아니라 일반 서화書畵, 고동古董[*]에는 대가로 자처하는 친구다.

그의 사랑에는 갖은 서화를 수없이 진열하고 "차라리 밥을 한 끼 굶었지 명서화名書畵를 안 보고 어찌 사느냐" 하는 친구다.

양梁 군도 진 군에 못지않게 서화 애호愛護[*]의 벽癖[*]이 대단한데다가 금상첨화錦上添花[*]로 손수 그림까지 그리는 화가인지라 내심으로는 항상 진 군의 감식안을 은근히 비웃고 있는 터였다.

벌써 오륙 년 전엔가 진 군이 거금을 던져 추사의 대련對聯[*]을 한 벌 구해 놓고 장안[*] 안에는 나만 한 완당서阮堂書[*]를 가진 사람이 없다고 늘 뽐내고 있었다.

그런데 양 군 말에 의하면 진 군이 가진 완서阮書[*]는 위조라는 것이

다. 이 위조란 말도 진 군을 면대할^{마주 대할} 때는 결코 하는 것이 아니니,

"진 형의 완서는 일품이지" 하고 격찬을 할지언정 위조란 말은 입밖에도 꺼내지 않았다.

그러나 진陳이 그 소식을 못 들을 리 없다. 기실^{사실은} 진은 속으로는 무척 걱정을 했다. 자기가 가진 것이 위조라구? 하긴 그럴지도 몰라. 어쩐지 먹빛이 좋지 않고 옳을 가^可 자의 건너 그은 획이 이상하더라니…….

감식안이 높은 진 군은 의심이 짙어지기 시작했다.

나는 그후 이 글씨가 누구의 사랑에서 호사[*]를 하고 있는지 몰랐는데, 최근에 들으니까 어떤 경로를 밟아 어떻게 간 것인지 모르나 진 군이 가졌던 추사 글씨는 위조라고 비웃던 양 군의 사랑에 버젓하게[*] 걸려 있고, 진 군은 그 글씨를 도로 팔라고 매일같이 조르고 있다는 소문을 들었다.

추사 글씨란 아무튼 대단한 것인가 보다.

추사 글씨

화가의 눈

생각하면 예술을 한다는 것처럼 쑥스러운 짓도 없는 것이다. 소설을 쓴네 하고 바쁜 세상에 잔 소리 굵은 소리, 게다가 거짓말조차 늘어놓아서 이걸 큰일이나 하는 듯이 떡 버티고 앉는 꼴이나, 시를 쓴다고 헛자락헛이 말 배우듯 되다만 소리를 몇 줄씩 끄적거리는 화상畵像들이며, 음악을 합네 하고 동네 사람 잠도 못 자게 떠들썩 구는 친구들이며―그러나 이런 패는 또 애교가 있는 편이다.

소위 그림을 그린다는 화상들―세칭* 화가란 명목을 떠메고 다니는 친구들은 예나 이제나 아마 제일 말썽꾸러기들만 모인 성싶다.

사지 육신*을 멀쩡하게 타고나서 이마에 땀 한 방울을 흘리지 않고 편안히 먹으려만 든다. 편안히 먹으려면 또 용서할 수 있겠는데 한술 더 떠서 이상한 짓만 골고루 찾으려 든다.

옛날에 예운림倪雲林*이란 결벽가潔癖家*는 소산蕭散*한 산수를 그리는 데 진세塵世*의 인간을 점경點景*하는 것까지 그리어서 정말 공산무인空山無人*의 수석水石만을 배치하였다는 이야기도 있고, 남은 집에 불이 붙어서 호곡呼哭*을 하고 탄식을 하는 판인데, 그 독사 같은 눈으로 붉은 불꽃이 세차게 타오르면 타오를수록 신이 나서 주시注視*하는 버릇을 가진 친구들도 있다.

"그놈의 불꽃은 곱기도 하지. 먹칠 같은 하늘빛과 싯누런 불꽃과 황홀한 곡선과……."

만일 화가들이 이러한 환상에 사로잡히면서 남의 화재*를 향락하고 있다는 심리를 세상 사람들이 안다면 사회는 화가란 존재를 더 냉대하여도 좋을 것이다.

일본에 가쓰시카 호쿠사이葛飾北齋*라는 우키요에浮世畵*의 명인이 있었다. 영국 작가이던가 '조지 무어'란 친구가 호쿠사이의 그림에 그만 홀딱 반해서 한다는 소리가 "호쿠사이의 그림 한 폭의 가치는 전 일본인의 생명과 대등하다"고 극단의 비유로써 찬탄讚歎*한 소리도 들었다.

하기는 인도란 땅덩어리쯤 가지고 저 유명한 셰익스피어와 바꾸자고 할까 봐 겁을 내는 영국 사람들이니까 이런 소리쯤 하고도 남을 수 있는 것이다.

그러나 이런 소리를 한 것이 영국의 위정자爲政者*가 아니요, 영국의 예술가, 문화인의 입에서 나왔다는 데 한층 흥미가 있고, 이러한 홍미가 어느덧 시대에 뒤진 홍미라는 데 한층 더 우리는 생각할 여지가 있다.

예술을 하는 사람들이 이렇게까지 이해할 수 없는 심경_{心境}에서 살고, 예술을 옹호하려는 마음이 이렇게까지 극단의 비유에 흘러도 좋을까.

잠깐 머리를 돌이켜 반성할 필요가 있다.

가령 우리 민족의 남긴 최대한 업적이 신라의 석조* 미술이라 하자. 그렇다고 신라의 조각을 살리기 위하여 우리 민족이 송두리째 망해 버려도 좋으냐. 안 될 말이다.

사오 년래로 산이 모조리 황요_{黃耀}*해져서 중놈의 대가리가 되었다.

나무 한 포기 풀 한 포기 의지할 곳 없는 곳이 우리 나라의 산이다.

이십 년 전쯤이었던가? 일본인 화가 한 사람을 차중_{車中}에서 만나서 부산까지 동석해 가면서 주고받던 이야기가 생각난다.

"조선에는 붉은 산이 많아서 화제_{畵題}*가 얼마든지 있겠구료."

그때는 산에 나무들이 제법 까무잡잡하게 어울려 갈 때인데도 그래도 군데군데 붉은 봉우리들이 삐죽삐죽 내밀어서 홍록청황_{紅綠靑黃}*의 다채로운 자연이 아닌 게 아니라 화홍_{畵興}*을 돋우는 것이 사실이었다.

일본이란 나라는 정말 푸른 나무 빛깔뿐이어서 화취_{畵趣}*를 일으켜 주는 자연이라고는 별로 없었다.

나는 당시의 일본 화가들이 이구동성으로 조선은 다채로운 나라라고 선망羨望*하는 소리를 들었다. 나 자신도 우리 나라는 나무 없는 붉은 산들이 많아서 그림 그리기에는 퍽 좋은 자연이라고 느끼기도 했다.

그러나 차중에서 이 이방인의 말을 들은 순간 나는 동감해야 좋을지 그렇지도 않다고 부정해야 좋을지 대답할 바를 몰랐다.

무엇인지 내 가슴속에 뭉클해지는 것을 느끼면서 나도 모르게 얼굴이 화끈했다.

그저 나는 고개만 끄덕끄덕, 그리고 빙그레 웃기만 했지만 실상 그때의 내 웃음이란 필시반드시* 쓴웃음이었을 것이다.

벌거숭이 산빛이 다채로워 그것만은 화학도畵學徒*인 나로서도 부인할 수 없는 사실이었으나, 허나 그들이 걸핏하면 조선 사람은 나무를 심을 줄 모른다는 소리를 귀에 젖도록 뼈아프게 들어온 터이라, 내가 이 땅의 흙으로 뭉쳐 태어난 이상에는 아무리 벌거숭이 산이 화취를 돋운다 치더라도 그것을 내 입으로까지 좋다고 부연*을 할 형편은 아니었다.

내가 화상畵想*을 못 얻어 그림을 집어치우고 각설이 타령으로 구걸을 할지언정 우리 나라 산은 요 모양으로 빨갛소 하는 소리를 이족異族*에게 들려주고 싶지는 않았다.

그러나 그때의 산은 또 약과였다.

1945년 8월을 턱 당하자 그후로 산들은 일사천리로 때아닌 단풍이 들었다. 모조리 빨갛다 붉다 못해 싯누런 흙빛이 장마 때 뒷간 넘치듯 마구 넘쳐흐른다.

북성北城*에서 삼각으로 줄곧 닿은 연봉連峰*이 이름 그대로 황산곡黃山谷*이다.

시꺼멓던 목멱木覓*은 열병을 앓은 뒤 털 난 놈 같다.

　녹수청산綠水靑山* 어데 가고 붉은 산 진흙 물가

　뫼*인 듯 굽어보니 묘지 적실* 예 아닌가.

　사람은 저 못난 줄 모르고 나무 심자 하더라

의정부 산골짜기까지 비행기에서는 전단傳單*을 뿌려 신기한 듯 주위 보니 하였으되, "오늘은 나무를 심는 날입니다. 산림을 애호*합시다. 여러분의 애국심으로 도벌盜伐*을 금합시다" 하였다.

외인外人*의 비행기가 군정軍政* 시대에 그들의 가솔린을 제공하여 가면서까지 우리 민족에게 민주주의적 애국심을 가르쳐 주는 것이었다.

그러나 그뒤로도 산은 날이 갈수록 점점 더 붉어지기만 한다.

해마다 민주주의는 마이크를 통하여 애림愛林* 정신을 고취하고 소학교 어린이들은 팔에 팔에 '애림 애림'이란 완장腕章*까지 달았다. 그들의 입에서는 죄 없다는 노래까지 흘러나온다.

동무야 나오너라 나무를 심자
손에 손에 호미 들고 괭이 메고
붉은 산 허리에다 나무를 심자
너 한 그루 나 한 그루 나무를 심자

노랫소리는 아름답고도 처량하다

그러나 우리 땅에 푸른 나무 그늘은 언제나 찾아오려나.

나라가 망해도 다채로운 산빛만 좋아하는 기벽奇癖*을 가진 화가의 존재가 이 땅에서 씨가 말라 버리는 한이 있더라도, 하느님 제발 이 땅에 하루바삐 마이크의 민주주의보다 푸른 나무가 자욱하게* 들어서는 민주주의의 날이 오게 해 줍소서.

화가의 눈

미술

미술이란 무엇이냐. 이 문제는 지극히 평범한 문제이로되 또한 지극히 어려운 문제입니다. 알 듯 알 듯 하면서도 쉽사리 풀리지 않는 문제입니다. 미술이란 이러한 것이다 하고 대답할 준비까지 하고 나선 나로서도 막상 붓대를 들고 보니 군소리*부터 먼저 튀어나옵니다.

세상 사람들이 상식으로 생각하는 회화, 조각, 건축, 공예 하는 것은 미술의 종별種別을 말하는 것이요 미술의 근본의根本義*는 아닙니다.

그러면 미술이란 무엇이냐.

먼저 그 족보부터 캐어 보기로 합니다. 미술이 우리 인류 사회에 생기게 된 것은 결코 백 년이나 천 년 옛일이 아닙니다. 우리들의 오늘날 쓰는 문자가 생기기도 훨씬 이전 멀리 역사 이전부터 원시 시대에 인간이 혈거 생활穴居生活*을 할 때부터 벌써 미술은 있었다 합니다. 그 기원을 말하여 어떤 학자는 인간의 유희* 본능으로 생겼다 하는 분도 있고, 혹 어떤 이는 생활 조건상 필요에 의하여 생겼다 하는 분도 있으나, 그 문제의 시비는 차치且置*하고라도 아무튼 그 시대에 벌써 미술이 존재했다는 것만 보더라도, 사람이란 먹으매* 곧 미美를 동경한다 하는 결론에 도달함을 증거하는 것입니다. 환언換言*하면 미술을 요구함은 인간의 제이차의 본능이라고 볼 수 있는 것입니다.

그러면 이렇듯 한 미술이야말로 과연 무엇이냐.

미술을 말하려면 먼저 미를 말하여야 하겠고 미를 말하려면 먼저 미학을 말하여야 하겠는데, 미학이란 철학 영역에 속한 학문으로서 필자와 같은 천식淺識*으로써 감히 언급할 바 못 되며, 또한 그것이 미술을 정의하는 데 절대 조건이 못 되므로 극히 간단한 변해辨解*로써 이 난해難解의 형이상학形而上學*만은 도호塗糊*해 버리기로 합니다.

미란 무엇이냐 하는 학문이 있은 것도 역시 수천 년 플라톤*이니 아리스토텔레스*니 하는 그리스의 학자들로부터 시작되었습니다. 근대에 와서는 칸트*니 귀요*니 하는 학자에게 이르기까지 미의 문제는 연구되어 왔으나, 그러나 아직 미란 이러이러한 것이다 하는 뚜렷한 정의定義*는 내리지 못한 채 있는 모양입니다. 미는 쾌감에서 온다 한 분도 있고, 미는 전연 무목적한 것이다 한 분도 있고, 혹은 미는 균제均齊*와 조화와 통일이 있는 곳에 있다 한 분도 있고, 또 혹은 맛 좋은 요량料量*에도 미가 있다 하는 극단설*도 있어서 각인각색의 설이 쏟아져 나왔습니다.

그러나 이런 모든 미론美論은 아무리 연구되고 체계를 이룰지라도 그것은 어디까지 학문으로서의 미요 이론화된 미요, 보고 느끼어 알 수 있는 실제의 미는 아닙니다. 다시 말하면 미학을 공부하였다고 미술품을 보아 곧 이해하느냐 하면 그런 것이 아닙니다. 그러면 미는 무엇으로써 아느냐. 미를 보고 느끼려면 직관直觀*이 필요합니다. 직관은 일조일석一朝一夕*에 오는 것은 아닙니다. 보고 또 보고, 친하고 하여 미술 작품이 가진 정신이 내 정신과 서로 교류하기까지 될 때 비로소 그 무한히 아름다움을 우리에게 보여 줍니다. 그러면 다시 미란 무엇이냐 하는 문제로 들어가자.

이상 제여러 학자의 모든 말을 종합해 볼 때 결국에 미라 함은 우리의 감정의 활동을 가리킨 것입니다. 가령 썩 좋은 경치를 볼 때 "아! 좋다" 하는 것은 우리네의 미적 감정의 활동이 있기 때문입니다(이 감정의 활동을 작품으로 표현한 것을 미술이라 합니다).

그러면 나는 지금 쉽게 말하여 이렇게 미를 생각하고 싶습니다.

'미는 우리 인간의 제일 순결한 감정의 표현이라'고.

최고最高한 경지에 있는 순결한 감정은 곧 미요 곧 선善이요 곧 진眞이 아닐 수 없을 것입니다. 그리고 또한 최고한 인격의 현현顯現*일 것입니다.

우리는 때때로 고려나 혹은 조선의 도자에서 혹은 추사*의 서書에서 이러한 감정의 정화를 느끼지 않습니까. 이 충동衝動*은 곧 미에서 오는 것일 것입니다.

미는 처처(處處)에 산재(散在)합니다. 추(醜)도 미(美) 될 수 있고 악(惡)도 미될 수 있습니다. 추니 악이니 하는 것은 도덕적 규범 안에서 사용하는 말이요 그것이 절대의 추나 절대의 악은 아닙니다. 예술가의 순결 감정을 통하여 재현(再現)될 때 악은 벌써 악이 아니요 미요, 또한 선이 되는 것입니다. 이것은 일견(언뜻 보아) 모순되는 말 같으나 그렇지 않습니다. 가령 보들레르의 예술을 보십시오. 톨스토이의 인도주의(人道主義)에서 비판할 때엔 그의 예술이 악일지 모르나 그러나 보들레르의 예술은 불멸(不滅)하는 미를 가졌습니다.

한 화가가 변소나 쓰레기통을 그렸다고 그 작품이 곧 비예술품이 겠습니까.

미술이란 대상의 미추(美醜)를 가리지 않습니다.

오직 그 지고(至高)한 감정을 통하고 세련된 기술로써 연마(鍊磨)될 때, 제재의 여하를 막론하고 진정한 한 개의 미술품이 창작되는 것입니다. 진정한 미술은 반드시 우리에게 고결한 인격과 순결한 감정과 위대한 정신을 보여 주는 것이라야 할 것입니다.

그러므로 진정한 미술을 구함은 결코 쉬운 일이 아닐 것입니다.

모든 이욕(利慾)에서 떠나고 모든 사념(邪念)의 세계에서 떠나 가장 깨끗한 정신적 소산이고서야 비로소 미술품이 될 수 있는 것입니다. 그러므로 미술이란 결코 사업도 아니요 학문도 아니요 자연의 모방도 아닙니다.

인생의 최고한 유희, 인생을 윤택하게* 해 주는 엄숙한 정신적 유희입니다. 유희이면서 경솔히 할 수 없고, 흔한 듯하면서 귀한 것이 미술입니다. 종로 거리에 산재한 간판이나 장식이 모조리 미술 될 수 없고, 전람회장에 진열된 작품이라 하여 모조리 미술 될 수 없습니다. 한 개의 진정한 미술이 산출*되려 함에는 적어도 오랜 시대가 필요하고 위대한 정신이 필요하고 무서운 노력이 필요하고서야 비로소 불멸하는 미를 산출할 수 있습니다.

이렇듯 귀한 미술이기에 우리는 진정한 예술가의 출현을 바라고, 진정한 예술가를 존경할 교양을 또한 가져야 하겠습니다.

만일 우리 인류 사회에서 미술을 뽑아 버려 보십시오. 세계는 그날부터 사막이나 다름이 없을 것입니다.

회화적 고민과 예술적 양심

최근 화단畵壇*에 두 가지 이상한 조류가 있으니, 하나는 회화적 고민이요 다른 하나는 예술적 양심의 결여다. 회화적 고민이라 함은 화단인의 작화상作畵上*의 고민을 가리키는 것으로 조선 화가의 거의 전부가 이 고민을 고민하고 있다. 지금 화단의 공기는 동·서양화를 구분할 것 없이 고민 상태에 함빠져略하여 있는데, 동양화가들의 부진不振*함과 비진보적*인 것은 논할 여지도 없거니와 화단인의 대다수를 점령한 서양화가는 한층 더 고민의 심각함이 있다.

춘곡春谷 고희동高羲東* 씨에 의하여 수입된 서양 미술은 신문학보담도 음악보담도 제일 먼저 조선에 흘러온 신문화이었음에도 불구하고 거진거의 삼십 년을 지나온 오늘날 그것이 성장하고 발전하기는커녕 달이 가고 해가 갈수록 도리어 침체沈滯*하고 퇴보하는 역현상逆現狀*을 이루고 있다.

이곳저곳서 미술 단체가 조직되는가 하면 어느 여가틈엔지 자취도 없이 사라져 버리고, 재분才分* 있는 화가들이 한두 해 기염氣焰*을 토하는가 하면 어느덧 세파世波*에 찌들리어 호구糊口*에 급급하여 숨어 버리고, 그러는 동안에 작가에게는 권태가 오고 회의가 생기고 불안이 생기고, 그러는 동안에 방향을 전환하여 혹은 상인이 되고 혹은 교원이 되고 혹은 저널리스트가 되고 심지어는 폐업까지 하는 등등의 현상이 이제 바로 조선 화단의 축사도縮寫圖*일 것이다. 지금에 와서 화단은 정히正* 용기백출勇氣百出*하고 야심발발野心勃勃*하여야 할 시기이거늘 도리어 화가들은 서양 미술을 수학修學*한 동기에 대하여 후회하는 이가 많고, 화용구畵用具*에서 작품의 처리에까지 우리들의 생활 범위인 건축이나 가구 일반에까지, 혹은 우리들의 생활 감정과 전래해 온 풍습에까지, 도무지 구석에 구석까지 모조리 서양 미술과 얼마나 거리가 멀다는 데 심리적으로 귀착歸着*되어 있다.

이 원인은 어디 있는 것일까. 물결처럼 기복起伏*하는 역사적 운명에로만 돌릴 것인가. 조선 화가들에게 시대적 자각이 없고 탐구와 의욕과 노력이 부족한 탓일까. 혹은 사회가 화가를 용납하기에 정도가 미급未及*함일까. 그렇다. 운명도 운명이려니와 화가의 무반성無反省도 무반성이려니와, 그보다도 문화의 씨를 뿌려야 할 조선 사회의 모든 계급이 노력을 아끼고, 또 조선 사회가 소위이른바 미술에 대하여 아직까지도 얼마나 천시賤視하고* 무례하며 파렴치하게 대해 주는가 하는 것이 조선 미술로 하여금 점점 더 쇠미衰微*하게 하는 소이所以*일 것이다.

그림을 '환'이라, 화가를 '환쟁이'라 하여 나라에서 굶어 죽지 않을 만한 녹祿*을 주어 기르던 옛날에도 사회가 화가를 대접하는 정도가 요새처럼 심치는 아니하였다. 그러기에 그중에서 단원檀園*도 나고 오원吾園*도 나고 하였던 것이다.

지금 조선 사회가 화가를 대접한다는 것은 그야말로 언어도단言語道斷*의 지경이다. 각종 신문사, 출판업자 내지 상당한 이해력을 가져야 할 지식층의 인사들까지가 될 수 있는 대로 화가는 노예처럼 부려 먹어야 한다는 비도의적인 악인습惡因習*을 그대로 가지고 있다. 화가의 성격은 소극적이기 때문에 자기의 노력에 대한 답례를 노골적으로 요구하는 상인商人의 근성을 가지지 못하였다. 뿐만 아니라 자기의 작품을 금전과 환산換算*하는 불명예를 그들의 자존심이 허락치 않는 것이다. 화가의 성격을 이해하고 우대할 줄 아는 사회라면 당연히 솔선하여 예를 차려야 할 것이다. 우리 사회에는 여기에 대한 염치와 교양이 없다.

그러므로 조선의 화가는 자연 호구의 길을 직업선職業線*에다 매어 단다. 직업이 하루 이틀 계속되는 날 그들은 예술에 대한 정열과 창작의 기회를 잃어버리고 또한 그들의 사색하는 범위는 예술의 세계에서 멀어지고 세속화하여 결국 호구를 위한 일개보잘것없는 비승비속非僧非俗*의 협잡물*이 되고 만다.

높은 예술을 산출*키 위하여서는 화가에게 물질적 여유의 필요는 없다. 차라리 빈핍貧乏*과 인고忍苦*의 불우와 모든 불행이 뒤얽힌 역경에 있을수록 좋다. 다만 한 가지 절대로 필요한 것은, 그들에게 예술적 자극이 있어야 하고 마음의 여유와 제작의 여유는 충분히 있어야 한다.

조선 화가의 대부분이 제작에 전일專一*하지 못하는 중대한 원인은 물질적 여유의 유무를 불문하고 예술적 자극과 제작의 여유를 얻을 수 없는 사회적 불리 때문이다. 이러한 불리한 현실은 화가로 하여금 뛰려야 뛸 수 없고 움직이려야 움직일 수 없어 급기야에는 예술에 대한 회의가 생기고 고민에 싸이는 것이다.

이러한 회의와 고민 가운데서 혹자或者*는 화필畵筆*을 집어던지고 혹자는 태만한 가운데서 날을 보내고 하는데, 여기에 파생派生*적으로 나타난 한 기현상*이 있으니 그것은 제법 재기才氣*도 있고 유망한 장래를 촉망囑望*도 할 수 있으며 권위 있는 전람회에 자주 출입도 하는 작가들로서, 지금 내 경솔한 상식으로 판단한다면 그들은 인간적인 교육의 토대가 부실한 탓인지, 불연不然*이면 그들에게 진정한 예술가로의 양심이 결여缺如*된 탓인지는 모르나, 때때로 자기네의 기득旣得*한 성가聲價*를 이용하여 개인전을 개최하는 것인데, 개인전인즉 순수한 동기가 되지 못하고 흔히는 모모 관변 측官邊側(관청 측, 정부 측)의 유력자와 민간의 소위 유지有志*들의 이름을 으레* 나열하고 벽두劈頭*에는 자기의 기술적 역량*을 극구 칭찬한 소개문이 실리고, 그리하여 주인공은 회장會場 일우一隅*에 자리를 차지하고 내왕하는 인사에게 갖은 교태嬌態*를 다 부리며 화액畵額* 밑에 '붉은 딱지' 운동*을 그야말로 침식寢食*을 잊고 하는 것이다. 정진精進*할 수 있는 예술가에게 관리官吏가 유하소용有何所用*이며 민간 측의 유지가 하관何關*이리오.

이날 이때까지 예술이 아첨에 의하여 되어진 놈이라고는 한 놈도 없다.

그 동기를 살펴건대 그들은 호구의 여유도 있는 분들이다. 가사假使* 호구의 여유가 없다 치더라도 차라리 화구대畵具代*를 못 얻어 폐업하는 불행을 만날지언정 예술가의 자존심으로서 이러한 행동은 취할 바 못 된다.

이것은 음부淫婦*나 창녀의 할 짓이어든 양심 있는 예술가들로서 어찌 묵과默過*할 바이랴.

필자는 화가에게 불리한 이 조선 현실 가운데에서 그들이 얼마나 각고면려刻苦勉勵*하고 꺾이려는 용기를 붙들기에 노력하였기에 지금 그만한 기술과 명예와 성가聲價*를 소유하였는가 함에 진실로 손을 붙들고 감격의 눈물을 흘리고 싶은 때가 많았다. 그만치 기대하던 그들에게서 한번 불행히도 민중과 금전에 아첨하는 꼴을 볼 때 얼마나 실망하였다기보다 침을 배앝고뱉고 예술을 더럽히는 의분義憤*을 느끼지 않을 수 없는 것이다.

어떠한 신진 작가의 일군 一群*은 예술에 대한 연구적인 태도보다도 하루바삐 명성을 얻기 위하여 가장 저속低俗된 수법으로써 남작濫作*한 작품을 진열해 놓고 먼저 각 방면의 유지를 초청할 것과 기성의 평가評家들에게 후원하는 소개 평을 얻기에 급급하는 단체도 있다.

요즈음 경향은, 그들은 미술가이기보다 먼저 외교술을 배우고 온다.

이것이 상 줄 만한 일인가.

언론과 성가聲價란 일시적인 것이요 예술의 구원久遠*한 생명이 될 수는 없다.

생명을 요구하는 예술가는 민중의 안목을 두려워하는 법이 없다. 민중이란 생명 있는 예술을 이해하기에는 도야지돼지처럼 무식한 것이다.

예술을 금전을 사기 위한 상품으로 아는 예술가들은 하루바삐 이 땅에서 물러가라. 그들의 재조才操*와 노력과 성가만이 공허에 돌아갈 뿐 아니라 그보다도 훨씬 더 장차에 올 조선의 많은 예술가에 대하여 더러운 이름을 들릴까 저어하노니*.

서양화 감상법

1. 제재*

차츰 전람회 개최가 많은 시기가 되어 옵니다. 근래의 미술 전람회라는 것은, 옛날 동양화가들의 휘호회揮毫會*에서 몇몇 동호자*끼리 주고받고 하는 것이 아니요, 적어도 수백 수천의 작품을 모집하여 그중에서 우수작을 추려서 진열하거나, 혹은 한 단체의 작가들이 역작들을 모아서 커다란 회장會場에 진열하고 일반 민중에게 공개하는 것이기 때문에, 미술이 사회 민중과 그만큼 거리가 가까워졌다고도 볼 수 있습니다.

그런데 이 진열된 작품들 중에는 물론 각 부문의 작품들(가령 동양화·조각·공예품 등)이 있겠는데, 민중은 이 각 부의 미술품을 어느 정도까지 감상할 능력이 있겠느냐 하면 극히 소수의 인사들이 겨우 한두 가지를 취미를 가지고 보는 데 불과하리라고 나는 단언*하고 싶습니다. 이만큼 우리 조선 사람은 미술에 대한 감상력이 부족할 뿐 아니라 또한 거의 무관심하게 지나는 이가 대다수입니다.

나는 때때로 친구들로부터 "동양화는 알겠는데, 서양화는 어떻게 보는 건가" 하는 질문을 가끔 받고 있습니다. 이 "동양화는 안다"는 말에 나는 고소苦笑*를 금치 못합니다마는, 그들의 동양화는 안다는 말은 무어 제법 동양화의 회화적 우열優劣*을 판별할 능력이 있다는 말이 아니라, 동양화 하면 우리 선조 대대로 전지전傳之傳*해 내려오는 것이니까 '보기에 대단히 익숙하다' 는 정도의 말이겠지요. 그러나 "서양화는 알 수 없다" 하는 말은 과연 서양화가 수입된 지도 극히 짧은 시일이어서 결코 무리한 말이 아니라고 믿습니다. 물론 서양화, 그 물건이 우리네의 직감直感을 빨리 움직여 주지 못하는 비혈통적인 원인도 있기는 하겠지마는, 그러나 아무리 외래의 것이라도 거기에 대한 이해와 교양을 가질 수 있다면, 예술품으로의 유열愉悅*을 느낄 수 있는 것은 동양화와 꼭 마찬가지입니다. 그리고 또 서양 문화의 공기 가운데에서 사는 우리로서는 단순히 알기 어려운 서양화라고 치지도 외置之度外*만 할 것이 아니라, 더 단적으로 그놈을 해부하고 취사선택取捨選擇*하여, 곧 우리 것으로 소화시킬 필요가 있습니다. 옛날 인도의 간다라 미술*이 그리스 미술의 영향을 받고, 인도 미술이 중국으로 와서 중국 미술에 영향을 주고, 그것이 건너와 조선 미술에 영향을 끼치고, 또 그것이 일본 미술에 영향을 주고 한 것과 같이, 그러나 오늘날 조선이나 일본의 불상 조각을 곧 그리스 조각이라 할 수 없는 것과 같이, 미술이란 어느 시대든지 문화의 세력과 같이 교류하면서도 가는 곳마다 그곳 예술가의 개성에 의하여 개조改造되는 것입니다.

이러한 견지見地관점에서 오늘날 직수입한 서양화가 언제까지 그 그대로 서양화에 그치지 말고, 하루바삐 자유자재로 만지고 주무르고 해서 새로운 우리 그림이 탄생케 해야 할 것입니다. 이렇게 되는 데는 먼저 전문가뿐 아니라 민중이 함께 따라오지 않아서는 안 되리라고 믿습니다.

그러면 서양화는 어떻게 보아야 알기 쉬운 것인가.

극히 초보적인 이야기로 서양화 감상의 요체要諦*를 말씀하겠습니다. 서양화가 구성된 요소는 선線과 형形과 색채色彩의 세 가지 중요한 요소가 있고, 그 외에 명암明暗이라든가 질감質感*·구도構圖*, 혹은 내용의 미美 등의 보는 방법이 있습니다.

그림을 보실 때는 먼저 '이 그림은 무엇을 그린 것인가' 하는 제재題材부터 찾으려 하지 말고, 선과 형태와 색채가 어느 만큼 그려졌나 하는 데 초점을 둘 것입니다. 그림이야 비록 나무를 그렸든 집을 그렸든 사람을 그렸든 혹은 변소를 그렸든, 좋은 제재가 좋은 그림이 되고 나쁜 제재가 나쁜 그림이 된다는 생각은 이제는 없으니까, 모든 그림을 '무제'無題*라 하는 관념하에서 보아야 할 것입니다.

그리고 선과 색과 형이 통일된 그림이 잘된 작품이겠는데, 이 선·

형·색채를 이해하려면 먼저 감상에 대한 교양이 필요합니다. 교양이 낮은 사람이 보아서 '썩 좋다' 한 작품일지라도, 교양이 높은 사람의 직각直覺*에 의하여 볼 때 아무것도 아닌 수가 흔히 있습니다. 실례의 말씀이나 진주는 돼지가 아무리 보아야 좋은 줄 모르는 것과 비슷한 예입니다.

2. 선·명암

좋은 그림이면 미술에 대한 교양 혹은 직감력의 유무를 불구하고 '누가 보든지 다 좋다' 하는 말은 진의眞意*를 모르는 이의 말입니다. 예를 들면 밀레*의 〈만종〉晩鐘*은 누가 보든지 좋다 하는 등인데, 이렇게 말하는 사람은 밀레의 〈만종〉에서 극히 적은 한 부분인 '만종'이란 극적 사건에만 홀린 것이지, 그가 결코 밀레의 그림을 그림으로 볼 줄 안 것은 아닙니다.

그러면 그림에 있어 선이란 어떤 것인가.

선의 종류는 수평선水平線*·수직선垂直線*·사선斜線*·곡선曲線* 등이 있고, 전 화면에 수평선적인 리듬이 많을 때는 그 그림은 대단히 평온한 인상을 줍니다. 앙리 루소*라는 이의 그림은 대개 수평선을 많이 썼기 때문에, 그의 작품은 퍽 평화스럽고 목가적牧歌的*이라고 합니다. 미래파*의 그림을 보면 사선을 많이 썼는데, 사선은 위험하다든가 불안정하다는 인상을 줍니다. 미래파의 그림은, 정적인 모든 것을 배격하고 동적인 효과를 내자는 것이 그들의 주장입니다. 이 동적인 효과를 내기 위하여 그들은 사선을 많이 이용하였습니다(지금은 미래파니 입체파*니 하는 유파는 거의 자취를 감추었습니다마는). 하늘에 뜬 구름을 그릴 때 수평으로 그리면 평온한 날 같고, 사방향斜方向*으로 그리면 바람 부는 날 같지 않습니까.

수직선도 대개 평화스럽기는 하나 장엄壯嚴한 맛이 많습니다. 고딕건축*이 장엄해 보이는 이유는 수직선을 많이 쓴 까닭입니다. 곡선은 작가의 개성에 의하여 우미優美*하게 보일 수도 있고, 강렬하게 보이는 수도 있습니다. 폴 고갱*이라는 작가의 곡선은 유장悠長*하면서도 우미한 맛이 있지만, 반 고흐*라는 작가의 곡선을 보십시오. 얼마나 강렬한 열정이 뒤끓는가를.

그 다음은 형태인데, 문외인門外人*이 생각하기에는 실물과 꼭 같이 그렸다는, 소위이른바 그대로의 사실적인 것이면 우수한 작품으로 생각하기 쉬운데, 미술품이란 덮어놓고 자연을 그대로 모방한다고 되는 것이 아니요, 오히려 자연물체의 형태을 취사선택하여 작가의 주관을 통하여 이상적인 형태를 창조하는 데 우수한 예술이 나오는 것입니다.

근래의 서양화, 그중에도 입체파란 그림을 보면, 무엇을 그린 것인지 도무지 모를 그림이 많은 것은 자연의 형태라는 외적 조건은 지나치게 무시하고, 작가의 주관만으로써 형태의 진수眞髓*만을 추구하여 가다 보니 그리된 것입니다. 더구나 칸딘스키* 같은 사람은 회화란 것은 선이 주는 표정과 색채가 가진 감정으로, 마치 음악이 고저강약高低强弱의 음계의 연속으로 넉넉히 우리에게 유열愉悅을 주듯이, 그림에서도 선과 색채만으로 될 수 있는 것이라 하여 형태는 전연전혀 취급치 않는 측도 있습니다.

그러나 이렇게 되면 회화가 지나치게 순수해지는 것이겠고, 색채가 색채만으로 우리에게 감정을 전달하는 것은 사실입니다. 예를 들면 적색이나 황색을 많이 쓴 그림은 더워 보이나, 청이나 흑색조의 그림은 추워 보이는 따위입니다.

선·형·색채를 대강 볼 줄 아는 분이면, 그 다음은 명암·물질감·구도 등에 주의할 것입니다. 명암이란 거의 색채가 결정하는 것입니다. 작자의 개성에 따라서는 일부러 흐릿하게 그리는 이도 있지만 렘브란트* 같은 이의 그림을 보십시오. 그 뚜렷한 명암이 얼마나 통쾌해 보이는지요.

질감이라 함은 물체의 본질을 느낄 수 있어야 한다는 것인데, 감상력이 부족한 사람은 형태가 사진과 같이 그려진 그림에서라야 질감을 느낄 수 있다는 폐단弊端*이 있습니다. 그러나 감상력이 높아지면 형태의 사불사似不似*를 막론하고, 질감이란 것은 전연 딴 세계에서 찾을 수 있다는 것을 깨달을 것입니다.

예를 들면, 세잔*이란 이가 그린 사과는, 그 형상이 대단히 험해 보여서 사과라기보다는 차라리 모과랬으면 좋겠는데, 감상안鑑賞眼이 높은 사람이 볼 때는 세잔의 사과는 실물이 도저히 좇지 못한 질감과 매력을 가졌습니다.

3. 구도·미

서양화에서 구도라는 것은 동양화의 결구結構*라는 말과 비슷한 말인데, 화면을 형성하는 경영 위치經營位置란 뜻입니다. 아무리 복잡한 사물이 전개될지라도 화면의 중심을 초점으로 하여 잘 평형을 취하여야 할 것이요, 한 토막 뚝 잘라 놓은 것 같다거나, 한편으로 몰려 보이거나, 한편이 허수하거나* 해서는 안 됩니다. 그러므로 화면의 구성은 흔히 대칭적으로 되는데, 가령 좌편에 집이 있으면 우편에도 무엇이 있어야 할 것입니다. 대칭이라 해도 수학상數學上으로 말하는 대칭, 즉 좌편에 집이면 우편에도 꼭 같은 집이 있어야 한다는 몰취미沒趣味*한 대칭이 아닙니다. 인체의 구조는 가장 미묘微妙한 대칭으로 되었는데, 그러나 인체의 대칭은 좌우가 꼭 같지 않기 때문에 더욱 미묘하다는 것입니다. 두 눈 중에 어느 한편 눈이 조금 작다거나 양 수족手足의 어느 한편이 조금 짧다거나 작다거나 누구나 반드시 이러한 법입니다. 조물주는 수학적인 몰취미한 대칭 위치對稱位置에 미적으로 변화를 부여하여 인간을 창작했습니다.

　구도에 가장 성공한 작품은 레오나르도 다 빈치*의 〈최후의 만찬〉이겠는데, 그 그림을 보면 그리스도가 앉으시고 좌우에 십이사도十二

使徒*가 세 명씩 네 조組로 앉았는데, 다 빈치는 이렇게 인물을 대칭적으로 앉혀 놓고, 각 사람의 포즈를 모두 달리하여 구도에 변화를 일으켰습니다.

끝으로 회화를 감상하는 데 가장 중요한 내용의 미란 것이 있습니다. 내용의 미란 것은, 인물화로서 예를 들자면, 다 빈치의 '영원한 미소' (원명 〈모나리자 조콘다〉)라고 하는 부인상婦人像으로서, 볼 때에 우리는 이 작품에서 단순히 선·형·색·구도 등의 외적 요소라든지, 혹은 그 기법이 훌륭하다든지 하는 외에 그 여인의 표정을 주의할 필요가 있습니다. '조콘다'는 무엇을 보는 것일까요. 무엇을 생각하는 것일까요.

그 양협간兩頰間*에 떠도는 그윽한 미소를 보고 우리는 불가해不可解*한 미소라 합니다. 그러나 남들이 말하는 불가해의 미소란 전제를 가지고 이 작품을 대하기 전에 모든 선입 지식先入智識에서 떠나서 이 작품을 주의하십시오. 그 눈의 표정은 영리하다고 할까요, 선량하다고 할까요, 혹은 음탕淫蕩*하다고 할까요. 이 표정을 또렷이 살려 그리는 작가가 위대한 작가요, 이 표정을 또렷이 감상하는 이가 훌륭한 사람일 것이외다. 이것이 회화 감상의 최후의 길입니다.

이 내면적인 미를 생각하는 작가는 범상凡常*한 작가는 아니외다. 위대한 인격을 가진 작가이외다. 그리고 위대한 작품을 감상함에는, 작품을 감상하는 그 사람부터 그가 가진 인격과 교양이 높지 않아서는 내용의 미를 음미할 수 없습니다. 같은 '조콘다'의 그림을 놓고 교양의 정도가 다른 갑·을이 같이 감상한다 하더라도, 인격과 회화적 교양이 높은 갑은 이 작품에서 무한한 신비적 유열愉悅을 느낄 것이요, 교양이 천박한 을은 이 유명한 '조콘다'에게서 기껏해야 정감情感*밖에는 느끼는 것이 없을지 누가 압니까.

이러한 내면적 미의 문제는 인물화의 표정에 있어서뿐 아니라, 풍경화나 혹은 정물화나 어떠한 그림에서든지 다 같이 느낄 수 있는 것입니다. 가령 세잔의 작품을 대할 때는 그의 회화적인 모든 조건을 떠나서 세잔이 그림을 통하여 인간에게 무엇인가를 말하려고 하는 암시가 느껴집니다. 사실 그러한 무엇을 작품이 가지고 있습니다.

말하자면, 그의 인생관, 그의 사회관, 그의 우주관이 한 개 능금을 통해서까지 비추이고 있으며, 더 단적으로 말하자면, 세잔의 인간성이 적나赤裸*하게 그 작품을 통하여 우리의 호흡으로 교류되는 것을 느낄 것입니다.

반 고흐의 일견언뜻 보아 광적狂的*인 풍경화를 보더라도 그러합니다. 고흐는 그 강렬한 색채와 곡선을 통하여 웅변* 이상으로 그의 열정과 낭만과 인류에 대한 애愛와 무한한 우주의 미를 보여 주고 있습니다. 결국 예술가에게 언어의 필요는 없는 것이니까요. 일언반구一言半句*의 언어가 없이, 오히려 그의 제작된 작품들은 솔직하게 그 진지한 인간성을 설명해 주고 있습니다.

이러므로 우리가 회화를 감상하는 최후의 단계는 단순히 작품이 주는 유열에서만 그칠 것이 아니요, 무한한 미를 가진 회화는 우리의 인격과 교양을 길러 주고, 참된 인간성을 북돋아 주고, 그리하여 인류로 하여금 미즉선美即善*인 곳에까지 이끌어 가는 지표가 된다는 것은 보고 느낄 수 있어야 할 것입니다.

　여기까지 감상할 수 있는 교양인이 많이 생기기 전에는 하필 서양화뿐 아니라 예술은 언제까지나 인류와 유리遊離*할 수밖에 없습니다.

매너리즘과 회화

'매너리즘' mannerism 이란 말은 예술에 있어 퍽 재미난 말이라고 생각합니다. 신미新味를 결缺한빠진, 진부陳腐하기 짝이 없고, 옛것을 그대로 모방하고 추종追從하려는 생각을 매너리즘이라 부릅니다.

우리가 언뜻 생각하기를 예술에 종사하는 이들이 흔히 깊은 탐구를 하지 않고, 덮어놓고 새것을 좋아하는 일파一派의 사람들을 퍽 경솔輕率히 보는 것은 사실입니다. 가령, 사실의 힘을 기르지 않고서 무슨 신경향新傾向의 예술을 창조하겠다고 덤비는 따위입니다. 아닌 게 아니라 그러한 사람들에 있어 보면 흔히 중도中途에서 낙오되는 이도 많고, 또 결국은 죽도 밥도 안 되는 수도 많습니다.

그러나 그렇다고 생각을 아주 진부하게 갖고 언제든지 전인前人이 해 놓은 일을 모방만 하다가는 새로운 경지를 가진 예술이라고는 생겨날 수 없습니다.

예술이란 결국 창조인데, 창조의 정신이란 것은 묵은 것을 버리고 새것을 열망하는 욕구심欲求心이 불타지 않아서는 안 되는 것입니다. 이 새것을 열망하는 야심野心이 각 작가에 있고서야 비로소 새로운 예술이 탄생할 수 있는 것입니다. 묵은 것을 버린다고 하여 결코 묵은 것을 경멸한다는 뜻은 아닙니다. 오히려 묵은 것은 새로운 예술을 탄생케 하는 사표師表요 지남침指南針이 될 수 있기 때문에, 진정한 창조적인 예술가는 묵은 것을 지극히 존경하고 탐색합니다. 존경하고 탐색은 하나 그것을 자기의 예술에까지 옮겨 놓지는 않습니다. 그것을 자기의 예술에까지 옮겨 놓는 작품은 보잘것없는 '매너리즘'이란 심연深淵에 떨어진 사람입니다.

19세기 말엽에 일어난 인상파의 운동은 당시에 있어 기성 예술에 대한 맹렬한 반대 사상이었고, 후일의 예술을 지시하는 참신하고 위대한 사표였지만, 오늘날 와서는 인상파의 회화를 반복하는 이가 있다면, 그는 아주 진부한 예술가가 되고 말지 않겠습니까. 후기 인상파로 치는 세잔과 고흐 같은 사람의 작풍作風이 역시 당시에 있어 그렇게 빛난 존재였지만, 고흐와 세잔 이외의 사람이 그들의 화풍을 답습踏襲한다면 도저히 두 눈으로 볼 수 없는 추태醜態일 것입니다.

시대는 이렇게 자꾸 변천하여 갑니다. 그후로도 구주대전歐洲大戰 후에 미래파니, 입체파니, 표현파니 하는 각양各樣의 회화 운동이 생겼습니다마는, 오늘날 이 모든 사상은 역시 '매너리즘'의 구태舊態에 숨어 버리고 만 것입니다.

지금 세계 화단*의 동향動向*은 대개 마티스*를 수령으로 한 포비즘*과 프로이트*의 심리학을 이론의 근거로 한 초현실파*의 회면繪面*과의 두 가지로 볼 수 있겠는데, 그러나 이 두 가지 사상이 한가지로 매너리즘의 전철前轍*을 밟고 있지 않는가 싶습니다. 그 이유는 이들 두 갈래의 회화 운동이 지금에 와서는 역시 우리에게 하등의아무런 신선한 미감을 일으킬 수 없을 뿐 아니라 도리어 진부하게 보이는 때문입니다.

지금 우리 화단의 공기로 보더라도 대개 이 범위를 떠나지 못합니다. 진지한 태도로 자연을 탐구하는 분도 있습니다. 신新(새로움)과 기奇(기이함)를 취하여 부단히끊임없이 노력하는 분도 있습니다. 그러나 이러한 유위有爲*의 작가들에게 공통되게 느껴지는 것은 예술에 대한 열애와 야심이 없는 것입니다. 예술에 대한 열애와 야심이 없고서 다만 피상적*으로 추종*하고 모방하고 하여서는 언제든 매너리즘이란 껍질을 벗어날 수는 없지나 않을까 생각합니다.

어떻게 하여야 대상을 충실히 표현하느냐 하는 것보다 먼저 어떻게 하여야 대상의 아름다움을 체득體得*할 수 있느냐 하는 것이 회화의 근본정신일 것이요, 매너리즘에 떨어지는 위험을 피할 수 있는 노순路順*일까 합니다.

이러한 작가와 이러한 작가들의 작품이 많이 나타날 때 비로소 회화의 새로운 길이 보이리라고 생각합니다.

조선 미술은 어떠한 것인가

－서론緖論

같은 사람이 꼭 같은 손으로 만들어 내는 미술이지만, 이상하게도 서양 미술이 다르고 동양 미술이 다르다. 동양 미술에도 중국 미술과 조선 미술이 다르고, 조선 미술과 일본 미술이 또 다르다.

미술은 국가마다 그 특색을 달리하고, 민족마다 그 특색을 달리한다. 더 세분細分*해 보면, 한 나라 한 민족의 미술로서도 남방南方과 북방北方의 미술이 다르고, 갑과 을의 작품이 또 다르다.

이렇게 국가적으로 민족적으로 지리적으로 성격적으로 각각 다른 미술은 시대적으로도 각각 다르다.

고대의 미술과 중세의 미술이 다르고, 중세와 현대의 미술이 또 다르다.

그러나 어떤 시대, 어떤 민족의 미술이든지 우수한 기술로써 진지한 태도를 가지고 만든 미술은 한결같이 아름다운 것이니, 예술에는 국경이 없다는 말은 이것을 의미하는 말이다.

다만 국경이 없는 미술이라 할지라도 그 민족의 미술이 아름답다는 것은, 그 민족다운 특이한 민족성이 나타났다는 점에서 아름다운 것이다. 조선 미술이 아름답다는 것도 조선 민족의 특색이 미술 작품을 통하여 여실如實하게* 나타나고 있다는 점에서 아름다운 것이니, 만일 조선 미술이 중국이나 일본의 미술과 흡사하다면 벌써 조선 미술로서의 가치를 잃어버리는 모방의 미술이 되고 마는 것이다.

우리 나라는 오랜 옛날부터 세계적으로 이름 높은 훌륭한 미술을 많이 남긴 나라다. 고구려의 벽화壁畵는 동양 제일의 그림이며, 신라의 조각彫刻과 고려의 청자靑磁와 조선 왕조의 백자白磁 같은 것은 세계적으로 제일 높은 위치를 점령하고 있다.

고구려와 신라 시대는 국력이 강하고 패기霸氣*가 왕성하던 때라 미술도 구상이 웅대*하고 건실한 민족적 향기가 구석구석 풍겼던 것인데, 고려 이후로 국가의 힘이 차차 기울어지게 된 후로는 미술은 패기가 적고 기백氣魄*이 차츰 줄어들기 시작했다.

그러나 옛날 그리스나 페르시아 같은 민족이 미술에 천재적인 소질을 가졌던 것과 마찬가지로, 조선 민족도 미술 방면에는 천재적인 소질을 타고난 민족이라, 수천 년 동안에 만들어진 미술품들이 우수한 것은 물론 보잘것없는 민속품에 이르기까지 실로 버릴 수 없는 아름다운 맛을 가지고 있으니, 선線이나 형形이나 모두가 부드럽고 구수하다. 그리고 어리석고도 아름답다.

미술품이란 규모가 크기만 하다고, 또는 복잡하고 정교精巧*하게 만들어졌다고 반드시 아름다울 수는 없다. 크거나 작거나, 교묘하거나 서투르거나, 미의 내용은 그것으로 결정되지 못한다.

구수하고, 시원스럽고, 어리석고, 아담한 구석이 있는 것이고서야 우리에게 무한한 아름다움을 느끼게 할 수 있는 것이다.

이러한 특색은 어느 나라 미술보다도 조선 민족의 미술에 가장 많이 나타나고 있다.

삼국 시대의 미술
-삼국 시대의 미술 개관*

삼국 시대는 고구려, 백제, 신라의 세 나라가 솥발*처럼 정립鼎立*해 있을 때를 말한다.

고구려는 부여의 뒤를 이어 압록강 건너 통구 부근을 국도國都*로 하여 세운 나라로 나중에는 평양으로 국도를 옮겼고, 백제는 처음 경기도 광주廣州에 일어났다가 나중에 공주公州로, 부여扶餘로 국도를 옮겼고, 신라는 경상도에서 일어나 경주를 국도로 세운 나라 들로 모두 거금距今* 약 이천 년 전후에 거의 출발을 같이 하였다.

이 세 나라는 정치면으로나 문화면으로나 조선 역사를 통해서 가장 빛나던 시대로, 그중 고구려 같은 나라는 그 힘이 가장 강대하여 압록강을 가운데 두고 광대한 강역疆域*을 차지하고 있으면서 한족漢族에게 늘 공세를 취하여 왔으며, 제19대 광개토왕廣開土王 때는 북으로 군소 국가를 모조리 병합하고 남으로도 신라와 백제를 항상 견제

하여 대왕의 이름 그대로 널리 국토를 확장한 웅대*한 나라였다.

　백제는 무력으로 위대하지는 못하였으나, 문화 예술 방면으로 늘 우수하여서 오늘날 일본 문화를 만들어 준 공로는 전부 백제 사람들의 힘이라 할 것이다.

　신라도 예술 방면에 위대한 유물을 많이 남겼거니와, 고구려에 못지않게 국방 정신이 강렬하여서 국위國威*를 날로 떨치다가 태종무열왕太宗武烈王 이후는 고구려와 백제를 멸하고 통일의 대업을 이루게 된 것이다.

　이렇게 강한 나라들이니까 그간에 문물도 극도로 발달되었을 것은 물론인데, 삼국 시대의 미술을 더욱 빛나게 한 것은 실로 고구려 소수림왕小獸林王 때 불교가 전해 온 때문이다.

　불교는 약 오천 년 전에 인도에서 생긴 종교로 사방으로 전파되어 오늘날은 세계적 종교가 되었는데, 우리 조선으로 들어온 경로는 인도의 북방 박트리아*를 거쳐 중앙아시아 제국諸國으로 와서, 그것이 후한後漢 명제明帝 때67년 중국으로 전래하고, 다시 동진東晉 간문제簡文帝 때372년 전진왕前秦王 부견符堅이 순도順道란 중을 보내어 불상佛像과 경문經文*을 가져오게 하고, 그후 곧 아도阿道*란 중을 또 보내어서 고구려에서는 성문사省門寺와 이불란사伊佛蘭寺의 두 절을 창건하였다는 것이 불교가 우리 나라로 처음 들어온 역사다. 그러나 일설에는 중국에도 한 명제漢明帝 이전에 벌써 불교가 들어왔다 하며, 고구려에도 소수림왕 이전에 벌써 불교는 왔으리라는 설이 있으나, 문헌으로 전하는 대로 우선 소수림왕 때로 하여 둔다.

아무튼 이것이 조선 불교의 시초요, 그 다음 십여 년 후에 인도 승 마라난타摩羅難陀*가 동진으로부터 남방계의 불교를 백제에 전하고 신라도 고구려로부터 불교가 전해져서, 그뒤로 불교 예술은 건축·조각·회화 등 각 방면으로 요원燎原*의 불처럼 일어나기 시작했다.

삼국 시대의 예술로서는 불교로 인한 예술이 거의 전부라 할 수 있는데, 같은 단일 민족의 손으로서 된 것이지만 이 삼국의 미술은 그 감각이 모두 조금씩 다르며 더욱이 남방과 북방의 차이는 대단하니, 국가적 장벽 즉 정치 세력으로 말미암아 달리 나타나는 점도 있겠지만, 그보다도 지리적 조건으로 받는 영향과 외래문화와의 교류에서 생긴 영향이 더 크다고 볼 수 있다.

고구려 사람도 강한 성질이요 신라 사람도 강한 성질이나, 고구려 미술의 특징은 북방적인 웅혼雄渾*하고 씩씩하고 규모가 크나 그 반면으로 거칠며, 신라 미술의 특징은 웅혼하기보다 장엄하고, 씩씩하기보다 건강하며, 규모가 크기보다 잘 정리·조화를 시키며, 거칠기보다 부드러운 것이 특색이다.

가령 한 조각의 기왓장을 보더라도 고구려의 와당瓦當*은 같은 연꽃 문양이라도 선이 강하고 거세고 늠름한 기상이 보이나, 신라나 백제의 와당은 선이 곱고 보드랍고 전아典雅*한 맛이 흘러넘친다.

이것은 기왓장뿐만이 아니요, 건축이든 조각이든 그림이든 모두 공통된 특색을 가지고 있으니, 예술품이란 원래 작자의 성격이 그대로 반영되는 법이라, 북쪽에서 자란 사람과 남쪽에서 자란 사람의 성격이 근본적으로 다르기 때문이다.

여기에 따라 또 하나의 이유는, 고구려의 미술은 중국의 육조 시대 六朝時代* 의 북방 계통의 영향이 많았고, 백제는 중국의 육조 시대의 남방 계통의 예술이 흘러오게 된 것이 중요한 원인도 된다.

신라는 백제와 인접한 관계로 자연 백제적인 영향도 많았지만, 중국과의 거래가 그때는 그리 밀접하지 못했던 탓으로 순 조선적인 감각을 순수하게 길러 냈다고 볼 수 있는 예술이다.

이 세 나라 중 고구려와 신라의 미술은 막상막하하여 우열*을 말하기 어려우나, 고구려의 벽화와 신라의 조각은 동양 미술의 정수精髓* 임은 물론이요, 세계적으로 월등한 지위를 차지하고 있는 것이다.

신라 통일 시대의 미술

– 백화난만百花爛漫*한 불교 미술의 황금시대

요원*의 불처럼 국력이 날로 일어나는 신라는 선덕여주 때부터 당나라와 친근하기 시작하여 유학생을 보내며 당의 문물을 처음으로 입수했고, 진덕여주眞德女主 때는 당제唐制의 의관을 복용服用하고, 당나라의 연호年號*까지 쓰기 시작하였으며, 태종무열왕은 일찍이 당나라의 문물을 친히 목도目睹*하고 위位에 오르자 당의 문화를 많이 수입하게 되니, 비록 중국 문화의 황금 시기였던 당의 문화에 홀리기도 하였지만, 여기에서부터 나보다 강대한 세력을 모앙慕仰*하는 폐해가 모르는 사이에 자라기 시작한다.

그런데 당조唐朝의 미술이란 것이 동양 미술의 문예 부흥기인 것처럼 위대한 것이었지만 당조 미술 자체가 순수한 중국 고유의 미술이 그대로 발달된 것이 아니요, 교통과 무역과 종교의 교류로 말미암아 한대漢代 이후로 육조*를 거쳐 쭉 내려오면서 그리스·로마며 서북 인도의 간다라의 미술*과 중인도의 굽타 왕조의 미술이며, 혹은 사산조 페르시아Sasan朝Persia*의 영향, 중앙아시아 지방의 영향 등 착잡한* 외래적 미술의 영향을 받고, 그것이 중국 민족 고유의 전통과 양식과 취미로서 융화되어 독특한 당조 미술의 현현顯現*을 보게 된 것으로, 옛날부터 동서양과 인접 각국의 문화의 교류란 것은 피하지 못할 사실이거니와 민족이 자립하기 위한 정략政略*적 견지관점에서였든지 저간*의 소식은 캘 필요가 없거니와, 아무튼 신라는 당과의 연락을 피할 수 없었고, 당과의 국제적 연락이 불가피한 만큼 선진先進한 문화를 받아들이지 아니하지 못할 것은 명확한 바이다.

그래서 당조 미술은 들어오기 시작했고, 또 신라인이 자주성 있는 성격이었던 만큼 직접 받아들인 그 미술도 어느덧 환골탈태換骨奪胎*하여 신라형의 독특한 스타일을 갖추게 되었던 것이다.

제24대 진흥왕 때부터 삼국을 통일할 기맥氣脈*이 농후*하기 시작하여, 진덕여주 다음으로 웅지雄志*를 품은 제29대 태종무열왕이 위에 오르자654년 당나라와 힘을 합하여 먼저 백제를 쳐서 멸하고660년, 뒤이어 문무왕이 선왕의 뜻을 받아 고구려마저 멸한668년 후로부터는 신라는 완전히 삼국을 통일하고, 제56대 경순왕敬順王 9년까지935년 삼백년에 가까운 세월을 두고 승평昇平*한 세대를 만나 모든 문화 예술은 찬란한 꽃이 피기 시작하니, 이 동안을 통일 신라 시기라 한다.

그러나 통일 신라도 그 초기에 있어 내 정신이 똑바로 잡혔을 동안은 미술도 건전하고 씩씩한 발달을 하여 왔으나, 후일에 올수록 내 민족의 자존심보다 남의 민족의 압력에 사로잡히고, 그것을 과도히지나 치게 추앙推仰*하게 되는 때 벌써 미술도 박력을 잃고 점점 쇠퇴하지 않을 수 없게 된 것이다.

문무왕의 고구려 격멸擊滅*로 삼국의 대권이 완전히 신라의 장중掌中*에 들어오게 되자, 차츰 성벽을 쌓고 궁궐을 중수重修*하고 여러 문에 액호額號*를 정하고 못을 파며 조산造山*을 만들고 하였다는 것을 보아 당시의 화려한 궁궐이 얼마나 굉장한 규모이었던 것을 추측하기에 어렵지 않으나, 지금은 모두 옛이야기로 돌아가고 말았다.

고려 시대의 미술
-불교 미술의 여성 시대餘盛時代

신라의 정정政情이 차츰 기울어지게 될 때 잠시 동안 궁예弓裔의 태봉泰封과 견훤甄萱의 후백제가 일어났으나, 궁예의 밑에 있던 왕건王建이 송악松岳(개성)을 서울로 하여 의와 덕으로써 나라를 세우니, 간과干戈의 겨룸이 없이 신라도 경순왕敬順王을 최종으로 하여 곱게 왕위는 고려 태조 왕건에게로 옮아오게 되었다.

고려의 건국은 가장 평화적인 방법으로 진행되어서 신라의 국권을 그대로 계승한 것처럼 되고 보니 이에 따르는 문화 예술도 그대로 신라의 계승일 수밖에 없었다. 불교를 호국護國적인 의미에서 존숭尊崇한 것도 그러하고, 모든 문물 제도도 신라를 위주로 하여 당나라와 태봉을 본받은 것도 그러하며, 더욱이 평양성을 공고히튼튼하게 하여 고구려의 구강舊疆을 회복하려고 노력한 것도 우리 민족의 전통적인 민족정신의 계승인 것이었다.

태조 그분부터가 불교를 독신篤信*하여 등극하자 도성都城*안에다 가 법왕사法王寺와 왕륜사王輪寺 등 열 사寺를 창건하여 모든 제도 문물 이 찬연히* 빛났다.

제8대 현종顯宗 때 시작하여 11대 문종文宗 때까지 육십 년간이나 되는 긴 세월을 두고 팔만대장경의 조판組版*을 완성한 것이며, 문종 의 제사자第四子인 대각 국사大覺國師 의천義天 같은 분은 출가出家*까지 한 열렬한 분으로 송宋나라와 요遼와 일본 등지로 다니면서 많은 경 전·불서佛書를 수집하여 사천칠백여 권의 불서를 개판開板*하였다.

근 이백 년을 두고 이렇게 불교와 아울러 피어난 문화는 백화가 난 만하였으나, 고려조 후기인 이백육칠십 년간은 밖으로 몽고蒙古의 침 략과 안으로 이자겸李資謙·묘청妙淸의 난*이 일어나기 시작하여 편한 날이 없었고, 또 문존무비文尊武卑*의 정치였던 것이 이때 형세형편가 뒤바뀌어 무단 정치武斷政治*가 육십여 년이나 계속되었으며, 무엇보다 우리 나라 역사상에 대타격을 입게 된 것은 원종元宗의 태자인 충렬왕 忠烈王(1274~1308) 이후로 고려의 자주력이 바짝 줄어들어서 원나라가 하라는 대로 꼼짝 못하게 된 것이니, 원나라는 원래 몽고족으로 칭기 즈 칸成吉思汗과 쿠빌라이忽必烈 같은 인물이 있어 남방의 송나라를 치 고 국도를 연경燕京*(지금 북경)에 두어 중국 일판*을 통일함은 물론, 그 세력은 아시아와 동유럽 일대에 걸쳤으며, 고려를 복속服屬*시키고 일 본까지 수차數차례나 치다가 폭풍으로 여의하지* 못한 나라로서, 역사상 동서 양 대륙을 휩쓴 세력으로는 마케도니아의 알렉산더 대왕의 세계 제패制霸*와 함께 유명한 나라다.

이 강대한 원나라의 세력권 내에 밀려든 고려는 충렬왕 이후로 왕비는 흔히 원나라의 공주를 데려오게 되고, 국왕은 호복胡服*을 입고 몽고풍으로 삭발을 하고 몽고어까지 배우게 되었으며, 충렬왕 다음으로 충선왕忠宣王 같은 임금은 국정國政을 충숙왕忠肅王에게 맡기고 연경으로 가서 만권당萬卷堂이란 집을 짓고 당대 중조中朝의 명유名儒들과 교유交遊*하고 있었다.

신라 통일 이후로 고려 중기까지 대개 구양순체歐陽詢體*의 글씨가 많았던 것이, 고려 말에 소위 촉체蜀體*라는 서체가 들어온 것도 충선왕이 연경에 유留하면서 머물면서 조맹부趙孟頫*와의 교유에서 전해 온 것이다.

원의 세력이 고려로 뻗친 뒤로는 몽고풍의 습속習俗*·언어·문물·제도 등이 걷잡을 사이 없이 스며들어 와서 우리의 전통적인 고유한 특성에 일대 위협을 느끼게 되었는데, 고려가 몽고족의 원과 친화親和* 정책을 쓰기 전까지는 국내에서 몽고 입구入寇*에 대한 문신·무신 양파의 의견 대립이 생겨서, 무인 편에서는 끝까지 항전抗戰*하자 주장하였으나 문신 편에서도 작은 나라가 큰 세력의 나라와는 겨눌 수 없으니 큰 세력을 섬겨서 화친을 해야 된다는 소위 이소사대以小事大*의 주장이어서, 무인이 정권을 잡고 있을 동안은 항전을 계속하다가 나중에 정권이 문신에게 돌아오게 되자 무인들은 불평을 품고 재야在野 항전의 방법으로 동란을 일으킨 것이 소위 삼별초난三別抄亂이니, 이 삼별초난은 여러 해 계속적으로 몽고에 항거하여 고려의 무인 정신을 충분히 발휘하였으나 마침내 몽고의 세력을 물리치지 못하고 고려는 종내끝내 원과 친화 정책을 쓰는 수밖에 없었다.

그래서 고려의 후기인 충렬왕 이후로는 국세國勢가 날로 기울고, 문화도 점점 쇠퇴의 일로一路를 밟게 된 것이다.

고려는 중국의 후당後唐으로부터 송·원 양대를 거쳐 명초明初까지 이르는 동안이었으므로 중국으로부터 받은 문화의 영향은 역시 송·원 문화가 중심으로 되었다.

세계적으로 제일위의 명예를 지니고 있는 고려기高麗器는 송요宋窯의 모방에서 비약한 것이며, 서화에 사군자를 특히 숭상하게 된 것도 원대의 여풍餘風을 받은 것이다.

고려의 문화는 이렇게 신라의 의발衣鉢을 계승하고, 송·원 문화와의 교류에서 고려의 독특한 문화를 만들어서 세계 제일위의 자기磁器의 발달을 이루고 세계적으로 최초의 금속 활자를 창안하기도 하였으나, 조각이나 건축 같은 부문은 도저히 신라를 따르지 못하고, 그 비중으로 말하면 신라를 전성기로 하여 그후로는 차츰 군더더기 재주만을 부리게 되는 편이어서, 강인하던 국민정신이 흐려지고 국정과 국민 간에 정신적인 결합이 사라지자 패기가 있고 씩씩한 미술이 나오지는 못하고 말았다. 그러나 그후로 오는 조선 왕조의 미술보다는 천양지판天壤之判˚으로 뛰어났으니, 속俗˚소위 "부자가 망해도 삼 년 먹을 것은 있다"는 셈으로 삼국과 신라의 위대한 전통의 피가 바로 전해 온 까닭일 것이다.

원체 우리 땅이 병화兵禍˚를 많이 겪었고 또 햇수도 오래되고 하여, 고려의 미술도 석조˚로 된 불상·탑파塔婆˚·부도˚ 등 외에는 남아 있는 것이 많지 못하다.

다만 목조 건축으로 조선서 오래된 것이 영주 부석사의 무량수전無量壽殿 외 몇 개의 건축이 있고, 벽화로서는 부석사 조사당祖師堂과 충남 예산군禮山郡 수덕사修德寺의 것과 개풍군開豊郡 수락동 고분水落洞古墳의 것이 있으며, 그림으로는 공민왕恭愍王 필이라는 〈천산대렵도〉天山大獵圖 외의 몇 점이 전해 올 뿐, 만장萬丈˚의 기염氣焰˚을 토하는 것은 역시 고려의 자기일 것이요 그 다음으로는 고려 부도일 것이다.

조선 시대의 미술
－유교 정책으로 변화되는 미술

조선 왕조는 태조 이성계李成桂가 함흥咸興에서 일어나 한양을 신도新都*로 정하고 고려의 후계로 나타난다.

고려는 말년에 귀족과 승려가 전권專權*을 잡고 여러 가지 폐단*이 잦아져서 민심을 수습하지 못하였을 뿐 아니라, 불교는 형식화·미신화되고 보니 국력이 날로 피폐荒廢하고 문화는 점점 침체*하기 시작하였다. 이때에 새로이 출발한 조선 왕조는 무엇보다 먼저 전조前朝의 폐풍*이었던 귀족·승려의 발호*를 없애기 위하여 전제田制*를 개혁하고 승려의 권한을 줄이기 위하여 배불排佛* 정책을 쓰며, 그 대신으로 새로운 지도 원리로서 유교 정책을 갈아들였다.

이로 말미암아 승려는 가장 하천下賤한 천인 계급에로 전락되고, 신라·고려 이래로 꾸준히 계속되던 불교 미술은 보잘것없는 타락의 일로*를 밟게 되었다.

초기의 세종·세조에서 성종 때까지는 가위* 조선조 문화의 황금 시기로 모든 제도는 정비되고 문화는 찬연히* 빛나서, 금속 활자의 주조鑄造와 정음正音(한글)의 창제와 측우기의 발명이며 중요한 전적典籍(책)의 간행이며 건축·회화·공예의 각 방면으로 눈부신 발달을 하였다.

그러나 후에 연산군燕山君의 학정虐政과 뒤미처 오는 여러 차례의 사화와 그 초기에 있어 이용후생利用厚生*의 길로 잘 살려 오던 유학은 점차로 공리공론空理空論*을 일삼는 경향에로 타락되어, 선조 때에 들어서부터는 당론이 생기고 기강은 문란하여지고 문화는 점점 퇴폐하기 시작하였다. 더구나 선조宣祖 임진년에 왜적이 쳐들어와서 칠 년간이란 긴 세월을 두고 조선의 산하를 짓밟은 결과로, 신라·고려 이래로 건설된 문화·미술의 자취는 여지없이* 파괴 회신灰燼*되고 폐허로 화하다*시피 하였다.

그러다가 영조·정조 때에는 다시 문화적으로 복고復古* 운동이 일어나서 각 방면이 활발하게 움직였으나, 종래* 격렬해진 당쟁黨爭으로 국력은 극도로 피폐해졌다. 말기인 정조 이후 대원군에 오기까지는 천주교의 박해와 쇄국鎖國*주의의 고집과 당쟁의 계속으로 필경마침내 반만년의 주권은 빼앗기고, 정치적·경제적·문화적으로 질식 상태에 빠지고 보니, 여기에서 화려한 미술이 나올 수 없고, 이래 삼사십 년이나 외적의 식민지로 되어 암담한 시기로 들어서게 된 것이다.

말하자면 조선 시대의 미술은 철두철미 고민의 미술이었다.

국초로부터의 배불 정책으로 하여 종래에 태반거의 절반이 불교 관계의 미술이었던 가람 건축伽藍建築ㆍ석조 조각石造彫刻ㆍ불상ㆍ동종ㆍ벽화 등 자랑할 만한 불교 미술이 일시에한순간에 보잘것없이 타락하였고, 한편으로 잘못 들여온 유교 사상은 검소ㆍ질박質朴한 데만 힘쓰며 헛된 의례만 숭상하고, 국민의 피어오르는 정열과 패기를 짓누르고 하여 발랄한 창조적 의욕을 말살시켜서 고루固陋 협애狹隘한 생각밖엔 못 가지게 되니, 여기에서 우러난 미술이 결코 분방하고 자유로운 표현이 될 수 없는 것이다. 더구나 유교 정책의 결과는 공리공론을 일삼다가 당쟁이 벌어지고, 관존민비의 관념이 늘고, 계급 사상은 고정화되고, 사대 의타심依他心이 많아져서 단적으로 말하면 정치가 부패의 일로를 밟는데 미술만이 향상 발달될 리 없는 것이었다.

조선 시대에 있어 문학이나 글씨를 쓰는 이외의 일반 예술을 전문으로 하는 화가나 악인樂人이나 공예품을 만드는 사람들은 결코 상류 계급에 속할 수는 없었다. 화가는 중인 계급이 비교적 많았고, 악인이나 공예가는 천인이나 상인常人밖에는 못 되었다. '환쟁이' '도공'옹기장이 '편수'공장의 우두머리 따위 말은 천시하는 의미를 내포하는 것이었다. 그래서 양반 계급에서 간혹 서나 화를 하는 사람이 있으면 이러한 모순을 합리화하기 위하여 '문인의 여기餘技'라는 명사를 붙여 도호塗糊해 버리는 것이었다.

대체로 이러한 분위기 속에서도 소질을 타고난 그들은 훌륭한 미술을 만들었다. 소질 있는 무명한 예술가들 손에서 퇴색해 버린 불교나마 불교 미술도 자랐고, 가장*한 윤리에 억눌리면서도 일반 미술도 훌륭하게 자랐다. 그러나 그러한 공기이기 때문에 조선 시대의 미술은 어느 것을 막론하고 유교적인 색채가 농후*하게 배들었다.

불상에서나 석조石彫에서나 서화·공예에서까지도 유생儒生* 취미는 골고루 스며들었다.

조선 시대의 유교적 미술의 특징은 첫째로 검소 질박한 것이 장점이요, 둘째로 옹졸하고 무기력한 것이 단점이라고 볼 수 있어 시골 때를 벗지 못한 꼬작지근한* 미술 같기도 하나, 그러나 우리는 도회지의 닳아빠진 사람을 대하는 것보다는 어수룩한 시골 사람에게 더 정을 느끼는 것처럼 조선 시대의 미술에서도 순진하고 어수룩한 소박한 미를 느끼게 되는 것이요, 섬세한 귀족 취미의 미보다 건실한 평민적인 미를 보다 더 느끼게 되는 중요한 일면의 특징이 있다.

유교는 현실적인 사상이요 실질적인 사상이다. 그러므로 유교적인 배경에서 생겨난 미는 끈기 있고 은근하고 점잖은 데 그 특질이 있다. 얇고 고운 표면의 미가 아니요, 숨은 선비은사(隱士)를 대하는 듯한 깊이 있는 미다.

조선조 이전에는 계획적인 구상 아래서 한 개의 미술품이 만들어졌다면, 조선조에 와서는 예술 양식은 거의 형식화되고 아무런 계획도 없이 무심하게 만들어진 것이 그들의 미술이었다.

이 무심한 표현이란 것은 곧 천진天眞*을 의미하는 것이요, 천진하다는 것은 곧 평민적인 미를 낳는 데 불가결한 요소다.

조선 시대 사기砂器*의 그 독특한 아름다움은 실로 이 무심한 데서 빚어진 미인 것이다.

옛날의 우리 미술에 비하여 조선 시대의 미술이 다소조금 손색부족한 점이 있는 것만은 사실이다. 그러나 조선 시대의 미술은 그는 그대로의 독자의 특이한 방향을 내뿜는 근대적 감각이 전기의 미술보다 더 강렬함을 느낀다.

고려기는 이미 그 자체대로의 완성된 가치를 가지고 있다. 그러나 우리는 고려기를 대하는 맛보다 조선조의 사기를 대하는 맛이 훨씬 더 근거리에 있음을 느낀다. 그것은 조선 시대의 그릇이 보다 더 시대적으로 우리와 같은 감정을 전해 주는 때문이다.

우리는 정치적으로 잘못 인도된 유교색을 유감으로 생각한다. 그러나 그 유교색을 배경으로 하여 우러난 조선 시대의 미술을 미워할 수는 없다. 그것은 조선 시대의 미술이 그 배경의 여하*를 묻지 않고, 그 무지한 정치적 압력에 시달리면서도 현실 사회에 짓밟힌 인민*들이 오로지 그들의 심혼心魂*을 위로해 줄 수 있는, 한결같이 불변하는 미의 세계만을 목표로 하고 걸어왔기 때문이다.

고려에서 조선 왕조로 변하자 비록 정치적 주도성은 달라졌다 하더라도, 한동안 미술은 고려 말기의 수법을 그대로 받고, 거기에다 유교적인 국책國策에 순응적용하면서 건축·조각·공예·회화는 점진적으로 방향을 틀었다.

회화로 나타나는 향토색의 음미

일반의 예술에서보다 특히 회화에 있어서 지나간 수년을 두고 향토색 鄕土色이란 어떤 것이냐 하는 의문을 막연하나마 품고 있는 분이 화가 이외에도 많이 있었다. 향토색이란 이러이러한 것이다 하고 정의 붙이다시피 한 분도 몇 사람 있었지만, 그러나 이 문제는 유야무야 有耶無耶한 가운데서 구체적 결론을 짓지 못하고 사라지고 말았다.

그중에서 이론으로서 나타난 것은 별로 문제 삼아 볼 만한 것이 없고 실제상 작품으로 향토색을 표현하려고 애를 써 본 것을 두셋 들추어 보면, 삼사 년 전 김종태 金鍾泰가 '조선미술전람회'에 출품한 〈이부인〉과 재작년엔가 김중현 金重鉉이 '서화협회전'에 출품한 〈나물 캐는 처녀〉라 제題한제목을 붙인 두 개의 작품이 가장 현저하게뚜렷하게 조선 고유의 맛을 내어 보려고 한 의도가 보이는 작품이었다.

김종태의 작품은 지금 확실한 기억은 없으나, 분홍 저고리에 연둣

빛 치마를 입은 부인네가 등藤의자에 걸어앉고, 그 앞에는 책상이 있고, 책상 위에는 개나리꽃이든가 복숭아꽃이든가 한 꽃을 화병에 꽂아 놓았고, 배경은 흑黑에 가까운 색을 발라서 이 각가지갖가지 원색原色이 더욱 날카롭게 빛나도록 강조한 것이었다. 특선을 자주 했고 재기 있는 필법을 보여 주는 그의 작품으로서 이것만은 특선에 들지 못하였으나(그러나 특선에 못 들었기 때문에 문제 삼는 것은 아니다.) 이 그림을 본 사람으로 맨 먼저 느끼는 것은, 작자가 반드시 어떠한 의도하에서 고심하였다는 점이 보이고, 그 고심한 내용을 다시 분석하여 보면, 이 작가는 '로컬 컬러' local color를 포착하려고 애를 썼다고 단안斷案을 내릴 수 있었다. 그는 무엇보다도 조선 사람의 일반적인 기호색嗜好色이 원색에 가까운 홀란惚爛한 홍紅·녹綠·황黃·남藍 등 색이란 것을 알았고, 이러한 원시적인 색조가 조선인 본래의 민족적인 색채로 알았던 것이다.

그리하여 색채상으로 조선인적인 리듬을 찾아내는 것이 곧 향토색의 최선한 표현으로 알았던 모양이다. 유달리 고운 파란 하늘과 항상 건폭乾爆하여 타는 듯한 조선의 땅이 누르게 보이기 때문에, 이 두 개의 대색對色이 부지중에무의식중에 자연에뿐 아니라 의복에까지(조선 여자는 노랑 저고리에 남치마를 공식과 같이 입는 습관이 있다) 옮아오게 되고, 모든 가구·집물什物에 칠하는 색까지도 명랑하고 찬란한 원시색을 그대로 쓰는 것이다. 김종태는 한동안 떠들던 소위이른바 조선적인 회화 운운에 느낀 바 있었던지, 고인이 된 그를 손잡고 물어볼 수는 없으나 작품에 나타난 걸 보아 반드시 그러한 생각으로써 시험해 본 것이리라고 추측된다.

다음은 김중현의 〈나물 캐는 처녀〉란 제題의 작품인데, 이 작품은 화제*부터가 조선의 공기를 감촉感觸케 하려는 계획이 보이고, 화면은 그야말로 아리랑 고개를 연상케 할 만한 고개 너머 좁다란 길녘*에 처녀가 나물 바구니를 들고 있는 장면인데, 색채는 약간 우울한 편의 그림이었다.

이러한 취재取材로 그린 그림이 비단 김중현에 한할 배바가 아니로되, 그의 그림과 그 화제가 주는 여러 가지 인상에 직각*적으로 그의 계획한 바를 알 수 있었고, 또한 그 계획이 관중에게 무엇을 소訴(호소)하려는 것까지도 충분히 보이고 있었다. 다시 말하면 김종태가 색조상으로 조선을 대변하려 함에 대하여, 그는 취재상으로 조선을 대변하려는 의도였다.

취재로써 그림의 내용을 설명하는 방식은 두 가지가 있으니, 하나는 김중현의 작품과 같이 그 모티프를 퍽 문학적인 점에 치중하여 취재함이요, 다른 하나는 문학적 내용을 갖지 않은 직접 설명적인 취재방식이니, 예를 들자면 조선을 배경 삼은 풍경, 조선의 인물, 조선의 모든 물건 등을 의식적으로 제재* 삼는 그림일 것이다.

그러면 이 두세 작가의 노력을 참고하고 그것을 동기로 하여, 표현상으로 나타나는 향토 정조鄕土情調가 어느 정도까지 성공했는지, 또는 향토 정조란 어떻게 표현되어야 할 것인가 하는 것을 잠깐 음미해 보기로 한다.

이상의 예증例證*에 의하여 김종태의 조선 정조朝鮮情調의 설명은 취재(가령 주로 조선의 자연, 조선의 인물 및 조선의 풍속 도구 등)를 긍정하는 동시에 회화적으로는 특수한 색채를 사용하여야 할 것을 암시하였고, 김중현의 견해는 조선에 개재介在*한 대소大小의 전통이나 혹은 풍속을 가장 잘 요리할 화가는 조선 사람이라 한다. 도사道師와 같은 곳에 초점을 두고 있다.

제삼의 것은 곧 조선 사람, 조선 물건, 조선 풍경을 그린 작품은 조선 정조가 흐르는 그림이라 할 만큼 '조선 재료는 조선 정조' 식의 것으로, 이것은 이론상으로의 모순을 벌써 발견할 수 있으니, 하필 조선 사람이 아닌 어느 나라 사람일지라도 이런 취재로써 그리는 작품이란 얼마든지 있는 것이다.

미술에 이해 없는 일반 사람들이 흔히 외국의 인물이나 풍속을 그리는 이를 곧 외국화한 인간으로 취급하는 동시에, 조선의 인정 풍속을 그린 작품만이 오직 조선심朝鮮心을 잘 포착한 작품이라고 오인誤認*하는 수가 얼마든지 있는 것은 심히 유감이거니와, 심지어는 지식층의 인사들까지도 "왜 조선을 취재하지 않느냐" 하는 딱한 소리들을 하는 것은 듣기에 답답한 일이다.

첫째 색채로 민족성을 나타낸다는 데 대하여 나는 이렇게 생각한다. 가령 침울한 성질의 사람은 침울한 어두운 색조의 그림을 그리고, 쾌활한 성질의 사람은 명랑한 색조의 그림을 그린다. 색채는 사람의 개성을 따라 달리 나타나는 것이니, 물론 상이한서로 다른 민족에서 보더라도 민족적으로 상이한 색조가 나타나는 것만은 사실이다. 그러나 이 상이하다는 것은 개인의 경우와 달라서 거의 분별키 곤란한 정도의 것이요, 특수한 경우, 가령 세계의 어느 민족보다 일본 민족이 특별히 보랏빛을 많이 쓰는 경향이 있다는 것을 제외하고는, 이 민족의 색은 A요 저 민족의 색은 B라고 규정할 만큼 확호確乎*한 것은 아니다. 그보다도 민족적으로 보아 그 색채를 표현하는 정도가 엄연하게 달리 나타나는 점은 문화 정도의 상이로 인함이 더 많을 것이니, 대체로 보아 문화가 진보된 민족은 암색暗色*에 유類하는비슷한 복잡한 간색間色*을 쓰고, 문화 정도가 저열低劣*한 민족은 단순한 원시색을 쓰기를 좋아한다. 근래 도회지 사람들이 차차 색채 관념에 대한 안목이 높아지는 것을 보든지 어린아이들이 흔히 단조單調*한 색깔을 좋아하는 걸 보더라도 짐작할 수 있을 것이다.

이러이러한 색채가 조선의 색이요, 이러이러한 색조로 그린 그림은 조선 사람의 그림이라 할 만큼 조선 사람이 아니면 나타내지 못할 색채는 아마 없을 듯하다. 색채는 개성의 상이로 각각 상이하게 나타날 것이요, 결코 민족에 의하여 공통된 기호색은 없을 것이다.

그 다음은 회화의 서사적 기술로서 한 민족의 민족적 성격을 대변할 수 있느냐 하는 것인데, 이것 역시 작가의 예술 사상을 규지窺知*할 수는 있을지언정 민족 전체의 성격을 나타내기는 도저히 곤란할 것이다. 가령 김중현이 아리랑 고개를 그리고 조선의 처녀가 나물 바구니를 든 것을 그렸다고, 그 작품은 반드시 조선 사람이 아니면 그리지 못할 그러한 작품은 못 된다. 그러한 서사 내용을 제재로 한 그림은 서양 사람도 그릴 수 있을 것이요, 중국 사람이 그려도 될 수 있을 것이니, 이것이 조선인이 아니면 그리지 못할 조선인의 예술이 되기에는 너무나 거리가 먼 것이다. 나는 이러한 문제에 직면할 때마다, 작가란 사회 사건에 극히 냉정할 필요가 있다고 생각한다. "왜 조선을 취재로 한 그림을 안 그리느냐" 소위 지식층의 사람들까지 한동안 이렇게 외치는 바람에 화가들은 어리둥절했다.

회화가 그 순수성을 보지保持*할수록에 문학과는 거리가 멀어지고, 그럴수록에 제재 내용 문제는 점점 더 등한시되는 것이다. 전원 화가인 밀레* 같은 사람은 선·색·기교보다도, 그보다도 먼저 앞서는 문제는 전원의 사상, 대지의 교훈, 종교의 세계, 이러한 것들을 우리에게 알리려 했다. 그러나 밀레는 낭만주의 시대의 사람일 뿐 아니라, 그는 화가라 함보다는 더 위대한 전원의 사상가라 함이 차라리 가할 것이다. 같은 19세기의 말엽이었지마는 휘슬러* 같은 사람은 끝까지 회화의 순수성을 고집하기 때문에 '어머니 초상'을 일부러 〈흑과 백의

해조譜調*)라 하여 회화는 색채와 선의 세계 이외에는 아무것도 없다 하는 주장을 하였다. 근자에요사이 〈포플러 있는 풍경〉·〈정물〉·〈나체〉·〈풍경〉·〈작품 제일第一〉 등, 이렇게 회화의 제재 내용을 부인하는 화제를 붙이는 경향은 역시 회화의 순수성을 고집하려는 때문인가 싶다.

회화에 대한 감상안이 저열한 인사들이 흔히 "이 그림은 어디가 어째서 좋으냐" "이 그림은 표정이 그럴듯한걸" 운운하는 것은, 즉 회화란 것이 순전히 색채와 선의 완전한 조화의 세계로서 교양 있는 직감력을 이용하여 감상하는 예술임을 모르고, 해석적으로 그림의 내용을 설명해 주기를 기다리는 것은 어리석은 견해밖에는 못 된다.

보다 더 직감적인 예술이 보다 더 순수적인 것은 음악으로 보더라도 알 것이다. 음악이 하등의아무런 언어로의 해석을 듣지 않더라도 음의 고저로써 능히 희비애노喜悲哀怒*를 느낄 수 있는 것은, 회화가 제재로의 설명을 하지 않더라도 표현된 선과 색조로써 우리의 감정을 좌우할 수 있다는 것과 꼭 마찬가지일 것이다. 요컨대 우리가 어느 정도의 감상안을 가지고 있는 것인가 함이 문제 될 것이요, 작품 자체가 민중을 향하여 호소할 필요는 조금도 없을 것이다.

최근에 이르러 조선뿐 아니라 거의 동양에서라 할 만큼 넓은 국면의 사람들이 동양주의의 복구를 성盛히왕성하게 물의物議*하는 경향이 보이는데, 이러한 경향은 진실로 있음직한 일이요 있어 당연한 일로 생각하기는 하나, 그중에는 간혹 인식 착오의 동양주의 사상을 가지는 분이 있어서 덮어놓고 옛사람의 필법筆法˚, 옛사람의 태도를 그대로 모방함으로써 동양에의 복귀로 생각하는 분이 있다.

서양의 세례를 받고 서양적 교양에서 자라다시피 한 현대의 우리들이 무비판하게 동양에의 복귀를 하는 것도 불가능한 일이거니와, 또한 무비판하게 서양적 교양을 포기함도 불가한 일일 것이다.

『개자원』芥子園을 배우고, 단원檀園˚을 본뜨고, 오원吾園˚을 본받는 것이 수학修學˚으로는 좋은지 모르나, 벌써 시대가 다르고 문물이 다른 현대에 앉아 과거의 필법을 그대로 고집한다는 것은 더한층 실수일 것이다.

나는 결론에 들어서 이렇게 생각하고 싶다. 조선의 공기를 실은〔載〕, 조선의 성격을 갖춘〔備〕, 누가 보든지 "저건 조선인의 그림이로군" 할 만큼 조선 사람의 향토미가 나는 회화란 결코 알록달록한 유치한 색채의 나열로써 되는 것도 아니요, 조선의 어떠한 사건을 취급하여 표현함으로써 되는 것도 아니요, 그렇다고 선지宣紙˚에 수묵˚을 풀어 고인古人을 모模하는따라하는 등은 더욱더 아닐 것이다.

그러면 조선심은 어디서 찾겠는가. 조선의 공기를 감촉케 할, 조선의 정서를 느끼게 할 가장 좋은 표현 방식은 무엇이겠는가. 미술 평론가인 야나기 무네요시柳宗悅˚는 이렇게 말한다. "조선은 지리상으로 보든지 역사상으로 보든지, 그 민족의 문화 발달사상發達史上으로 보든지, 조선 민족은 철두철미 애조哀調*를 기조基調*로 한 예술의 국민"이라고. 그는 이 애조의 갖추갖추*를 신라나 고려나 조선조 도자에서, 또는 도자에 그려진 곡선에서, 건축에서, 음률에서, 심지어는 사람들의 걸음걸이에서까지 찾아내려고 애를 썼다. 그리하여 이 애조는 조선심의 뿌리 깊은 원천이라고 말한다.

그러나 나는 야나기의 말에 반의 긍정과 반의 부인을 하지 않을 수 없으니, 조선 사람의 과거 및 현재에 있는 예술품을 볼 때에 결코 애조뿐만이 조선 사람의 기백氣魄*이 아닌 것이 넉넉히 보이고 있기 때문이다.

고담枯淡*한 맛, 그렇다, 조선인의 예술에는 무엇보다 먼저 고담한 맛이 숨어 있다. 동양의 가장 큰 대륙을 뒤로 끼고, 남은 삼면이 모두 바다뿐인 이 반도의 백성들은 그들의 예술이 대륙적이 아닐 것은 물론이다. 대륙적이 아닌 데는 호방豪放*한 기개는 찾을 수 없다. 웅장한 화면을 바랄 수는 없다. 호방한 기개와 웅장한 화면이 없는 대신에 가장 반도적인, 신비적이라 할 만큼 청아한* 맛이 숨어 있는 것이다.

이 소규모의 깨끗한 맛이 진실로 속이지 못할 조선의 마음이 아닌가 한다. 뜰 앞에 일수화一樹花*를 조용히 심은 듯한 한적한 작품들이 우리의 귀중한 예술일 것이다. 이 한아閑雅*한 맛은 가장 정신적인 요소이기 때문에 결코 의식적으로 표현해야 되는 것이 아니요, 조선을 깊이 맛볼 줄 아는 예술가들의 손으로 우리의 문화가 좀 더 발달되고 우리들의 미술이 좀 더 진보되는 날, 자연 생장적으로 작품을 통하여 비추어질 것으로 믿는다.

화집 출판의 효시

-『오지호·김주경 이인二人 화집』평

화가의 할 일이 그림을 그리는 것만이 전부가 아니요, 전람회를 여는 것만이 또한 전부가 아니요, 이 밖에 자기의 족적足跡*을 화집畵集*으로 써 영원히 남긴다는 중요한 할 일이 또 한 개 남아 있는 것이다.

사람의 성격에 따라서는 한평생 그림을 그리는 것만으로 낙을 삼는 이도 있겠고, 때때로 전람회를 여는 것에 만족하는 이도 있겠고 하겠지마는, 무릇 가장 현대적 인식을 가진 화가이면 반드시 화집의 출판에까지 이르러서 비로소 작가로서의 할 일을 다하였다고 볼 수도 있을 것이다. 그만치 그림의 활동 범위가 옛날과 달라서 현대의 인쇄 문화와 합류치 아니치 못하게끔 하는 세태에 있는 것이다.

그러나 조선이란 땅이 이상야릇한 곳이어서, 미술가는 해마다 늘어 가는 반면에 발전하는 상황은 정반대의 현상을 이루고 있어서, 오늘날 화집 한 권 출판되지 못하였다 함은 오로지 추태醜態*라고밖에 해석할 수 없었다.

이때에 어느 일각_{한 부분}에서 용솟음치듯 튀어 오른 두 화가가 보아 란 듯이 찬란한 화집 한 권을 내놓았으니, 우리는 이 화집의 내용을 살피기 전에 맨 먼저 지호_{之湖}·주경_{周經} 두 분의 앞에 무릎을 꿇고 절 할 만한 의무를 느끼는 것이다.

조선이 아니라면 화집 출판쯤 기이할 것도 아무것도 없다. 으레[*] 있는 일이요, 화가이면 보통 할 수 있는 일이다. 그러나 이것이 조선 이기 때문에, 더구나 서양 미술을 사들인 지 수십 성상_{星霜}[*]을 지낸 오 늘날 오히려 화집 한 권 얻어볼 수 없는 조선이기 때문에, 이 화집의 출현은 더한층 새롭고 더 한 번 그들의 용기를 놀랍게 생각하게 되는 것이다. 이것이 첫번 시험이니만치 반드시 완벽을 기하였다고는 당 초_{애초}부터 믿지 않는다. 그러나 처음 시험으로서는 엄청나게 성공하 였다는 점이 더군다나 이 책을 빛나게 하는 소이[*]일 것이다.

이 화집을 대할 때 먼저 강렬하게 느껴진 것은 지호·주경 두 분의 그 돈독한 우의, 그 용감한 패기, 그 발랄한 화풍, 그리고 그 대담한 계 획에 놀라는 동시에, 침체[*] 극한 조선 화단에 한 개 철퇴_{鐵槌}[*]를 던진 듯 가히_{능히} 일대_{一大} 통쾌사_{痛快事}라 하지 않을 수 없다. 오지호_{吳之湖}의 온아_{溫雅}[*]한 화풍은 근작_{近作}에 이를수록 명랑화_{明朗化}하면서 차츰 점묘 파풍_{點描派風}[*]으로 변조_{變調}[*]되어 감이 재미스런 장래를 약속하여 주는 듯 반가우며, 김주경_{金周經}의 침착한 화풍이 또한 경쾌한 보조로 산보하는 손님을 대한 듯 반갑다.

이 중에서 특히 인상 깊은 것은 오지호의 〈시골 소녀〉. 이 작품은 확실히 조선 땅 소녀임을 누구보고든지 자랑하고 싶다. 김주경의 〈봄〉 〈부녀야유도〉婦女野遊圖 또한 중요한 작품일 것이다. 그리고 전편全篇을 통한 호화로운 장식이 누구든지 한번 봄직한, 출판물 중의 호화판일 것이다.

장정책치레이 참신하고 인쇄가 정려精麗*하며 전편을 원색*판으로 꾸민 노력이라든지, 더구나 조리 정연한 두 분의 예술론은 미의 본질을 잘 구명究明*하고 예술의 형식과 내용을 명확한 논조로써 규정하여 가히 금상첨화*의 격을 이루었으니, 이 화집이야말로 화학도畵學徒는 물론 일반 애화가愛畵家는 반드시 한 권을 좌우座右*에 비치갖추어 둠할 책이라 믿는다.

제2회 '전국조선학생미술전람회'를 보고

이번 심사한 뒤의 감상을 몇 마디 말씀하겠습니다.

대체로 학생들이 허영심이 너무 많습니다. 중학생으로서 공부하는 여가에 오륙십 호*의 대작을 그린다는 것은 허영심으로밖에 해석할 수 없습니다. 학생들의 경제로나 시간으로나 정신으로나, 어느 방면으로 생각하든지 이런 화려한 태도는 취할 배*가 못 됩니다. 최대한도로 이십 호 내지 삼십 호 가량으로써 얼마든지 그림 공부를 할 수 있습니다.

그리고 기술로 보더라도 학생다운 진지 솔직한 태도를 버리고 공연히 전문가의 모방을 한 학생들이 적지 않았습니다. 이것도 역시 허영심으로 볼 수밖에 없습니다.

이 반면으로 비교적 좋은 소질을 가진 학생들이 몇 분 발견된 것은 유쾌한 일입니다. 이번 심사는 무엇보다 다른 사람을 추종*하는 흔적이 적은, 솔직하게 표현하려고 노력한 작품들을 우대했습니다. 다시 말하면 개성의 빛[光]을 존중하는 곳에다가 심사의 주안점*을 두었습니다.

학교별로 보면, 사범부생師範部生들의 작품이 예상 이상으로 실망케 한 것과, 경성중학鏡城中學의 작품들은 솔직하게 지도한 점은 좋으나 감정에 격해서 이성의 힘을 너무 눌러 버린 관계로 개개인의 작품이 도리어 비개성적으로 되어 버린 흠이 많습니다. 존귀한 감정을 살리기 위해서는 예리한 이성의 칼날이 반드시 필요할 줄 믿습니다. 소학생부小學生部에서는 그 학교 선생님들이 아동의 작품에다 너무 가필加筆*을 많이 하신 흔적이 보이고, 그 때문에 귀여운 아동의 심리와 아동의 정서가 화면에서 여지없이* 유린蹂躪*되어 버린 것은 애석한 일입니다.

전체를 통해 볼 때 깊이 느낀 바는, 좋은 작품이 월등하게 좋은 것과 낙선품이 너무 허무한, 말하자면 기술이 평균하게 향상되지 못하고 파행跛行*적으로 되어 있는 현상이올시다. 이 점은 현재의 조선 학생의 도화圖畵* 교육이 보편적으로 진보되지 못한 증좌證左*로서, 그 원인은 오로지 시대적 배경에만 있는 것이 아니요, 학교 당국자들의 도화 교육에 대한 몰이해沒理解*와 시설의 전무全無에서 영향된 바 많으리라고 생각합니다.

말이 여담딴 이야기으로 기울어지고 말았습니다마는, 끝으로 출품한

제군에게 부탁할 말은, 그림이란 결코 기술의 우열°만으로 결정되는 것이 아니요, 훌륭한 인품이 있는 곳에 훌륭한 예술이 산출°된다는 것을 말해 둡니다.

예술가와 세인과의 현격한 차이는 요컨대 예술가는 성격의 솔직한 표현이 그대로 행동 되는 것이요, 세인의 상경은 성격이 곧 행동 될 수 없는 곳에 있다. 예술가가 예술 작품을 창작할 수 있는 능력은 이 솔직한 성격의 고백이 가능하기 때문이다.

제3부 화가의 동무

노시산방기

지금 내가 거하는 집을 노시산방老柿山房이라 한 것은 삼사 년 전에 이
李 군(소설가 이태준)이 지어 준 이름이다.

　마당 앞에 한 칠팔십 년은 묵은 성싶은 늙은 감나무 이삼 주株가 서
있는데, 늦은 봄이 되면 뾰족뾰족 잎이 돋고, 여름이면 퍼렇다 못해
거의 시꺼멓게 온 집안에 그늘을 지워 주는지, 지금에 와서는 마치 감
나무가 주인을 위해 사는 것이 아니요 주인이 감나무를 위해 사는 것
쯤 된지라, 이 군이 일러 노시사老柿舍라 명명해 준 것을 별로 삭여 볼
여지도 없이 그대로 행세를 하고 만 것이다.

　하기는 그후 시관時觀*과 같이 주안酒案*을 마주하고 이야기하던 끝
에 시관의 말이, 노시산방이라기보다는 고시산방古柿山房이라 함이 어
떠하겠느냐 하여 잠깐 내 집 이름을 다시 한 번 찝어* 본 일도 있기는
하다. 푸른 이끼가 낀 늙은 감나무를 노시老柿라 하기보다는 고시古柿

라 함이, 창唱으로 보든지 노랫가락처럼 듣기 좋은 소리로 보든지 글자가 주는 애착愛着성으로 보든지 더 낫지 않겠느냐는 것이요, 노시라 하면 어딘지 모르게 좀 속되어 보일 뿐 아니라, 젊은 사람이 어쩐지 늙은 체하는 인상을 주는 것 같아서 재미가 적다는 것이다. 그러나 그때의 나는 역시 고古 자를 붙이는 골동 취미보다는 노老 자의 순수한 맛이 한결 내 호기심을 이끌었던 것이다.

원래 나는 노경老境이란 경지를 퍽 좋아한다. 기법상 술어術語로 쓰는 노련老鍊이란 말도 내가 항상 사랑해 온 말이거니와, 철학자로 치면 누구보다도 노자老子를 좋아했고, 아호雅號로서도 나이 많아지고 수법이 원숙圓熟해진 분들이 흔히 노老 자를 붙여서, 가령 노석 도인老石道人이라 한다든지, 자하 노인紫霞老人이라 하는 것을 볼 때는 진실로 무엇으로써도 비유하기 어려운 유장悠長하고 함축含蓄 있는 맛을 느끼게 된다. 노인이 자칭 왈 노老라 하는 데는 조금도 어색해 보이거나 과장해 보이는 법이 없고, 오히려 겸양謙讓하고 넉넉한 맛을 느끼게 하는 것 같다.

그러나 그렇다고 나는 노시산방을 무슨 노경을 사랑한다 하여 바로 나 자신이 노경에 든 행세를 하려 함이 아니요, 그저 턱없이 노老 자가 좋고 또 노시老柿가 있고 하므로 그렇게 이름을 붙인 데 불과함이요, 또 가다가는 호號까지도 노시산인이라 해 본 적도 있었다.

한번은 초대면初對面하게 된 어느 친구가 인사를 건넨 뒤 놀라면서 하는 말이, 자기는 나를 적어도 한 사오십은 넘은 사람으로 상상해 왔다는 것이다. 그는 내가 노시산인이란 호를 쓴 것을 본 때문은 아니요, 집 이름을 노시산방이라 한 것을 간혹 들은 것만으로 그 집 주인은 으레* 늙수그레한 사람이려니 하였다는 것이다. 그 말을 들을 때 처음에는 아연(啞然)*하지 않을 수 없었다. 그러나 다시 생각해 보니 그렇게 생각 됨직도 한 일이라 싶었다.

아무튼 나는 내 변변치 않은 이 모옥(茅屋)*을 노시산방이라 불러 오 는 만큼 뜰 앞에 선 몇 그루의 감나무는 내 어느 친구보다도 더 사랑 하는 나무들이다.

나는 지금으로부터 오 년 전에 이 집으로 이사를 왔다. 그때는 교 통이 불편하여 문전에 구루마 한 채도 들어오지 못했을 뿐 아니라, 집 뒤에는 꿩이랑 늑대랑 가끔 내려오곤 하는 것이어서 아내는 그런 무 주 구천동 같은 데를 무얼 하자고 가느냐고 맹렬히 반대하는 것이었 으나, 그럴 때마다 암말 말구 따라만 와 보우 하고 끌다시피 데리고 온 것인데, 기실은(실제로는) 진실로 진실로 내가 이 늙은 감나무 몇 그루 를 사랑한 때문이었다.

무슨 화초 무슨 수목이 좋지 않은 것이 있으리요마는 유독 내가 감 나무를 사랑하게 되는 것은 그놈의 모습이 아무런 조화가 없는데도 불구하고 고풍스러워 보이는 때문이다. 나무껍질이 부드럽고 원초적 인 것도 한 특징이요, 잎이 원활하고 점잖은 것도 한 특징이며, 꽃이 초롱같이 예쁜 것이며, 가지마다 좋은 열매가 맺는 것과, 단풍이 구수하게 드는 것과, 낙엽이 애상哀想*적으로 지는 것과, 여름에는 그늘이 그에 덮을 나위 없고, 겨울에는 까막까치로 하여금 시흥詩興*을 돋우게하는 것이며, 그야말로 화조花朝와 월석月夕에 감나무가 끼어서 풍류를 돋우지 않는 곳이 없으니, 어느 편으로 보아도 고풍스러워 운치* 있는나무는 아마 감나무가 제일일까 한다.

처음에는 오류 선생五柳先生*의 본을 받아 양류楊柳*를 많이 심어 볼까 하고도 생각한 적이 있었다. 너무 짙은 감나무 그늘은 우울한 내심사를 더 어둡게 할까 저어한* 때문이었다. 그러나 한 해 두 해 지나고 보니 요염한 버들가지보다는 차라리 어수룩한 감나무가 정이 두터워진다.

나는 또 노시산방에 이들 감나무와 함께 조화를 시켜야 할 여러 가지 나무와 화초를 심기에 한동안은 게으르지 않았다. 우선 나무로서는 대추며 밤이며 추리*며 벽오동碧梧桐 등과, 꽃으로는 목련, 불두佛頭*, 정향丁香*, 모란, 월계, 옥잠, 산다山茶*, 황국黃菊, 철쭉[躑躅] 등을 두서없이 심어 놓고, 겨울에는 소위 온실이라 하여 한 평이나 겨우 될락말락한 면적을 사오 척尺 내려 파고 내 손으로 문을 짠다 유리를 끼운다 해서 꼴같잖게 만들어 놓은 데다가, 한두 분盆 매화와 난초를 넣고 수선을 기르고 하면서 날이 날시금날이면 날마다 물을 주기에 세사世事의 어찌됨을 모를 만한 지경이었다. 이렇게 하고 있노라니까 이 모양이나

마 우리 산방의 살림을 누가 보면 재미가 나겠다고도 하고, 자기네도 한번 이렇게 살아 보았으면 하며 부러워하는 인사人士도 있었다.

그러나 나 같은 사람의 성질로써 그런 생활이 오래 계속될 리는 만무*한 것이었다. 나는 한두 해를 지나는 동안 어느 여가틈엔지 뜰을 내려다보는 습관이 차츰 줄어들고, 필시에는 본바탕의 악성*, 태만이 발동하기 시작했다. 그 좋아하던 감나무도 심상해지고*, 화초에 풀이 자욱해도 못 본 체하고, 어떤 놈은 물을 얻어먹지 못하여 마르다 못해 배배 꼬이다가 급기야는 곯아 죽는 놈들이 비일비재였건만 그래도 나는 태연해졌다. 대체로 화초란 물건은 이상한 것이어서, 날마다 정신을 써 가면서 들여다볼 적에는 별로 물을 부지런히 주는 법이 없더라도 의기가 충천할 것처럼 무럭무럭 자라나는 놈이, 아무리 비옥한 토질과 규칙적으로 물을 얻어먹는 환경에 있으면서도 주인에게 벌써 사랑하는 마음이 끊어지고, 되면 되고 말면 말라는 주의로 나가는 데는 제아무리한 독종이라도 배배 꼬이지 않는 놈을 별로 보지 못했다. 화초일망정 아마도 정이 서로 통하지 않는 소이所以*일까.

나의 게으름은 이렇듯이 하여 금년 들어서부터는 모든 것을 잃어버리다시피 했다. 그것은 어느 때고 한 번은 오고야 말 운명이라고 예감하고 있었던 것이었다.

그러나 나는 비록 게을러서 화초를 거두기에 인색하기는 했지만 그래도 해마다 하느님께만 모든 것을 맡기고 있었다. 마르다 못해 곯고, 곯다 못해 죽어 가던 놈도 철 따라 사풍斜風*과 세우細雨* 덕분으로 밤 동안에 개울물이 풍성하게 내려가고 뿌리 끝마다 물기가 포근히 배 오르면 네 활개를 치듯이 새 기운을 뿜내는 것인데, 금년에도 역시 나는 설마 비가 오려니 오려니 하고 기다렸더니 설마가 사람을 죽인다는 격으로 장마철을 지난 지 한 달이 가고 두 달이 가고 석 달이 또 가고 하여도 비가 올 생각은 꿈에도 하지 않는다. 산골 개울물이 마르는 것쯤은 또 용혹무괴容或無怪*이려니와 그 잘 나던 샘물이 마르고 식수食水가 떨어지고 나중에는 멀쩡한 나뭇잎이 단풍도 들지 않은 채 뚝뚝 떨어지는 것이 아닌가. 연달아 밤나무가 죽고 대추나무가 죽고 철쭉이 죽고 하여 평생에 보지 못하던 초목들의 떼송장*이 온 마당에 질펀해진다*. 그러나 사람들은 죽지 못해 한 지게에 십 전錢씩 하는 수돗물이라도 사서 먹는다 치더라도, 그렇다고 그 많은 나무들을 일일이 십 전어치씩 물을 사서 먹일 기력이 내게는 또한 없다. 그러고 보니 점점 초조해지기만 한다. 가지마다 보기 좋게 매달렸던 감들이 한 개 두 개 시름없이맥없이 떨어지고, 돌돌 말린 감잎이 애원하듯 내 앞으로 굴러 오는 것이다. 뿐만 아니라 그 보기 좋던 나무 둥치가 한 겹 한 겹 껍질이 벗겨지기 시작한다. 나는 다른 어느 나무보다도 감나무가 죽는구나 하는 생각에 정신이 번쩍 차려졌다.

주인이 감나무를 위해 살고 있다시피 한 이 노시산방의 진짜 주인공이 죽는단 말이 될 말인가. 모든 화초를 희생하는 한이 있더라도 이 감나무만은 구해야겠다는 일념에서 매일같이 십 전짜리 물을 서너 지게씩 주기로 했다. 그러나 감나무들은 좀처럼 활기를 보여 주지 않은 채 가을이 오고 낙엽이 지고 했다. 어느 해 같으면 지금 한창 불타오르듯 보기 좋게 매달렸어야 할 감들이 금년에는 거의 다 떨어지고 몇 개 남은 놈들조차 패잔병처럼 무기력해 보인다.

　주인을 못 만난 그 나무들이 명춘明春*에 다시 씻은 듯 새 움이 돋고 시원한 그늘을 이 노시산방과 산방의 주인을 위해 과연 지어 줄 것인지?

—기묘己卯 11월 4일 노시산방에서

답답할손 X 선생

X 선생은 철학을 공부하는 이면서도 매화를 끔찍이 사랑하는 것이 이상하다.

　육칠 년 전이었던가, 강원도 어느 산골에 좋은 매화를 기르는 집이 있다는 소문을 듣고 초봄 감기로 나흘이나 앓던 사람이 한식寒食* 철을 놓치지 않고 매화 접을 붙이겠다고 부랴부랴 노비냥路費兩*이나 마련을 해 가지고 우정일부러 그 먼 곳을 찾아가서 매화 가지를 얻어다가 접을 붙이고*, 또 그 이듬해 봄에는 몇 놈을 등분登盆*을 해 가지고 그중 한 분盆을 X 선생께 보냈던 것이, 그뒤로 내게 있던 매화는 게으른 주인을 만난 탓으로 고스란히 다 죽어 버리고 말았는데, X 선생만은 얼마나 정성을 들여 가꾸었는지 작금昨今* 양년兩年*에는 제법 탐스러운 꽃이 야단스럽게 핀다고 근간* 꼭 한번 놀러 와서 상매賞梅*를 하라는 것이다.

그래서 어느 날은 일부러 좋은 막걸리 한 병을 구해서 둘러메고 X 선생을 방문하였더니, 아니나 다를까 방문을 들어서자마자 은은한 매향이 비색증鼻塞症이 있는 내 코에도 완연히 흘러온다.

X 선생과 나는 이날 밤에 꽤 유쾌하게 매화를 중심으로 이야기를 나누다가 말末판나중 판에는 X 선생 독특한, 내게는 그 골치 아픈 철학 이야기로 화제가 돌아가기로, 그만 밤도 이윽고 하였으니 또 만나자고 작별을 하고 돌아왔다.

그런데 예나 이제나 공부라고 한다는 사람들은 모조리 그렇게 빈복貧福을 타고났는지, X 선생도 몇날 며칠이나 군불 맛을 못 봤는지 사뭇거리낌없이 냉돌에 이불 한 채 없이 병정 녀석들이 쓰던 담요 쪽 하나를 깔고 올올 떨고 앉았으면서도 그래도 입만은 살아서 칸트가 어쩌니 헤겔이 어쩌니 하고 떠들고 있었다.

그후 며칠이 안 되어 하루는 잡지사에 있는 장張 군이 X 선생께 긴탁緊託이 있는데 꼭 날더러만 소개를 시켜 달라고 왔기에 그럼 어디 같이 가 보자고 동숭동에 있는 X 선생 댁을 찾아 나섰다.

이날도 X 선생은 그 좋아하는 파이프를 비뚜름히 문 채 지저분하게 원고지 뭉텅이를 책상 옆에 흐트러 놓고 저술하기에 여념이 없는지 우리가 들어선 줄도 모르고 혼자서 무어라 중얼거리기만 하고 있었다.

그래서 내가 먼저 "선생" 하고 소리를 치니까 그는 아무런 표정도 없이 한참 만에 고개를 든다.

"이 친구가 선생을 꼭 만나 뵈야겠다는군요" 하고 소개를 하는데 장 군도 곧 그의 명함을 X 선생 책상 위에다 놓으면서, "저는 장지환 張之煥이라 합니다" 하고 자기 소개를 하였다.

X 선생은 아무런 대답이 없이 명함을 한식경*이나 뚫어져라고 들여다보더니 별안간 무릎을 탁 치면서,

"원 요렇게도 꼭 같은 이름이 있담" 하고서는 다시 무표정한 얼굴로 인사의 대꾸는 할 생각도 아니하고,

"금방 여기 둔 헤겔이 어디 갔느냐"고 책을 찾기에 분주하다. 장 군은 나를 보고 웃고, 나는 장 군을 보고 웃는 수밖에 더 도리가 없었다.

장 군이 용건을 마치고 나서 X 선생과 작별을 하고 일어서는데 선생의 테이블 밑에 그가 끔찍이 사랑하는 매화에다 두루뭉수리*처럼 웬 이불 한 채를 둘둘 감아 붙인 것을 발견하고 나는 분반噴飯*할 지경으로 터져 나오는 웃음을 억지로 참으면서,

"도대체 매화에다 저게 웬일이요?" 하고 물었더니 X 선생은 의연*무표정한 얼굴로,

"엊그제 어느 친구가 이불 한 채를 보냈습디다. 덕분에 어제 같은 추위에도 매화를 따뜻하게 해 줄 수 있었소" 하면서 연신연달아 추위서 삼십 초가 멀다 하고 두 손을 호호 불고 있는 것이다.

X 선생과 이야기할 때마다 나는 흔히 선생의 태도를 아래위로 훑

어보는 것이 버릇이 되다시피 했지만, 제일 보기에 딱한 것은 X 선생은 곧잘 바지 단추를 끼울 것을 잊어버리는데, 또 그 사이로 여름 속옷이 앙상하게 내다보이는 것은 정말 민망해 견딜 수 없다.

김 니콜라이

사십 남짓한 나이에 수세기 이상의 세월을 겪었다면 듣는 사람은 그 놈 미친 놈이라 할 것이다.

그러나 오늘날 우리 조선 사람, 적어도 내 나이 이상의 사람이면 누구나같이 경험한, 그야말로 엄연한 역사적 사실인 데야 어찌하랴.

변발編髮*을 하고 '여명黎明*엔 즉기卽起*하여 쇄소정제灑掃庭除"하다가, 어느덧 상투가 달아나고 신기스런 자전차가 나타났다가, 다시 국파군망國破君亡*하여 외적外敵의 종놈 노릇을 하게 되고, 신풍조新風潮란 과도기를 만나 규중閨中* 처녀들이 신여성이란 간판을 달고 마구 연애를 할 수 있는 시기가 있더니, 폭풍우 같은 전쟁이 지나가고 이제는 국제 노선이 휘날리고 세계사의 발전이란 새 간판이 눈을 부시게 한다.

아무리 초인의 속보速步*로 따르려야 이제는 숨이 헐떡거려 진정 따라갈 수 없다. 기구한 운명을 타고난 민족에게는 기구한 운명이 낳는 비극이 따르는 법이지만, 신기스럽기도 하고 비통스럽기도 한 이 기구한 운명의 와중에 휩쓸려 다니면서 그래도 일루_{一縷}*의 희망을 붙이고 이제껏 살아오게 되는 것은, 안타까운 이 고민의 세대가 지나가는 날 우리의 후손에게는 설마 고민의 대가가 받아지려니 하는 것이 오직 하나의 염원이었다.

이하_{以下}—내가 끄집어내려는 김 니콜라이의 이야기는 진실로 기구한 운명을 타고난 이 애달픈 민족이 역사의 수레바퀴를 타고 오는 동안에 빚어진 한 개의 에피소드인 것이다.

기미 운동_{己未運動}* 직후였다.

우리들 젊은 학도에게는 자국어보다는 외국어 공부가 무조건으로 재미났다. 고리타분한 조선 소리보다는 양곡_{洋曲}*이 물론 듣기 좋았다. 떨며 넘어가는 바이올린의 멜로디가 하필 알아서 맛이 아니라 덮어놓고 신이 나고 그것을 듣는 것만 하여도 한 행세거리*인 것만 같았다.

어느 달 밝은 여름밤. 종로 청년회관 스테이지 위에는 김 니콜라이가 나타났다.

노령_{露領}* 해삼위_{海蔘威}*인지 산_産(산물)이요, '바이올린'의 명수였다.

김 니콜라이는 등단하기도 미처 전에 콩나물같이 박힌 관객석에서 쏟아지는 우레 같은 박수 소리에 목욕을 했다.

"김 니콜라이!"

얼마나 아름다운 호화판으로 된 이름인가. 우리는 그 이름부터가 호화판으로 신식인 데 홀렸다.

'김 니콜라이'는 단상에 척 오르자 다짜고짜로 '바이올린'의 줄을 부드득 끊어 버리더니 한 줄만 남겨 둔 G선만으로 귀신 곡하게 청승맞은 곡조를 구슬프게 내리훑는 것이었다(그후에 알고 보니 그것은 「G선상의 아리아」였다). 곡이 끝나자 청중은 발을 구르고 우레 같은 박수를 또 보냈다.

나는 감격이 극極하여 눈물이 날 뻔하였다.

무엇인진 모르지만 기막히게 좋고, 무슨 재조才操인진 모르지만 신기스럽기만 하고, 과연 신식이란 좋은 것이로구나 싶었다. 그 이튿날 김 니콜라이는 알지 못할 신여성에게 수많은 연애편지를 받았다.

나의 슬픈 이야기는 이것으로써 끝막는다.

그러나 그로부터 우리는 이제껏 꿈속에서 살았다는 것, 신식이란 무조건하고 좋다는 것, 조상이니 예의니 윤리니 하는 따위는 헌신짝같이 내던져야 한다는 것, 이러한 새 세대의 진리를 확실히 파악하게 되었다.

그뒤로 신사조新思潮에 대한 갈망은 날이 갈수록 높아져서 안창남安昌男이가 고국 상공에 은익銀翼을 나타냈을 때는 신여성으로부터 수십 장의 연애편지를 받았고, 가가호호家家戶戶이 조선祖先 전래의 진서珍書 · 기보奇寶는 휴지 값, 개 값으로 팔아 치우고 하는가 하면, 이러한 신사조의 동경은 한번 발을 헛디디매 말末판나중판에는 일어

상용日語常用*의 가정이 나타나고 소위이른바 '일선동조론'日鮮同祖論*까지 제창하는 패가 나기에 이르렀다.

희噫라*. 한때는 우물 속에서만 살고 있던 대원군의 양이척화攘夷斥和*로 하여 국운國運이 기울고, 다른 한때는 신사조에 대한 비판 없는 정열로 조상의 피를 더럽히었도다.

그러나 어이하랴.

기구한 운명을 타고난 이 민족의 앞길에는 새로이 등장하고 있는 신판新版 김 니콜라이와 박 에리시가 또다시 길을 막고 우리를 조롱하고 있는 것을!

생각나는 화우*들

수학, 역사, 외국어, 이화학理化學, 이 밖에도 수많은 과정을 꼭 같이 배우던 친구들로, 그중에서도 그림만 좋아하여 따로 모인다는 것도 기연奇緣*이었거니와, 이렇게 같은 길을 걸으려던 친구들도 한 해 두 해 십 년 이십 년 세월이 흘러가는 대로 혹 전업轉業*도 하고 혹 폐공廢工*도 하고 또 혹은 남 먼저 죽어 버리기도 하여, 내 나이 이십 세 전후에서 오십 줄을 바라보는 불과 이삼십 년 동안에 지난날을 회상할 때 덧없기도 하고 기막히기도 한 일이 한두 가지가 아니다.

　그동안 나도 몇 차례나 그림을 그린다는 데 고민을 거듭하고 심경에 끊임없는 변화를 일으키며 갖은 우여곡절을 겪고 나서 불로불소不老不少*한 오늘에 아직도 되지 않은 그림장을 그립네 하고 버티는 것이 행인지 불행인지 모르겠으나, 이제 와서는 새삼스레 내가 그림을 그리고 산다는 것을 후회할 것도 없고 또 이 밖의 다른 공부를 더 부러 위하지도 않는다.

쉬운 말로 만성이 되어서 그러한지 이제는 별조다른 수가 없을 터이니까 그러한지 모르나, 아무튼 나는 나대로 화도畵道*를 걸어가는 것이 가장 행복되다고까지 생각하고 있는 터이다.

그런데 내 친구 중에는 요외料外*로 초지初志*대로 나가지 못한 사람이 많으니, 중도에서 그림을 덮어 버린 친구가 한둘이 아니요, 또 내가 존경하고 아끼던 친구로서 아깝게도 요절夭折*해 버린 사람도 또한 적지 않다.

최창순崔昌順 형은 바로 재작년에 도미渡美*했던, 개성서 적십자 병원을 경영하던 이름 높은 의사다.

나는 중앙中央에 다니고 최 형은 배재培材에 있었다.

미술 학교 시험을 치르겠노라고 그 먼 거리를 계동桂洞 꼭대기까지 매일같이 방과 후면 찾아와서 나와 함께 석고 데생을 연습했다.

그의 가정은 퍽 빈한하여 남의 도움으로 학업을 계속했으므로 미술 공부만은 한사코기어코 말리는 것이었으나, 그는 그림을 생명으로 알고 기어이 미술 공부만 하겠노라고 버티었다.

그러나 그의 온아溫雅*한 성격은 종시끝내 부모의 명을 어길 수 없었던지 필경끝내는 세브란스에 입학을 했고, 그뒤에 들으니 그는 해부학 실험을 하는 동안 그 끔찍스런 시체를 만지기에 한 달 이상이나 자다가도 헛소리를 치고 신경 쇠약에 걸릴 지경이란 소문까지 들렸다.

비교적 평탄하게 미술을 공부할 수 있었던 나는 그의 재주와 함께 몹시 그의 불행함을 동정했다.

내가 미술 학교를 마치고 정말 경제적으로 불우하게 되었을 때 개성 가는 차중에서 그를 만났는데 그는 의사로서 이름이 높았고 경제적 여유도 놀랄 만큼 달라졌다.

"내가 그때 만일 부모님의 명령에 좇지 아니했던들 오늘날 얼마나 불행했을는지 모르오" 하는 그의 말에 나는 다시 선모심羨慕心*을 일으킨 적도 있다.

최 형을 위해서는 다행한 일이겠으나 화우로서의 최 형을 잃은 것은 아직도 섭섭하다.

최 형과 거의 동시에 미술을 지망하던 나의 친구는 여러 사람이어서 나와 같이 사진을 찍은 전라도 친구로 얼굴이 넓죽하고 성미가 시원한 사람 하나가 있었으나 오래되어 그의 성명도 기억에 남지 않고 생사까지도 모른다.

김온金溫이란 친구는 그 당시에 퍽 재주 있는 그림을 그리던 사람이었는데, 그후 러시아 문학을 전공하여 문단으로 활약하더니 근간*에는 역시 소식이 묘연杳然하다*.

석영夕影 안석주安碩柱 형과 향린香隣 이승만李承萬 형은 나이도 나이려니와 그보다도 그림 공부로 훨씬 우리보다 선배였고, 시관時觀* 장석표張錫豹 형은 빛나는 재조才操*로 초기 '서화협회전'을 장식하던 친구러니 그후 동양화를 그리다가 오랫동안 나타나지 않는다. 역시 잊을 수 없는 화우다.

시관 장 형과 같이 '서화협회전'에서 이채異彩*를 띤 작가로 심영섭沈英燮 형은 사상적으로 니힐리스틱한허무주의적 경향을 가지고 아르치파셰프Mikhail Petrovich Artsybashev*의 『사닌』과 『노동자 세위리요프』를 탐독*하고 또 『도덕경』을 읽고 불교에로 기울어지더니 인생에 대한 극단의 회의를 품은 채 그의 향리고향인 충남 당진으로 내려갔는데, 작품은 물론 손을 땐 모양이요 벌써 십오륙 년 전 내가 병으로 신음할 때 잠깐 만나 보았을 뿐 그후 영 소식을 들을 길이 없다. 만나고도 싶거니와 화우로서의 가장 이별하기 싫은 친구다.

이창현李昌鉉 형은 죽은 강신호姜信鎬와 같이 세잔*을 숭배하고 군상群像*을 취재하기 즐겨 하는 씩씩하고 재기* 있는 좋은 그림을 그렸는데, 중간에 폐업을 하고 지금은 의정부에서 아주 상인으로 돈을 벌고 있다.

이십사오 년 전에 고려미술원이란 화원畵院이 구리개에 설립되었을 때 이종우李鍾禹, 김은호金殷鎬, 김석영金奭永, 강진구姜振九, 김복진金復鎭, 박영래朴榮來 제씨가 동인으로 모였다. 김석영이란 화가는 지금 생각하기에 퍽 자유스러운 터치로 풍경을 그린 것을 몇 번 보았는데 그후 아주 폐공을 하고, 연전年前에 들으니까 동소문 안에서 침구 전문의*가 되어 개업을 하고 있다더니 지금은 어디로 옮겼는지 알 수 없고, 강진구란 이는 내시內侍*로서 상해에서 그림을 배웠다던가, 침착한 유화가였는데 그림은 그후 아주 폐하고 연전에는 의정부에서 산다더니 그후는 행방을 모르겠다. 박영래란 이도 그후 그림을 떠나서 사진업을 하고 있다더니 역시 소식을 모른다.

방면은 다르나 조각을 하던 김복진 형은 인물이 퍽 외교적이어서 예술가라기보다는 정치 방면의 사람이었으면 좋을 인물 같았으나, 조각으로도 상당한 기술을 가졌고 살아 있었다면 퍽 유용한 일을 할 사람이었을 것인데, 불행히도 연전에 장년壯年*의 나이로 작고作故*하고 말았다.

대구 있을 때 사귄 화우로서는 서동진徐東辰, 최화수崔華秀, 박명조朴命祚 등 제형여러분이 있었는데, 최 형은 그림보다 문학이 더 조예가 깊어서 한때 세평世評이 좋은 소설까지 발표하였으나 무슨 이유론지 그는 그림을 더 그리려 했다. 그러나 다난多難한 세파는 우리들의 지향하는 바를 순순히 길러 주지 못하여, 최 형은 생활을 위하여 전전하다가 지금은 군수郡守살이를 한다는 소문이 들리고, 서 형 역시 들은 바에 의하면 그림보다는 장사에 더 힘을 기울이게 되는 모양이며, 박 형은 지금도 화필을 놓지나 않았는지 소식이 격조隔阻*하다.

지금 살아 있는 나의 옛날 화우들은 대략 이러하거니와, 그간에 벌써 고인이 된 사람이 또한 적지 아니하니, 석영, 향린과 함께 활약하던 분으로 정규익丁奎益이란 이는 그때 모 관청에 직을 갖고 있으면서 퍽 재주 있는 화풍을 보여 주던 작가였으나 오래전에 벌써 세상을 떠나고 말았고, 진주 친구로 강신호 군은 한때 연소한 작가로 가장 인기의 초점이 되었던 빛나는 화가였다. 미술 학교를 나보다 한 반班 위에 다녔고 얼굴이 맑고 고우며 말소리는 약간 더듬는 편이었다. 재주가 많다기보다는 무척 근勤한부지런한 작가로서, 동경서 우리들이 돈이 생기면 활동사진영화 구경을 가고 다방 출입을 하는 동안에 그는 겨울에 외투를 잡혀서까지 돈을 마련하여 채색采色*을 사고 방학 중에도 하루 한시를 노는 틈이 없이 제작에 열중하다가 아침이면 코피를 쏟는 것을 몇 번이나 목도*하였다.

세잔을 숭배하고 침울한 그림을 그렸으나 그의 색채는 영롱한* 구슬빛이 떠돌았다. 그러나 우리의 운명은 좋은 작가를 오래도록 머물러 두지 않았다.

어느 해 여름 방학에 돌아온 그는 이창현 형과 같이 진주 촉석루 아래서 목욕을 하다가 강 군은 의외의 익사*를 하고 말았다.

한 십 년 전이었던가 구리개 어느 고물상에 그의 자화상이 틀에 끼운 채 쓰러져 있기에 얼마냐 했더니 일 원 오십 전만 내라 하기로 사 가지고 오면서 탄식하던 생각이 난다.

강 군도 내가 아껴 하는 친구 중의 한 사람이거니와 그 죽음을 가장 아까워하던 친구는 토수土水 황술조黃述祚 군이다.

토수는 강신호 군과 한급級에서 공부했다. 경주 사람으로서 아마 우리가 아는 범위의 화가로서는 가장 격이 높은 사람이었을 것이다.

토수는 술을 즐겨 하기를 태백太白(이백) 부럽지 않게 했다. 자그마한 키와 날씬한 몸에 까무잡잡한 코밑 수염을 기르고 언제나 웃는 얼굴로 친구를 무척 좋아했다.

조선서 동경까지 가는 동안 그는 술로써만 배를 채우다시피 하는 대음大飮이었으나 술로 해서 실수하는 일이 결코 없었다.

토수는 다방면의 취미를 가져서 우리가 눈도 뜨기 전에 그는 혼자서 구해 왔다는 추사* 선생의 글씨를 걸어 놓고 즐겨 했고, 불상의 수집과 감상에도 일가견을 가졌던 것 같다. 그리고 다도茶道*에도 깊은 취미를 갖고 조원造園*하는 재주와 화초 기르는 재주는 비상하였다. 일반 목공예의 재주도 놀라웠으나 특히 요리를 만드는 데는 능숙하였다.

우에노 공원上野公園 아래 있는 어느 아파트 오층에 있을 시절의 토수를 방문하였더니 그는 손수 치킨 라이스를 만들어 내는데, 일류 양식점의 그것보다 훨씬 맛이 좋은 데는 놀라지 않을 수가 없었다.

토수는 이렇게 다방면에 궁亘한일정 동안에 걸친 재주를 가진 탓인지 그의 그림에도 항상 섬광*이 빛났다. 그러나 유감인 점은 토수는 몹시 게을러서 좀처럼 그림을 그리려 하지 않았다. 그래서 그는 좋은 기술을 발휘해 주지는 못한 채 가 버렸다.

그가 가기 직전에는 동양화도 그렸다.

토수는 퍽 진실하고 침착하고 온정 있고 의리 있는 친구였다.

그러한 토수이면서도 이상하게도 그는 일종의 변태성이 있었다.

동경 있을 때 길을 가다 말고 전차에 오르려는 양장洋裝*한 여성의 다리에다 쫓아가서 입을 대고 빨았다는 이야기도 내가 듣고 웃었거니와, 그는 어느 집이든 누구의 발에든 윤기가 흐르게 반질반질 닦은 구두를 보면 견딜 수 없다는 것이다.

그래서 곧잘 남의 집 신장에 잘 닦아 놓은 구두코를 걸핏하면 핥았다는 것이다.

아무튼 토수는 좋은 친구였다.

나보다 좀 후배이기는 하나 김종태金鍾泰 군은 발랄한 재기와 예리한 감각으로 가장 참신한 그림을 그려서 장래가 퍽 촉망囑望*되더니 아까운 재주는 요절하는 것이 상례인지 평양에서 불의의 열병으로 객사客死*를 하였다.

내 나이 항상 어린 줄 알던 나도 어느덧 늙어 가는 장년의 나이라, 가만히 지난 과거와 과거에 사귀던 화우들을 생각하니 모든 것이 꿈결 같고 허무하기 짝이 없다.

지난 세월이 이러하였거늘 앞으로 닥쳐올 세월의 덧없음이야 더 말할 것이 있으랴!

화가와 괴벽 怪癖*

화가들이 제 할 바를 당연히 하는 행동에 대하여 세상 사람들이 공연히 기행奇行이니 변인變人*이니 하고들 시是니 비非니 하고 떠드는 것은 진정 말이지 스물네 시간 동안을 계속적으로 생각해 보아야 끝끝내 그들의 심리를 알 길이 없소.

가령 말하자면 나는 스물다섯 살 적에던가 한번 머리를 '오갑바 상'으로 자른 적이 있는데, 아무튼 학교엘 가는 길이면 남녀노소를 불문하고 보는 이마다 죽겠다고 웃어대는 것이 아니오. 게다가 열일고여덟 살씩 난 처녀들은 '이야다와'* 소리를 연발하면서 킥킥대는 것이 아니오. '오갑바 상'이 우스울 바엔 하필 '오갑바 상'에 한하리오. 머리를 깎는 것부터 얼마나 우스운 일이겠소. 자라는 대로 수더분하게* 내버려 두는 것이 무엇보다 자연스런 행동이겠는데, 세상은 어찌된 놈의 곳인지 도리어 머리를 기르는 것이 우습고 연장 다듬듯

맨숭맨숭하게* 칼질을 하고 게다가 깍두기처럼 기름을 떡칠하듯 문질러 놓는 것을 좋아하는 세상이로구려.

'오갑바 상'은 반드시 계집애들만 할 수 있는 것이라고 어느 책에 적혀 있습디까.

세상이 그러하다고 괜스레 흥분할 필요도 없는 것이지만 사내가 '오갑바 머리'쯤 깎았다기로서니 그것이 그다지 해괴할 건덕지*야 없는 것이 아니겠소.

일찍이(일찍이래야 한 십여 년 전밖에 안 되오) 나는 무라야마 카이타村山槐多*란 요절*한 화가를 끔찍이 사랑하였는데 그의 작품들을 사랑한 것은 물론이거니와 나는 그보다도 그의 전기를 읽던 중에 구석구석이 피어오르는 그의 탈속성脫俗性*을 더 사랑하였소.

그는 어느 때 연꽃 핀 첫여름 불인지不忍池 못 물가로 소요逍遙*하다가 지나가는 한 여성을 보았는데, 그 여성인즉 몸서리가 끼칠 만큼 미인이었더라오. 그래서 카이타는 한 걸음 번득하는 동안에 어느덧 그 여성의 입을 맞추고 말았더라나요.

도덕이란 거울에 비추어서 혹 잘못일는지는 모르겠소. 그러나 나는 카이타를 변명하리다. 그에게 결코결코 이성적異性的 야심이 있는 것은 아니요, 의리義理를 잊어버린 것도 아니오. 그는 오로지 미에 도취해 버렸던 것이오.

나에겐 H란 친구(요절한 화가 황술조를 가리킴)가 있소. H는 긴자銀座 통

通(큰길)에서 전차를 잡아타는 어떤 양장 미인의 각선*의 아름다움에 홀려서 단번에 쫓아가서 그 여성의 다리에다 키스를 하였다 하오. H는 새로 닦은 구두가 반짝반짝 빛나는 것을 보면 그 매력에 취해서 때때로 핥아 보기 좋아하는 버릇이 있는 친구이지만, 이것 역시 그 신비스런 감각의 미를 느끼고자 함이 아니겠소?(전날 나는 H의 이 사건을 잡지에 발표하였다가 H에게 단단히 욕을 먹은 일이 있으면서도 지금 또 쓰는 것이요마는.)

K란 친구는 미술 학교 재학 시대에 술에 취하여 학교 교실 벽을 뜯어 놓았고, N이란 친구는 카페에서 나체로 춤을 추었으며, R이란 친구는 술에 취하여 긴자 네거리에서 네 활개를 벌리고 춤을 추다가 신문사 카메라에 수용되었고, 나 역시 한때는 술을 먹고 '아바레루'* 한 죄로 나으리님 댁 뒷방 신세를 족히 끼친 일도 있고, 흥에 겨우면 길거리에 누워서 오고 가는 행인들을 바라보면서 콧노래를 불러 본 적도 있으며, P란 친구는 친구들이 술을 먹으러 가잔다고 너무 좋아서 급히 내려오려는 마음에 이층 꼭대기에서 그대로 내려 뛰다가 전치 2주간을 요하는 중상을 입은 일도 있소.

이러한 것들이 속소위俗所謂* 기행奇行이란 것인데, 그러나 나로서는 아무리 엄숙히 생각해 보아야 그것이 기행 될 것도 변태 될 것도 없을 것 같소. 기행이니 변태니 하는 것은 말하자면 불구 상태를 의미하는 말이 아니겠소. 혹은 일부러 지어서 하는 것이 아니겠소.

그러나 화가들의 이런 짓쯤이야 흥겨워 하게 되는 수도 있고, 하고 싶은 욕심에 하는 수도 있는 것이요, 일부러 하겠다는 호기심이 있어 그러는 것도 아니려니와, 그렇다고 불구적인 아무러한 결함이 있어 그런 것도 아니오.

도잠陶潛(도연명)* 같은 사람은 부귀공명이 다 싫어서 일부러 한가한 전원을 찾아 「귀거래사」歸去來辭를 읊었고, 굴원屈原* 같은 이는 "世人皆濁세인개탁 我獨淸아독청(세상 사람 모두 혼탁하되 나는 홀로 깨끗하다)"이라 하여 멱라수汨羅水에 빠져 죽어 「어부사」漁父辭가 생기었소. 소동파蘇東坡* 같은 이도 술을 사랑하고 달을 사랑하다가 물속에 달을 잡으러 빠져 들어갔단 말까지 생기지 않았소. 이것도 기행이라면 얼마든지 기행으로 보일 것이오. 사람마다 자기의 즐기는 경지와 일이 있거늘 화가들이 보통으로 행하는 행동에 대하여 세인世人이 그다지도 이상히 여기고 참견하여 보는 것은 도리어 우스운 일이 아닐 수 없소. 톡 까놓고 말하자면 세상 사람들은 너무나 자승자박自繩自縛*하는 것을 예사로 알고 살아가는 분들입니다.

최북과 임희지

예술가에게 두 가지 타입이 있으니, 하나는 생활을 통해 예술을 찾는 자요 다른 하나는 예술이 곧 생활 될 수 있는 자다.

다 같이 정열을 토대로 함에는 다름이 없을 것이나, 전자는 보다 더 이성적이요 후자는 보다 더 감성적이라 할 수 있다.

생활을 통해 예술을 찾는 자는 고고한 예술을 산출*하기 위하여 그의 생활이 점점 더 힘과 빛을 얻을 것이요, 예술이 곧 생활 되는 자는 생활이 예술의 범위를 떠날 수 없으므로 행동이 곧 예술 되는 것이다.

후자에 비하여 전자는 대기大器*적인 수확이 있기는 하나 후자에서와 같은 가장 예술적이요 높은 방향芳香*을 가진달 수는 도저히 없는 것이다.

아래 말하려 하는 호생관毫生館 최북崔北*과 수월도인水月道人 임희지林熙之*는 후자에 속하는 향기 높은 화가들이다.

최북은 세인世人이 그 족계族系와 관현貫縣이 어디인지도 알지 못하였으므로 그의 생년이 어느 때인지 모호함은 물론이다. 대략 숙종肅宗 경자년庚子年(1720년) 전후인 듯하다는 것이다. 그는 초명初名을 식埴이라 하였고 자를 성기聖器 또는 유용有用이라 하였으나, 후에 개명하여 이름을 북北이라 하였고 자는 칠칠七七이라 하였으니, 칠칠이라 함은 북北 자를 좌우로 파자破字하여 이른 것이다.

졸년卒年이 공교롭게도 사십구 세였으므로, 세상에서는 그 자字가 칠칠인 것으로 비추어 그를 선지先知의 힘이 있는 이라고 전하기도 한다.

호는 성재星齋, 기암箕庵, 거기재居其齋, 삼기재三奇齋 등이라 하고, 후년에는 호생관이라 하였으니 붓끝으로 먹고산다는 뜻을 취함이다.

자로부터 호에 이르기까지 이렇게 기벽奇癖을 가진 것을 보면 그가 얼마나 기괴한 인물이란 것을 알 것이다.

네덜란드의 화가 반 고흐의 일화逸話를 듣고 놀란 이라면 지금 최북의 많은 일화에서는 더한층 놀라지 않을 수 없을 것을 나는 믿는다.

최북은 언제든지 유리 안경을 끼고 다닌 애꾸였다. 일찍이 권세 있는 사람이 북에게 그림을 청하였을 때 응하지 아니하니, 그가 세도勢道로써 협박하므로 북이 대노大怒하여 "내 몸은 오직 나만이 마음대로 할 수 있다" 하고 눈을 찔러 한편이 멀게 된 까닭이었다.

술을 즐겨 하여 음주하는 양이 매일 대여섯 병이 넘으니 시중에 있는 술장수란 술장수는 모조리 최북의 집으로 몰려왔고 세인은 그를 주광酒狂*이라 하였다.

한번은 금강산을 유람할 제, 구룡연九龍淵에서 극음대취劇飮大醉*하여서 혹곡혹소或哭或笑*하다가 소리를 높여 부르짖기를, 천하 명인 최북이가 천하 명산 금강산에서 안 죽는다니 말이 되느냐고 외치고 불현듯갑자기 몸을 날려 시퍼런 못물 속으로 뛰어드니, 이때에 마침 동반한 친구가 붙들어 주지 않았던들 그는 구룡연 중의 고혼孤魂*이 되었을 것이다.

천성이 이렇듯 술 마시기와 놀기를 즐겨 하니 가산家産이 점점 궁색하지 않을 수 없는지라, 빈곤이 극도에 달하매 행장行裝을 수습하고 북으론 평양까지 동으론 동래東萊까지, 크다는 도시는 샅샅이 들르니 가는 곳마다 그림을 받고자 하는 사람이 연락 부절連絡不絶*하였다 한다.

그의 열풍처럼 무서운 성격은 어떠한 빈고貧苦와 아무리한어떠한 권력에도 굽힐 줄을 몰랐으니, 한번은 서평 공자西平公子와 내기 바둑을 희롱하다가 기세가 북에게 유리하게 전개될 즈음에 서평이 실수한 한 수를 무르려 하니 북은 단번에 흑백을 흐트려 버리고 "바둑이란 본래 장난인 것을 한 수 한 수 무르기 시작하면 끝날 날이 어찌 있소" 하고 그후로는 평생 서평과 기棋(바둑)를 희롱하지 않았다.

어느 때는 어떤 귀인의 집을 찾을 제 하인 놈이 주인께 누구인지 말하기 어려워서 덮어놓고 최 직장直長*이 왔소 하는 것을 듣고 북이 노하여, 이놈아 최 정승이 오셨다 하지 않고 직장이란 무어냐 하니, 하인 놈이 껄껄 웃으며 정승을 언제 하셨습니까 하였다. 북은 글쎄 이 놈아 그림 내가 언제 직장을 했단 말이냐. 이왕 헛이름을 댈 바에야 왜 높직이 못 대느냐 하고 훨훨 가 버렸다.

그는 최산수崔山水란 이름을 들은 만큼 산수에 능하였고, 그 외에도 화초, 초충草蟲*, 괴석, 영모翎毛*에 모두 초속超俗*한 필법을 가졌다. 그는 산수를 구하는 사람이 있으면 흔히 산은 그리되 물을 그리지 아니하니 그 연고까닭를 물으매, 종이 밖에는 모두 물이 아닌가 하고 해학諧謔*하는 것이었다.

그는 자기의 득의작得意作*으로 생각되는 그림에 대하여 예禮가 박할 때는 두말없이 그림을 찢어 버리었으나, 그 반면으로 변변치 못한 그림을 그려 받고 좋아라고 후히 대접하는 이가 있으면 도리어 그 사람의 뺨을 치고 "그림 값도 모르는 되지 못한 놈이로군" 하고 가가대소呵呵大笑*하면서 받은 돈을 도로 지워 내쫓는 것이었다.

그의 성격이 이처럼 호방*하여 소절小節*에 구니拘泥*되지 않고 야성적이기 때문에 세인은 그를 미친 환쟁이*라 혹은 주광이라 하여 욕하였지만, 그는 이렇게 외면으로는 농조弄調*로 세상을 대하는 듯하였으나 그 심저*에는 무섭기 칼날 같은 진실됨과 비판의 힘이 언제든지 숨어 있었다.

그림 밖에 또 기고奇古*한 시를 지었고, 평생에 『서상기』西廂記와 『수

호전』水滸傳을 애독*하였다. 유작遺作*으로 남은 것은 많지 않으나 현재 덕수궁 박물관에 있는 수묵* 산수는 비교적 대작이요 묵색의 임리淋漓* 함이 그의 성격을 방불하게 하는 것이 있다. 국립 박물관에 진열된 〈화조도〉와 손재형孫在馨 씨 소장의 〈금강산전도〉, 함석태咸錫泰 씨 소장의 〈금강산선면〉金剛山扇面 등을 보면, 비록 필력筆力*의 세련된 점은 다른 작가에 미치지 못한다 할지라도 필세筆勢*가 대담하며 자유분방하여 그 저류底流*에는 조그만 구애도 아첨도 보이지 않는, 치졸稚拙*하되 패기가 용솟음치고 있는 기개를 느낄 수 있다.

최북은 실로 거속去俗*된 화가였다.

崔北賣畵長安中최북매화장안중   최북이가 장안*서 그림을 팔아 사니
生涯草屋四壁空생애초옥사벽공   사는 꼴이 초가집에 네 벽만 덩그렇네.
閉門終日畵山水폐문종일화산수   문 닫고 종일토록 산수화를 그리니
琉璃眼鏡木筆筒유리안경목필통   유리 안경에 나무 필통뿐이구나.

朝賣一幅得朝飯조매일폭득조반   아침나절 한 폭 팔아 아침밥을 얻어먹고
暮賣一幅得暮飯모매일폭득모반   저녁나절 한 폭 팔아 저녁밥을 얻어먹네.
天寒坐客破氈上천한좌객파전상   날은 추워 손님은 해진* 담요 위에 앉아
있는데
門前小橋雪三寸문전소교설삼촌   문 밖의 작은 다리 위에 눈은 세 치 쌓

였구나.

이라 함이 최북을 두고 어디서 또 구할 시이랴.

최북의 뒤로 약 사십여 년을 격하여 또 한 사람의 정열의 화가가 있으니 그는 수월도인 임희지였다.

지금으로부터 175년 전, 영조 41년1765 을유乙酉에 출생했고, 자호自 號하여 수월도인이라 하였다.

성미가 청렴하고 강개慷慨*한 기절氣節*이 있으며, 삼각 수염에 신장이 팔 척이나 되는 끼끗한* 선비였다.

술을 대하면 주야밤낮를 구별하지 못하여 이삼 일씩 취하는 것은 항다반사늘 있는 일였다. 난죽蘭竹을 전문專門하였으나 죽竹은 표암豹菴 강세황姜世晃*과 비견比肩*하며 난蘭은 훨씬 표암을 능가하였다. 그 필법*은 그의 청렴 강직한 기개와 같이 유아幽雅*함이 구석구석에 창일漲 溢*하고 있다.

그는 화법이 또한 기괴하여 그의 기록한 수월水月 두 자는 인간 세상의 글자 같지 않을 만큼 자획이 기고奇古하였다.

서화 이외에 음율音律을 잘하여 생황과 거문고를 벗을 삼았고, 집이 가난하여 세간이라고 이를 만한 것이 없으나 오직 금琴*, 경鏡, 검劍, 연硯*과 고옥古玉으로 만든 필가筆架(붓걸이) 하나가 유일한 가장집물家藏 什物*이었다. 장서藏書*로는 오직 『진서』晋書* 한 부가 그의 서가를 장식하였을 뿐이요, 집이라고는 수연두옥數椽斗屋[*]을 면하지 못하였고, 뜰이 없으매 화초 한 포기 변변히 심을 공지_{빈터}가 없었으나 반 묘畝[*]가 될락 말락 남은 극지隙地[*]에다 두어 자 평방 되리 만한 못〔池〕을 파고 못 물이 없으매 쌀뜨물을 붓고 그 물 흐르는 소리에 응하여 지반池畔[*]에서 피리〔笛〕를 불며 노래를 부르고 "내가 수월水月을 저버리지 않거늘 달이 어찌 물을 골라 비추일까 보냐" 하는 것이었다.

그의 풍류가 이러하고 호방함이 이 같았으니 그 위인이 얼마나 탈속함을 짐작할 수 있다.

한번은 배를 타고 교동喬洞이란 곳을 가는 때이었다.

중류에 다다랐을 때 홀연히_{갑자기} 폭풍우를 만나서 배는 이리 기우뚱 저리 기우뚱하여 도저히 살아날 희망은 없고, 배를 탄 여러 사람들은 혼비백산하여 수중고혼孤魂이 될 바에야 죽어 극락에나 가리라고 모두 나무아미타불을 불러 염불을 하였다.

이때에 수월은 홀연히 소리쳐 웃으면서 검은 구름 사이로 흰 물결이 우레같이 쏟아지는 가운데서 일어나 너풀너풀 춤을 추는 것이었다.

이렇게 얼마를 지나 천행天幸[*]으로 폭풍이 잠자고 물결은 다시 고요해졌을 때 주중舟中의 사람들이 희지의 행동을 해괴히 여겨 물었더니 수월은 흔연히 대답하기를 "여보, 죽음이란 언제든지 있는 것이 아니오. 그러나 해중海中의 그 기절장절奇絶壯絶한[*] 경치는 어디서 얻어 보겠소. 그런 기경奇景을 보고 어찌 춤을 추지 않고 견디겠소" 하였다

최북과 임희지

한다. 또 어느 때는 거위 털[鵝毛]로 옷을 만들어 입고 쌍상투를 쪽 찌고 맨발로 달 밝은 밤에 대로상大路上을 흥겨워 피리를 불며 돌아다니면 보는 사람마다 귀신으로 알고 사람 살리라고 소리를 치며 도망을 갔다 한다.

수월은 이와 유사한 행동이 비일비재라 광탄狂誕*함이 이러하였으나, 그러나 세정에 물들지 않고 술과 농弄*으로 한세상을 지내며, 오직 그의 호소하고 싶은 감정은 그것을 필묵에 맡겨 버리고 만 것이다.

예술가와 세인과의 현격한* 차이는 요컨대 예술가는 성격의 솔직한 표현이 그대로 행동 되는 것이요, 세인의 상정常情*은 성격이 곧 행동 될 수 없는 곳에 있다.

예술가가 예술 작품을 창작할 수 있는 능력은 이 솔직한 성격의 고백이 가능하기 때문이다.

애류崖溜 권덕규權悳奎 선생

애류崖溜 권덕규權悳奎* 선생이 실종되었다는 소식이 들린 지 오래입니다. 벌써 이삼 주일이 지났건만 의연依然* 선생은 돌아오지 않는가 봅니다. 이 무슨 불행인지, 이 무슨 곡절인지 도무지 모를 일이외다.

애류 선생은 나의 은사입니다. 나뿐 아니라, 나와 비슷한 연대의 사람들은 거의 애류 선생의 훈도訓導*를 입지 않은 사람이 별로 없을 만큼, 선생은 서울 시내 여러 중등학교에서 교편을 잡고* 후생後生*의 지도에 심혈을 기울였습니다. 나는 선생이 어느 지방 태생인지도 모르고, 선생의 학문이 어떠한 길을 밟아 온 분인지도 모르며, 선생의 나이 또한 나보다 몇십 년 위인지까지도 모릅니다.

내가 열일고여덟 살 때(그때는 삼일 운동 직후였었는데), 중앙학교中央學校의 어린 학도學生로서 선생에게 한글을 배운 것을 기억하고, 선생이 한글학계의 선구인 주시경周時經* 선생을 추모하여 그의 후계가 됨을 자당自當한 것을 기억하고, 일제의 침략을 당하여 국가 민족의 운명이 풍전風前의 등불 같음에도 불구하고, 고루한 한학자漢學者의 무리들이 그대로 잠을 깨지 못하여 모화사상慕華思想에서 헤어날 줄을 모르고 덤비는 것을 개탄嘆息하여,『동아일보』지상에「가명인두상假明人頭上에 가일봉加一棒」이라는 논문을 게재하여, 신랄하게 가짜 중국인을 공격하였다가 시골서 수많은 유생儒生들이 대거 상경하여 '권덕규란 놈을 때려죽여야 한다' 고 선생을 찾아다니던 것을 기억하고, 선생이 키가 하도 작아서, 우리들이 가끔 쉬는 시간에 선생을 조롱하여 "선생님은 비 오는 날에 모자밖에 안 보이니 웬일입니까" 하였더니, 선생은 무슨 뜻인지 이상하게 생각하시는 것 같아서 다시 "선생님은 발자국 속에 묻혀 버리시면, 모자만이 겨우 보인단 말입니다" 하였더니, 그만 선생은 얼굴이 빨개지면서 성을 내시던 것을 아직도 어제같이 기억하고 있습니다. 선생은 확실히 현세의 기인奇人이었습니다. 그 견개불기狷介不羈한 성격은 아마 현대의 호흡을 같이하는 사람으로는 그를 따를 인사가 없을 것입니다. 그야말로 강직하고 대담하고, 백 번 꺾어 굽히지 않는 성격은 아마 선생밖에는 없을 것입니다. 선생은 청빈清貧과 고절孤節을 꾸준히 지키면서, 수많은 기행奇行 속에서 숱한 일화를 남겨 놓았습니다. 이제 선생의 행방을 염려하는 나머지 몇 가지 선생의 일화를 모아 볼까 합니다.

생활이 하도 궁하여 선생은 기거하는 집을 팔았습니다. 처음 계획은 줄여 보자는 생각이었겠지요. 그러나 돈이 수중손에 있고 보니, 즐겨 하는 술을 자시기에* 뒷자리를 구할 겨를도 없이 하루 이틀 지나는 동안 집 판 돈은 모조리 술값으로 녹아 버렸습니다. 친구들이,

"자네 집을 어쨌나?" 하면,

"흥, 집? 집이란 놈이 내 뱃속으로 들어갔네" 하였다는 이야기.

선생의 저서 『조선유기朝鮮留記』가 정음사正音社에서 출판되어서, 선생은 그때로 치면 꽤 많은 인세*를 받았을 터이라, 이제는 선생에게 조반석죽朝飯夕粥*이나마 가능할 것을 무척 기뻐하였습니다. 그러나 각박한 세상은 선생의 불우不遇*를 끝끝내 조소하여 마지않았습니다. 들으니 선생은 다액多額*의 인세는 꾸러미를 꾸리고, 또 무 몇 개를 사 가지고 한강 철교를 건너갈 때 뜻 아니한 제자가 나타나서, "선생님 몸도 불편하신데 그 무거운 것을 어떻게 손수 가지고 가십니까? 제가 들어다 드리지요" 하고 앞서 간 놈이 온데간데없이 사라져 버렸답니다. 선생은 그때 흑석동에 살았습니다. 그 제자의 이름도 아는 모양이나 누구라고 전하지 않았답니다.

선생은 주시경 선생의 뒤를 이어 한글학계에 잊지 못할 공적을 쌓으신 분입니다. 이제 선생은 어디 가 계신지 아직도 소식이 묘연한* 모양입니다. 오원吾園 장승업張承業*이 나이 쉰에 행방이 불명하여 신선이 되었나 보다고 전하는 것처럼, 혹 선생도 신선이나 되지 않았는지 모르겠습니다. 그러나 현대의 신선설은 믿을 수 없습니다. 하루바

삐 선생이 돌아와 주기만 기원할 뿐입니다. 나는 선생 같은 불우한 인사를 한 마리의 벌레인 양 본체만체하는 세상이 원망스러울 뿐이외다. 그가 한글에 커다란 공적을 쌓았으나 무슨 한글학회에서 그를 냉대하였다고 원망하는 것도 아닙니다. 다만 그의 훈도*를 입은 우리들 몇몇 동지나마 모여서 선생에게 단 몇 푼씩이라도 모아 드리지 못한 나 자신부터 원망스럽고, 그리하여 결국은 붙일 곳 없는 선생이 그만 행방을 감추게 된 것이 한없이 서러울 뿐입니다.

옛날에 갈처사葛處士*나 황黃고집*이나 하고많은 기인 일사逸士*들이 모두 다 불우한 일생을 지낸 것을 생각하고, 당장 내 눈앞에 나의 은사 애류 선생이 꼭 같은 운명에 휩쓸리는 것을 보니, 예나 이제나 세상이란 꼭 마찬가지란 생각이 불현듯 머리를 스쳐 지나갑니다.

김만형 군의 예술
—그의 개인전을 보고

참외를 즐겨 먹는 사람이 반드시 멜론의 맛을 안다고 할 수는 없다. 언뜻 먹어 보아 비슷한 점이 있으면서도 참외의 맛과 멜론의 그것과는 전연전혀 다르다. 멜론의 맛은 참외의 그것에 비하여 확실히 일종의 풍미風味*가 있다.

화필을 조석으로 희롱하여 십 년, 이십 년을 지났으되 오히려 그림이 무엇인지를 모르는 사람이 많다. 그림일수록에 맛이 필요하다. 맛을 모르고 그리는 사람은 한평생 하는 노릇이 급기야엔 헛일이 되고 만다.

이제 돌연히갑자기 나타난 김만형金晩炯은 족히 그림을 아는 사람이다. 그림이 무엇인지를 알고 붓을 움직이는 사람이다. 처음 그의 그림을 보았을 때 나는 연조年祚* 있는 작가로 추측하였다. 그러나 막상 대하고 보니 패패소년*이다. 방금 학교를 나올락 말락 한 사람으로서의 그의 작풍이 그처럼 난숙爛熟*한 것을 보면, 그는 확실히 조숙早熟*한 작가다. 그는 그의 정열이 화면상으로 달릴 제 쉴 새 없는 시적詩的 정서가 끝에서 끝까지 유동流動*하고 있음을 본다.

김 군의 작품을 대할 때 누구나 먼저 느끼는 것은 이 시적 분위기다. 그러나 그의 시는 르누아르*에게서 보는 염정시艶情詩*라거나 보나르*에게서 보는 전원시田園詩*는 아니다. 그의 시는 다분히 고전적인 요소와 신낭만新浪漫인 요소를 절충한 한 개의 신비시神秘詩*다.

그의 그림을 보아 물론 그의 작풍 출발점이 보나르나 혹은 르누아르에게 있는 것을 추측하게 된다. 이 밖에도 혹은 모리스 드니*를 연상케 할 곳도 있다. 인물의 표정은 언뜻 그레코*를 연상케 하면서도 그레코에게서 보는 엄숙한 맛은 없다. 어딘지 모르게 신비적인 멜랑콜리우울함를 띠고 있다. 이 멜랑콜리만은 20세기의 청년 김 군은 어쩌지 못할 현실 묘사일 것이다.

그가 르누아르나 혹은 보나르 계통의 사람이란 것은, 다시 말하면 그는 철두철미 컬러리스트색채주의자란 말이 된다. 그는 인상파 직계에 속하진 않으면서도 현대 미술의 필연적 진로인 인상주의와 신낭만주의의 결합한 놈에로 타개打開*의 길을 밟고 있는 것은 사실이다.

대체로 대상이 표현될 때 크게 말하여 두 개의 방법이 있겠는데, 하나는 선線을 제일의第一義로 하여 대상을 취급하는 방법이요, 다른 하나는 명암광明暗光과 색채로써만 취급하는 방법이라. 이 두 개의 방

법은 작가의 개성에 따라 전자나 혹은 후자의 방법으로 기울어지는
이가 많다. 그런데 최근작에 있어 군이 취하는 길은, 오로지 광光과 광
채만으로써 그의 포름형태을 결정한다. 군에 있어 선은 제이차적인 위
치에밖에 못 놓인다. 이것은 김 군이 보다 더 색채에 탐닉耽溺하였다
는 것을 보이는 것이다.

여담餘談 이야기인지는 모르겠으나, 르누아르는 색채에 있어 어떠한
향기를 느끼고 있는 작가였다. 그는 색채를 맡음嗅으로써 유열愉悅
을 느꼈다. 그러기에 르누아르가 그린 나녀裸女는 보석같이 영롱한
색채의 위에 또 다른 향기를 품은 색色과 광光이 싸고 도는 것이다. 색
채에서 향기를 느끼게 한 작가는 실로 르누아르에서 비롯하였다. 김
군이 밟는 길은 역시 이러한 곳에 있으니, 그는 색채만으로의 콘트라
스트대비와 볼륨과 뉘앙스를 명백히 조각하려는 작가다. 그러나 이렇
게 아름다운 시인 김 군에게도 떼지 못할 결점들이 있다.

그의 화면은 첫째로 이그조티즘이 경계를 지나쳤다. 이방異邦 동
경憧憬의 정취가 아니요, 바로 이방, 그 물건이다. 쉽게 말하면 그에
게는 서양취西洋臭가 너무나 농후하다. 재료나 기법이나 모티프까지
그것이 서양화인 한에 있어서는 보다 더 서양화답게 천착穿鑿해 들어
가야 할 것이 외래 미술을 수입하는 우리들의 연구 태도인 것은 물론
이려니와, 서양화답다는 것과 서양취가 난다는 것과는 근본적으로
다르다. '서양화답게'란 말은 서양적인 모든 조건의 마티에르질감를

김만형 군의 예술

살리기 위한 말이요, '서양취'란 말은 작품의 내용이 주는 인상, 가령 인물의 표정이나 체구나 혹은 동세動勢나 또는 건축이나 정물 등의 공기가 마치 서양인이 호흡하는 그 가운데 선 것 같음으로 의미하는 말이다.

아무리 서양취가 농후한 작품일지라도 서양인의 눈에까지 그것이 서양 사람의 작품으로 보이는 수는 없다. 도리어 그런 작품일수록에 그들의 눈에는 모방에 애쓰는 작가로만 보일 건 명약관화明若觀火다.

그러면 김 군의 이러한 결점은 어디서 오는 것일까. 그것은 군이 지나치게 현실을 무관심하는 데서 오는, 그보다도 그의 환상이 순수성을 잃어버리고 그가 숭배하는 어떤 작가의 작풍을 동경하는 데서 생기는 한 개 이미테이션모방이 그대로 화면에 노출하는 까닭이 아닐까 하고 나는 생각한다.

김 군은 그의 작품을 보아 환상과 이미지 가운데 사는 사람이다. 그 작품이 효과적인 것도 전혀 이 때문이요, 매너리즘°이나 혹은 아카데미즘°의 악령에 붙들리지 않은 소이所以°도 여기 있을 것이다. 이것은 군이 취하는 태도가 화가로서 가장 현명한 길을 밟았다고 볼 수 있겠는데, 그러나 그 길은 연조年條° 없는 작가에 있어서는 자칫하면 위험천만한 길이기도 하다. 군은 이 길을 비교적 타당하게 걸어오긴 하였으나, 솔직 대담하게 그의 환상을 살피지 못한 결점이 있다. 군의 이 결점의 원인은 다른 방면으로는 데생의 부족에서 온다. 풍경, 그

기타에서보다도 인물에 있어서는, 데생의 수련이란 것은 작가에게 결정적인 지반*을 세워 주는 것으로, 인물 묘사에 있어 불완전한 데생은 관자觀者*에게 큰 불안을 주는 것이다.

김 군의 작품이 주는 최대한 불안은 이 데생의 부족에서 오는 것일 것이다. 군은 혹 이것을 그의 포름이 가져오는 한 개의 데포르마시옹*이라고 역설하는지 모른다. 그러나 데포르마시옹을 아무리 극단으로 할지라도 데생의 실력은 일호반사一毫半絲가 숨김없이 화면에 나타나고야 마는 것이다. 르누아르 같은 사람의 인물을 보면 머리에서부터 발까지에 그의 독특한 포름을 가지고 있으나, 조금도 불안함이 없는 것은 그의 인물이 해부학적으로 보아서도 조금도 틀림이 없는, 건실한 데생의 힘이 있는 까닭이다.

김군의 인물은, 두부頭部가 그리스형을 취한 데는 군의 자유려니와, 하악부下顎部의 해부가 턱없이 부족하고, 코스튬*에 있어 의장衣裝*을 통해 육체를 느낄 수 없는 것은 역시 데생의 불수련不修練이 가져오는 불안이다. 대체로 화면을 향하여 좌반부左半部의 데생에 무관심한 것은 큰 실수다. 시머트리*를 잃어버린다는 것은 어느 의미를 보든지 미를 상傷케 하는 첫 조건이 된다.

이러한 결점들은 요컨대 군이 너무 이데아에 탐닉하고 리얼에 대한 반성이 부족한 탓이라 하겠다. 그러나 이런 것은 옥에 티라 할 수밖에 없다. 군이 어떠한 길을 장차 밟을 것인가는 아직도 미지수에 속한다.

군의 부단한_{끊임없는} 노력을 빈다.

용어 사전

가가대소(呵呵大笑)　껄껄거리며 한바탕 크게 웃음.

가가호호(家家戶戶)　집집마다.

가뜬하다　(물건이나 차림 따위가) 알맞게 가볍고 단출하다.

가사(假使)　가령.

가상하다　착하고 기특하다.

가쓰시카 호쿠사이(葛飾北齋)　1760~1849. 일본 에도 시대(江戶時代: 1603~1867)의 화가. 우키요에(浮世畵)에 서양화의 기법을 곁들여 새로운 풍경 판화를 개척했으며, 유럽 회화에 지대한 영향을 미쳤다.

가위(可謂)　한마디로 이르자면. 또는 그런 뜻에서 참으로.

가장(假裝)　거짓으로 꾸밈.

가장집물(家藏什物)　집에 있는 온갖 세간.

가증하다(可憎―)　괘씸하고 밉살스럽다.

가체(加髢)　지난날, 부인이 옷을 화려하게 차려입을 때 머리에 큰머리나 어여머리를 얹던 일.

가필(加筆)　글이나 그림 등의 일부를 지우거나 보태거나 해서 고침.

각고면려(刻苦勉勵)　고생을 무릅쓰고 열심히 노력함.

각선　다리의 윤곽.

간과(干戈)　방패와 창이라는 뜻에서 '병장기'(兵仗器)를 통틀어 이르는 말. 또는 전쟁.

간다라 미술　파키스탄 북부, 지금의 페샤와르 시(市)에 해당하는 옛 간다라국을 중심으로 기원 전후부터 5세기에 번영한 조각을 주로 한 불교 미술.

간색(間色)　적·황·청·백·흑의 다섯 가지 색을 제외한 모든 색. 미술에서 명암의 변화를 부드럽게 해 화면의 조화를 꾀하려고 사용하는 중간색.

간조증　몸에 수분이 적어지며 땀, 침, 대소변 따위가 잘 나오지 않는 증세. 건조증.

갈처사(葛處士)　조선 후기 신재효(申在孝)가 지은 가사 「갈처사십보가」(葛處士十步歌)에 나오는 주인공으로, 현실로부터 초연하려는 처사의 대표 격.

감벽(紺碧) 검은빛을 띤 짙은 남빛.

감식안 사물의 가치나 참, 거짓 등을 구별하여 알아내는 눈.

감언이설(甘言利說) 남의 비위를 맞추는 달콤한 말과 이로운 조건만 들어 그럴듯
하게 꾸미는 말.

강개(慷慨) 불의나 불법을 보고 의기가 북받쳐 원통하고 슬퍼하는 마음.

강세황(姜世晃) 1713~1791. 조선 후기의 문신(文臣)·서화가. 자는 광지(光之), 호
는 첨재·산향재(山響齋)·표암(豹菴).

강역(疆域) 한 나라의 통치권이 미치는 지역.

강저(江渚) 강가. 물가.

갖추갖추 여럿이 모두 있는 대로.

개결(慨潔) 성질이 아주 꼿꼿하고 깔끔함.

개관(槪觀) 대충 살펴봄.

개재(介在) 사이에 끼어 있음.

개판(開板) 조판을 다시 함.

객사(客死) 객지에서 죽음.

거금(距今) 지금부터 거슬러 올라가서.

거상(巨象) 커다란 조각상.

거속(去俗) 속세에서 떠남.

건덕지 건더기의 사투리. 내세울 만한 일의 내용을 속되게 이르는 말.

건폭(乾爆) 건조하여 말라붙음.

검누르다 검은빛을 띠면서 누르스름하다.

격검(擊劍) 검(劍)을 쓰는 법을 익히는 일.

격멸(擊滅) 적이나 상대편을 쳐서 멸망시킴.

격조(隔阻) 오랫동안 서로 소식이 막힘.

격하다(隔一) 시간적으로나 공간적으로 사이를 두다.

견개불기(狷介不羈) 고집이 세고 지조가 굳으며, 구속을 받지 않아 행동이 자유로움.

결구(結構) 어떤 형태가 되도록 얽거나 짜서 만듦. 또는 그렇게 만든 것의 모양새.

결벽가(潔癖家) 남달리 깨끗함을 좋아하거나 부정이나 악 따위를 극단적으로 미워
하는 성질을 가진 사람.

결여(缺如) 마땅히 있어야 할 것이 모자라거나 빠져서 없음.

겸양(謙讓) 겸손하게 사양함.

경개(景槪) 산이나 강 따위 자연의 아름다운 모습.

경골(頸骨) 목뼈.

경녀(京女) 서울 여자.

경도(輕度) 가벼운 정도.

경문(經文) 종교 경전(經典)의 문장.

경산(傾産) 재산을 다 써 없애 집안이 망함.

경성(京城) 식민지 시대 서울의 옛 이름.

경솔(輕率) 말과 행동이 조심성이 없고 가벼움.

경원(敬遠) 겉으로는 공경하는 체하면서 가까이하지는 않음.

경이원지(敬而遠之) 경원(敬遠). 꺼리어 멀리함.

경향(京鄕) 서울과 지방.

곁두리 주변 상황에 대한 눈치.

고경(苦境) 괴로운 처지.

고군(孤軍) 뒤에서 도와주는 사람이 없는 고립된 군사.

고금(古今) 옛날과 지금.

고담(枯淡) 글·그림·글씨·인품 따위가 속되지 않고 아담한 청취가 있음.

고대(高大) 높고 큼.

고동(古董) 골동품.

고동(古銅) 낡은 구리쇠.

고딕 건축 12세기 중엽에 생긴 서양 건축 양식의 한 가지. 높은 첨탑으로 이루어진 직선 구성과, 창과 출입구의 위가 뾰족한 아치형으로 된 것이 특색임.

고루(固陋) 낡은 사상이나 풍습에 젖어 고집이 세고 변통성이 없음.

고성질책(高聲叱責) 큰소리로 꾸짖음.

고소(苦笑) 쓴웃음.

고수공(羔鬚公) 새끼 염소와 같은 수염이 달린 사람.

고왕금래(古往今來) 고금(古今). 예전과 지금을 아울러 이르는 말.

고저강약(高低强弱) 높고 낮고 강하고 약함.

고저장단(高低長短) 높고 낮고 길고 짧음. 즉, 박자나 리듬.

고전풍 옛 시대를 대표하는 스타일.

고절(孤節) 고고한 절개.

고혼(孤魂) 의지할 곳 없는 외로운 넋.

고희동(高羲東) 1886~1965. 호는 춘곡(春谷). 한국 서양화의 선구자.

골동가 골동품에 취미를 가진 사람.

골동집 골동품을 파는 상점.

골딱지가 나다 골이 나다. 화가 난다는 말의 속된 표현.

골통 담배 나무나 흙 따위를 구워서 대통을 만든 담뱃대로 피우는 담배

굶다 음식을 양에 차게 먹지 못하거나 굶다. 또는 속으로 골병이 들다.

공교롭게도 생각지도 않은 우연으로.

공리공론(空理空論) 실천이 뒤따르지 않는 쓸데없는 이론.

공산무인(空山無人) 아무도 없는 빈 산.

과약시(果若是) 과연. 과연 이와 같게.

관(貫) 엽전을 꿰는 꿰미.

관변 측(官邊側) 관청 측. 정부 측.

관자(觀者) 보는 사람.

관존민비 관리를 떠받들고 백성을 천하게 여김.

관현(貫縣) 본관.

광막(廣漠) 아득하게 넓음.

광목(廣木) 무명실로 당목(唐木)보다 좀 거칠게 짠 폭이 넓은 베.

광적(狂的) 정상이 아니고 미치광이와 같은 상태.

광탄(狂誕) 망령되고 허황됨.

괴다 고이다. 우묵한 곳에 물 따위가 모이다.

괴벽(怪癖) 괴이한 버릇.

괴석(怪石) 괴상하게 생긴 돌.

교(巧)하다 물건을 만드는 솜씨가 아주 좋다.

교분(交分) 친구 사이의 사귄 정분.

교유(交遊) 서로 사귀어 놀거나 왕래함.

교태(嬌態) 여자의 요염한 자태.

교편(敎鞭)을 잡다 학교에서 교사 생활을 하다.

구강(舊疆) 예전의 강한 세력.

구니(拘泥) 어떤 일에 얽매임.

구도(構圖) 작품의 미적(美的) 효과를 얻기 위해, 예술 표현의 여러 요소를 전체적으로 조화 있게 배치하는 도면 구성 요령.

구명(究明) 사물의 본질이나 원인들을 깊이 연구해서 밝힘.

구양순체(歐陽詢體) 중국 당나라 서예가인 구양순의 서체.

구우(舊友) 오래 사귄 벗.

구원(久遠) 영원.

구주대전(歐洲大戰) 세계대전.

구중궁궐(九重宮闕) 문이 겹겹이 달린 깊은 대궐.

구태(舊態) 예전 그대로의 모습이나 상태.

국도(國都) 나라의 수도.

국세(國勢) 나라의 형편과 힘.

국수(國手) 장기나 바둑 따위의 기량이 한 나라에서 으뜸가는 사람.

국위(國威) 나라의 위엄.

국파군망(國破君亡) 나라가 망하고 임금이 죽음.

군불 방을 덥게 하려고 때는 불.

군상(群像) 그림이나 조각에서, 많은 인물의 모습을 주제로 표현한 것. 또는 많은 사람이 모여 있는 모습.

군성거리다 군시렁거리다. 입속말을 중얼거리다.

군소리 하지 않아도 좋을 쓸데없는 말.

군정(軍政) 전쟁이나 사변 때, 또는 점령지에서 군대가 행하는 임시 행정. 해방 후 3년 동안 미국과 소련은 각각 남한과 북한에서 군정을 실시했다.

굴곡(屈曲) 이리저리 굽어 꺾여 있음. 또는 굽은 굽이.

굴원(屈原) BC 343(?)~?. 중국 초(楚)나라 때의 시인. 초나라와 임금을 걱정하며 동정호(洞庭湖) 근처를 방랑하다 멱라수(汨羅水: 汨水)에 몸을 던져 죽었음.

권덕규(權悳奎) 1890~1950. 국어학자이자 사학자. 주시경(周時經)의 후계자 가운데 한 사람으로, 1921년 12월 3일 조선어연구회(1931. 1. 10. 조선어학회로 개명, 현 한글학회) 창립에 참여했음.

권태(倦怠) 게으름이나 싫증.

귀 모난 물건의 모서리.

귀요(Jean Marie Guyau) 1854~1888. 프랑스의 철학자이자 시인. 생명의 본질을 자기 확충에서 구하고, 도덕·예술 등을 자연적·사회적 생(生)의 원리에 입각해서 포착하려 함.

귀착(歸着) 의논이나 어떤 일의 경과 따위가 여러 과정을 거처 어떤 결말에 이름.

규수(閨秀) 혼기에 이른 남의 집 처녀를 점잖게 이르는 말. 또는 학문과 예능에 뛰어난 여자.

규중(閨中) 부녀자가 거처하는 방.

규지(窺知) 엿보아 알 수 있음.

균제(均齊) 모양이나 빛깔 따위가 균형이 잘 잡혀 고름.

그레코(El Greco) 1541~1614. 에스파냐의 화가.

그림 쪽 그림을 낮추어 하는 말.

극단설 한쪽으로 치우친 논리.

극음대취(劇飮大醉) 술을 지나치게 마셔서 많이 취함.

극지(隙地) 연못의 변두지.

근간(近間) 요사이. 요즈음.

근본의(根本義) 근본적인 뜻.

글줄 글을 낮추어 하는 말.

금(琴) 현악기의 한 가지. 모양은 거문고와 비슷하나, 일곱 줄을 걸고 앞판 한쪽에 열세 개의 휘(徽)를 박았음. 휘금 또는 칠현금이라고도 함.

금상첨화(錦上添花) 비단 위에 꽃을 보탠다는 뜻으로, 좋은 일에 또 좋은 일이 더함.

긍(亘)하다 일정 동안에 걸치다.

기고(奇古) 두드러지게 예스러움.

기도(碁道) 바둑이나 장기를 둘 때의 예절.

기득(旣得) 이미 얻음. 앞서 차지함.

기맥(氣脈) 서로 뜻이나 마음이 통하는 낌새.

기미 운동(己未運動) 3·1 만세 운동.

기백(氣魄) 씩씩한 기상과 진취성이 있는 정신력.

기벽(奇癖) 이상야릇한 버릇.

기보(奇寶) 기이하고 귀중한 보물.

기복(起伏) 일어났다 엎드렸다 함.

기색 얼굴에 나타난 마음속의 생각이나 감정 따위.

기연(奇緣) 기이한 인연.

기염(氣焰) 발언 따위에 나타나는 호기로운 기세. 대단한 호기.

기위(旣爲) 이미.

기인(碁人) 바둑 두는 사람.

기절(氣節) 기개와 절조.

기절장절하다(奇絕壯絕ㅡ) 매우 신기하고 웅장하다.

기조(基調) 사상이나 학설, 작품 등에 한결같이 흐르는 기본적인 경향이나 방향.

기현상 기이한 현상.

기호색(嗜好色) 즐기고 좋아하는 색깔.

긴요(緊要) 매우 중요함.

긴탁(緊託) 간곡한 부탁.

길녘 길 옆이나 길 부근. 길이 트인 쪽.

길지막하다 좀 긴 듯하다.

김식(金埴) 1579~1662. 조선 시대의 화가. 호는 퇴촌(退村). 한국의 정취가 물씬
  풍기는 소 그림과 화조(花鳥), 산수(山水)를 잘 그렸음.

꼬작지근하다 세련되지 못하고 볼품없다.

끼끗하다 멀쑥하고 깨끗하다.

ㄱ ㄴ ㄷ ㄹ ㅁ ㅂ ㅅ ㅇ ㅈ ㅊ ㅋ ㅌ ㅍ ㅎ

나녀(裸女) 벌거벗은 여자.

나변(那邊) 어디.

난만(爛漫) 꽃이 활짝 피어 화려함.

난숙(爛熟) 과실(果實)이 무르익음. 신체·기술·문화 등의 사물이 더 이상 발달할
수 없을 정도로 충분히 발달해 있음.

난시(亂視) 각막(角膜)의 구면(球面)이 고르지 않기 때문에 광선이 망막 위의 한 점
에 모이지 않아 물체를 바르게 볼 수 없는 상태. 또는 그런 눈.

난해(難解) 이해하기 어렵고 까다로움.

남작(濫作) 질(質)을 생각하지 않고 글이나 그림을 마구 많이 지음.

『남화경』(南華經) 중국 전국 시대의 대표적인 도가 사상가 장주(莊周)가 지었다고
전하는 책.

낫살 나잇살. '지긋한 나이'를 가볍게 이르는 말.

낭만(浪漫) 정감에 치우치거나 이상적으로 사물을 파악하는 일.

낭자 여인의 예복 차림에 쓰던 딴머리의 한 가지. 쪽 찐 머리 위에 얹어 긴 비녀를
꽂음.

내시(內侍) 고려·조선 시대에 내시부(內侍府)의 벼슬아치를 통틀어 이르던 말. 불
알이 없는 사내를 빗대어 이르는 말.

냉회(冷灰) 차갑게 식어 버린 재.

노경(老境) 늙바탕. 늙어서 노인이 된 처지.

노련하다(老鍊—) 많은 경험을 쌓아 그 일에 아주 익숙하고 능란하다.

노령(露領) 러시아.

노리카에 전차를 갈아탈 때 쓰는 표.

노매(老梅) 늙은 매화.

노비냥(路費兩) 여행비 몇 푼.

노상(路上) 길 위.

노상 한 모양으로 줄곧. 늘.

노석 도인(老石道人) 흥선대원군 이하응.

노순(路順) 길.

노홍소청(老紅少靑) 장기를 둘 때 나이 많은 사람이 홍말, 나이 적은 사람이 청말
로 두는 일.

녹(祿) 녹봉. 벼슬아치에게 연봉(年俸)으로 주는 곡식, 피륙, 돈 따위를 통틀어 이르는 말.

녹수청산(綠水靑山) 푸른 물과 푸른 산.

논지(論之) 따져서 논함.

농(弄) 실없는 장난.

농조(弄調) 농담하는 말투. 희롱하는 어조.

농후(濃厚) 맛·빛깔·성분 따위가 매우 짙음. 어떤 경향이나 기색 따위가 뚜렷함.

누경(屢經) 거듭 이겨 냄.

누깔 눈깔. '눈'의 낮춤말.

누릇하다 누르스름하다.

느레고자처럼 느릿느릿 걷는 양 경상도 사투리로, 생식기가 불완전한 남자(고자)처럼 기운 없이 느리게 걷는 모양.

능라주속(綾羅紬屬) 두꺼운 비단과 얇은 비단 같은 명주붙이.

능수 어떤 일에 능란한 솜씨.

ㄱ ㄴ **ㄷ** ㄹ ㅁ ㅂ ㅅ ㅇ ㅈ ㅊ ㅋ ㅌ ㅍ ㅎ

다도(茶道) 차를 손님에게 대접하거나 마실 때의 방식 및 예의범절.

다락같은 말 정지용 시인의 시 「말」에 나오는 구절. '다락같다'는 덩치나 규모 정도가 매우 크고 심하다.

다리 달비. 여자의 머리숱이 많아 보이도록 덧넣었던 딴머리.

다반(茶飯) 항다반(恒茶飯). 늘 있어 이상할 게 없는 예사로운 일.

다액(多額) 많은 액수.

단아(端雅) 단정하고 아담함.

단안(斷案) 어떤 일에 대한 생각을 마지막으로 결정함.

단언(斷言) 딱 잘라서 말함.

단원(檀園)→김홍도(金弘道) 1745~?. 조선 후기의 화가. 서민들의 생활상과 생업의 이모저모를 간략하면서도 짜임새 있는 구도 위에 풍부한 해학적 감정을 곁들여 표현한 풍속화로 유명함.

단장(斷腸) 애를 끊음.

단조(單調) (상태나 가락 따위가) 같아서 변화 있는 색다른 맛이 없음.

달리아 국화과의 여러해살이풀. 양국(洋菊).

담박(淡泊) 욕심이 없고 마음이 조촐함.

답습(踏襲) 그때까지 해 내려온 것을 그대로 따르거나 이어 나감.

당국화(唐菊花) 중국 국화.

당쟁(黨爭) 당파를 이루어 서로 싸움.

대국(對局) 마주 보고 앉아서 바둑이나 장기를 둠.

대기(大器) 됨됨이나 도량이 커서 큰일을 할 만한 인재.

대노(大怒) 크게 화를 냄.

대련(對聯) 시(詩) 등에서, 대(對)가 되는 연. 문이나 기둥 따위에 써 붙이는 대구.

대롱 통(筒)으로 된 가는 대의 토막.

대마(大馬) 바둑에서 한 덩어리를 이루어 자리를 크게 차지하는 많은 돌.

대문(大文) 글의 한 동강이나 단락.

대문(大門) 바둑에서, 넓게 벌려서 상대방 돌이 달아나지 못하게 가두어 잡는 수단.

대방가(大方家) 학문이나 기예 등 전문 분야에 조예가 깊은 사람. 대가.

대산(袋山) 국어학자 홍기문의 호. 『임꺽정』의 저자 홍명희의 아들.

대색(對色) 대조를 이루는 색.

대소귀천(大小貴賤) 크고 작고 귀하고 천함.

대음(大飮) 술을 많이 마심.

대칭(代稱) 다른 것으로 대신하여 부름.

덕의심(德義心) 사람으로서 마땅히 지켜야 할 도덕과 의리를 생각하는 마음.

덕행(德行) 어질고 착한 행실.

데포르마시옹 자연 묘사에서, 의식적으로 확대하거나 변형해서 묘사하는 근대 미술의 한 표현법.

『도덕경』(道德經) 중국의 사상가 노자(老子)가 지은 것으로 전하는 책 이름. 영원히 변하지 않고 절대적인 새로운 도를 제창했음.

도락(道樂) 도를 깨달아 스스로 즐기는 일. 또는 재미나 취미로 하는 일.

도롱태 바퀴. 굴렁쇠.

도말(塗抹) 칠해서 지워 없애거나 위에 덧발라서 가림. 어떤 사태를 임시 변통으로 발라 맞추거나 적당히 가려 꾸밈.

도미(渡美) 미국으로 건너감.

도벌(盜伐) 산의 나무를 몰래 벰.

도성(都城) 도읍 둘레에 둘린 성곽.

도수장(屠獸場) 도살장. 소나 돼지 따위 가축을 잡는 곳.

도스토예프스키(Fyodor Mikhailovich Dostoevskii) 1821~1881. 톨스토이와 함께 19세기 러시아 문학을 대표하는 세계적인 문호. 대표작으로 『카라마조프의 형제들』,『악령』,『죄와 벌』 등이 있음.

도잠(陶潛)→도연명(陶淵明) 365~427. 중국 동진(東晉) 송대(宋代)의 시인. 문 앞에 버드나무 다섯 그루를 심어 놓고 스스로 오류(五柳) 선생이라 칭하기도 했으며, 관직에서 물러나 전원생활로 돌아가 『귀거래사』를 지었다. 민간 생활을 노래한 그의 시에는 따스한 인간미와 고담(枯淡)한 맛이 스며 있다.

도통(道通) 사물의 깊은 도리에 통함.

도호(塗糊) 호도. 풀을 바른다는 뜻으로, 근본적인 조처를 하지 않고 일시적으로 얼버무려 넘김. 어물쩍하게 넘겨 버림.

도화(圖畵) 그림 그리기.

독신(篤信) 종교를 독실하게 믿음.

동소문(東小門) 조선 시대 때 도성에 설치한 동북방 성문. 지금의 혜화동 교차로 근처.

동향(動向) 사람의 마음이나 어떤 사물의 정세·상태 따위의 움직임. 또는 그것들이 움직여 가는 방향.

동호자 취미나 기호를 같이하는 사람.

되뇌다 같은 말을 되풀이하다.

두루뭉수리 말이나 행동이 분명하지 않은 상태.

두보(杜甫) 712~770. 중국 최고의 시인으로 이백(李白)과 함께 시성(詩聖)이라 불림.

둥치 큰 나무의 밑동.

뒤치다 엎어진 것을 젖혀 놓거나, 자빠진 것을 엎어 놓다.

득의작(得意作) 바라던 대로 되어 만족스러운 작품.

듣다 '떨어지다' 의 옛말.

등걸 줄기를 잘라 낸 나무의 밑동. 나뭇등걸.

등분(㆓盆) 땅에 심었던 화초를 화분에 옮겨 심음.

등어리 '등' 의 사투리.

떼송장 갑자기 한꺼번에 많이 죽어서 생긴 송장.

ㄱ ㄴ ㄷ ㄹ ㅁ ㅂ ㅅ ㅇ ㅈ ㅊ ㅋ ㅌ ㅍ ㅎ

레오나르도 다 빈치(Leonardo da Vinci) 1452~1519. 이탈리아 르네상스기
의 화가·조각가·과학자·기술자·철학자.

렘브란트(Harmensz van Rijn Rembrandt) 1606~1669. 네덜란드의 화가,
판화가. 독특하고 환상적인 풍경화를 그림.

르누아르(Pierre-Auguste Renoir) 1841~1919. 프랑스의 인상파 화가.

ㄱ ㄴ ㄷ ㄹ ㅁ ㅂ ㅅ ㅇ ㅈ ㅊ ㅋ ㅌ ㅍ ㅎ

마라난타(摩羅難陀) 백제에 최초로 불교를 전래한 인도의 승려.

마리 로랑생(Marie Laurencin) 1883~1956. 프랑스의 화가. 시인 아폴리네르
와 사귀면서 가장 전위적인 회화 운동이 펼쳐지는 가운데 전통적인 화법에서 벗
어나 입체파적인 화풍을 전개했다. 장밋빛과 청색·회색을 기본적인 경향으로
여성의 세계만을 계속 그렸다.

마장 마작. 중국에서 전해 온 실내 놀이의 한 가지.

용어 사전

마지기 한 말의 씨앗을 뿌릴 만한 땅이라는 뜻으로, 논밭의 넓이를 나타내는 단위.

마티스(Henri Matisse) 1869~1954. 프랑스 화가. 강렬한 색채를 실험한 야수파(포비즘)의 대표적인 화가.

막되다 말이나 행동이 버릇없고 거칠다.

만무 절대로 없음. 전혀 없음.

만장(萬丈) 매우 높음. 또는 매우 깊음.

만종(晩鐘) 저녁 무렵에 절이나 교회 같은 데서 치는 종.

만첩청산(萬疊靑山) 사방이 겹겹이 에워싸인 푸른 산.

매너리즘(mannerism) 예술 창작이나 발상 면에서 독창성을 발휘하지 못하고 항상 틀에 박힌 일정한 방식이나 태도를 취함으로써 예술의 신선미와 생기를 잃는 일.

맨숭맨숭하다 일거리가 없이 지내자니 멋쩍다.

먹으매 먹기만 하면, 즉 살아 있기만 하면.

멍텅하기만 어색하고 허술하기만.

면장(面長) 얼굴이 긺.

명유(名儒) 이름난 선비.

명춘(明春) 내년 봄.

모략(謀略) 남을 해치려고 속임수를 써서 일을 꾸밈.

모리스 드니(Maurice Denis) 1870~1943. 프랑스의 화가, 미술 이론가. 19세기 말 고갱의 미학에 공감해 파리에서 결성된 반자연주의적 화가 그룹인 나비파(派)의 중심인물이 됨.

모앙(慕仰) 우러르고 사모함.

모옥(茅屋) 띠나 이엉 따위로 이은 허술한 집. 자기 집을 낮추어 이르는 말.

모지라지다 물건의 끝이 닳거나 잘려서 없어지다.

모화사상(慕華思想) 중국의 문물이나 사상을 우러러 사모하는 사상. 중화주의.

목가적(牧歌的) 목동의 노래처럼 평화롭고 소박하며 서정적임.

목도(目睹) 목격.

목멱(木覓) 서울 '남산' 의 다른 이름.

몰리에르(Molire) 1622~1673. 프랑스의 극작가·배우. 『수전노』 등 풍자적인 희극을 많이 썼음.

몰이해(沒理解) 이해성이 전혀 없음.

몰취미(沒趣味) 아무런 취미가 없음. 무취미.

몽유병자(夢遊病者) 잠을 자다가 자신도 모르게 일어나서 어떤 행동을 하다 다시 잠을 자는 병적인 증세를 보이는 환자.

뫼 '산' 의 옛말.

묘(畝) 전답의 넓이 단위. 곧 30평(坪).

묘리(妙理) 오묘한 이치.

묘연하다(杳然 ―) 알 길이 없이 감감하다.

묘청의 난(妙淸-亂) 묘청은 고려 인종 때의 승려로, 1135년에 서경(지금의 평양) 으로 수도를 옮기자는 운동이 좌절되자 서경에서 일으킨 반란.

무단 정치(武斷政治) 무력을 앞세워 행하는 강압적인 정치.

무던하다 정도가 어지간하다. 성질이 너그럽고 수더분하다.

무라야마 카이타(村山槐多) 1896~1919. 일본 다이쇼 시대(大正時代)의 서양 화가 이자 시인.

무위지위(無爲之爲) 아무것도 하지 않는 것이 곧 아무것도 하지 않는 것은 아니라 는 노자의 말.

무제(無題) 제목이 없음.

무지스럽다 하는 짓이 어리석고 포악하며 드세다.

묵객(墨客) 글씨를 쓰거나 그림을 그리는 사람. 또는 시문(詩文)에 능한 사람.

묵과(默過) 알고도 모르는 체 넘겨 버림.

묵흔(墨痕) 먹물이 묻은 흔적.

문외인 문외한. 전문 지식이 없거나 관계가 없는 사람.

문전축객(門前逐客) 집 안에 들이지 않고 문 앞에서 손님을 쫓아냄.

문존무비(文尊武卑) 문(文)을 숭상하고 무(武)를 천시함.

물경(勿驚) 놀라지 말라는 뜻으로, 엄청난 것을 말할 때 앞세워 이르는 말.

물욕(物慾) 물질에 대한 욕심.

물의(物議) 이러쿵저러쿵하는 여러 사람의 논이나 세상의 평판.

미감(美感) 미적 감각.

미구(未久) 오래지 않음.

미급(未及) 미치지 못함.

미래파 20세기 초 이탈리아에서 일어난 예술 운동. 전통문화와 복고적인 취미에 정면으로 반대하고, 급속하게 진보해 가는 기계 문명을 적극적으로 예술에 끌어넣어 아주 새로운 미학을 개척할 것을 주장함.

미문여구(美文麗句) 아름다운 글.

미온적(微溫的)이다 태도에 적극성이 없고 미적지근하다.

미즉선(美卽善) 미가 곧 선임.

미추(美醜) 아름다움과 추함.

밀레(Jean Franois Millet) 1814~1875. 프랑스의 화가. 풍경의 요소를 인간에 종속시켜 노동하는 사람들의 모습을 통해 인간의 존엄성을 그림.

밑구멍이 치째지다 항문이 찢어지다. 먹을 것을 변변히 먹지 못해 변을 제대로 볼 수 없을 만큼 가난하다는 비유.

ㄱ ㄴ ㄷ ㄹ ㅁ **ㅂ** ㅅ ㅇ ㅈ ㅊ ㅋ ㅌ ㅍ ㅎ

박트리아(Bactria) 지금의 아프가니스탄 북부, 우즈베키스탄과 타지키스탄 등으로 이루어진 고대 지방 이름.

반 고흐(Vincent van Gogh) 1853~1890. 네덜란드의 인상파 화가.

반포(頒布) 모든 사람이 알도록 세상에 널리 폄.

발(跋) 발문(跋文). 책 끝에 본문 내용의 줄거리나 간행 경위에 관한 사항을 간략하게 적은 글.

발호(跋扈) 권세나 세력을 제멋대로 부리며 함부로 날뜀.

방게 바위겟과의 게. 껍데기는 네모꼴로 암녹색임. 바닷가에 가까운 민물의 모래 속에 삶.

방년(芳年) 여자의 스무 살 안팎의 꽃다운 나이.

방편(方便) 그때그때의 형편에 따라 일을 쉽게 처리할 수 있는 수단과 방법을 이르는 말.

방향(芳香) 좋은 향기.

배불(排佛) 불교를 배척함.

백사기(白砂器) 흰 사기그릇.

백정(白丁) 백장. 소나 돼지 따위를 잡는 일을 업으로 하던 사람.

백치(白痴) 나이에 비해 지능이 낮은 사람. 바보. 천치.

백화(百花) 온갖 꽃.

백화난만(百花爛漫) 온갖 꽃이 피어서 아름답게 흐드러짐.

버젓하다 흠 잡히거나 굽힐 것이 없이 떳떳하고 의젓하다.

버쩍 몹시 긴장하거나 힘을 주는 모양.

범상(凡常) 대수롭지 않고 예사로움.

범용(凡庸) 평범하고 재주가 남보다 못함.

벽(癖) 무엇을 너무 지나치게 즐기는 성향.

벽두(劈頭) 글이나 말의 첫머리.

변발(編髮) 머리를 땋아 늘임.

변인(變人) 괴짜. 색다른 사람.

변조(變調) 상태가 바뀜.

변태심(變態心) 본능의 이상(異常)이나 정신의 이상으로 나타나는 변질된 성욕.

변해(辨解) 잘 설명하여 밝힘.

병화(兵禍) 전쟁으로 말미암아 일어나는 재난과 재앙.

보나르(Pierre Bonnard) 1867~1947. 센 강 유역이나 남프랑스의 풍경과 지중해적 조화와 서정에 충만한 신화적·목가적 풍경을 그린 화가.

보들레르(Charles-Pierre Baudelaire) 1821~1867. 프랑스의 상징주의 시인이자 비평가. 『악의 꽃』을 출판해 프랑스 상징시의 선구자가 됨.

보지(保持) 어떤 상태를 온전하게 간직함.

복고(復古) 과거의 체제나 사상·전통 따위로 돌아감.

복속(服屬) 복종하여 따름.

봉두난발(蓬頭亂髮) 쑥대머리(어지럽게 흐트러진 머리)로 더부룩하게 엉클어짐.

봉욕(逢辱) 욕된 일을 당함.

부도　학덕이 높은 승려의 사리나 유골을 넣고 쌓은 둥근 돌탑.

부연(敷衍)　덧붙여 자세히 설명함.

부일(附日) 분자　일제에 협력하던 사람. 친일파.

부절(不絕)　끊이지 않음.

부진(不振)　세력이나 성적 또는 활동 따위가 움츠러들거나 떨어져 활발하지 못함.

부질없다　대수롭지 않거나 쓸모가 없다.

부처(夫妻)　부부.

북성(北猩)　북쪽의 붉은색.

분반(噴飯)　입에 든 밥을 내뿜는다는 뜻으로, 웃음을 참을 수 없음.

불가해(不可解)　이해할 수 없음. 알 수 없음.

불구대천(不俱戴天)　한 하늘 아래서는 같이 살 수 없다는 뜻으로, 도저히 그냥 둘 수 없을 만큼 원한이 깊이 사무침을 비유하여 이르는 말.

불두(佛頭)　인동과에 속하는 백당나무의 한 종류로, 절에 두고 보면서 즐기려고 심음.

불로불소(不老不少)　늙지도 않고 젊지도 않음.

불멸(不滅)　영원히 멸망하지 않음.

불연(不然)　그렇지 않음.

불우(不遇)　포부나 재능은 있어도 좋은 때를 만나지 못함. 또는 살림이나 형편이 딱하고 어려움.

불의(不意)　뜻밖.

붉은 딱지 운동　팔린 그림 밑에 붉은 딱지 붙이는 것을 가리켜, 그림을 팔려고 운동을 벌이는 일을 야유한 말.

비감(悲感)　슬픈 느낌.

비고(鼻高)　코가 높음.

비기다　비유하다.

비끼다　비스듬히 비치다.

비색증(鼻塞症)　한방에서, 코가 막혀 숨 쉬는 데 힘이 들고 냄새를 못 맡는 병을 이르는 말.

비승비속(非僧非俗)　승려도 아니고 속인도 아니라는 뜻으로, 이것도 저것도 아닌

어중간한 것을 비유하여 이르는 말.

비애(悲哀) 슬픔과 설움.

비진보적 사물의 내용이나 정도가 차츰차츰 나아지거나 나아가지 않음.

빈고(貧苦) 가난하고 고생스러움.

빈복(貧福) 가난을 타고남.

빈핍(貧乏) 가난함.

빙설리(氷雪裏) 얼음과 눈 속.

———— ㄱ ㄴ ㄷ ㄹ ㅁ ㅂ **ㅅ** ㅇ ㅈ ㅊ ㅋ ㅌ ㅍ ㅎ ————

사각모 사각모자. 윗면이 네모난 모자로 예전에는 대학생이나 전문학교 학생들이 쓰고 다녔는데, 요즘은 주로 졸업식 때만 씀.

사갈(蛇蝎) 뱀과 전갈.

사군자 품성이 군자와 같이 고결하다는 의미에서 매화·난초·국화·대나무를 이르는 말.

사기(砂器) 사기그릇.

사념(邪念) 사악한 생각.

사방향(斜方向) 비스듬한 방향.

사불사(似不似) 비슷하든 비슷하지 않든.

사산조 페르시아(Sasan朝Persia) 중세 페르시아 왕조(226~651). 현재의 이란 남서부 파르스 지방에 있던 오아시스 국가 이스타푸르(고대의 페르세폴리스)의 조로아스터교 제사장인 사산의 손자이며 군주인 파파크의 아들 아르데시르 1세가 창시함.

사의(謝意) 감사의 뜻.

사지(四肢) 사람의 팔과 다리.

사지 육신 사람의 산 몸뚱이.

사표(師表) 학식과 인격이 높아 세상 사람의 모범이 되는 일. 또는 그런 사람.

사풍(斜風) 비껴 부는 바람.

산다(山茶) 동백나무.

산재(散在) 이곳저곳에 흩어져 있음.

산출(産出) 물건을 생산해 냄.

산필(散筆) 산문. 수필.

삼동(三冬) 겨울의 석 달로, 가장 추운 때.

삼매경(三昧境) 어떤 일에 열중해 여념이 없음.

상매(賞梅) 매화를 감상함.

상습 못된 버릇을 몇 차례고 되풀이하는 일.

상완(賞玩) 사물의 아름다움이나 좋은 점을 음미해 아끼고 사랑함.

상음(桑陰) 뽕나무 그늘.

상인(常人) 상사람. 상민.

상정(常情) 누구나 가지고 있는 보통의 인정.

상판 '얼굴' 의 낮춤말.

색술 가마나 기·띠·보(褓) 따위의 둘레나 끝에 장식으로 다는 여러 가닥의 색실.

생때같다(生－－－) 몸이 튼튼해 통 병이 없다.

생질(甥姪) 조카.

생황(笙簧) 아악에 쓰는 관악기의 한 가지.

서간도(西間島) 백두산 북쪽의 옛 만주 일대. 지금의 중국 동북 지린 성(吉林省) 동쪽 끝에 있는 옌볜(延邊) 조선족 자치주에 거의 해당하는 지역의 서쪽을 가리킴.

서화협회전 서화협회는 1918년에 창립되어 1936년까지 존속했던 한국 최초의 근대적 미술 단체. 1915년 한국 최초로 일본에서 서양화를 전공하고 귀국한 고희동(高羲東)이 미술계의 주체적 근대화와 활성화를 위해 미술 단체의 필요성을 절감하고, 안중식(安中植)·조석진(趙錫晉)·오세창(吳世昌)·김규진(金圭鎭)·정대유(丁大有) 등과 함께 서화협회의 창립을 추진했다. 사업으로는 휘호회(揮毫會)·전람회·의촉 제작·도서인행(圖書印行)·강습소 운영 등 전시를 통한 회원의 활동과 후진 교육, 대중 계몽에 힘썼다. 1921년 4월에 제1회 서화협회전을 연후 서화협회전은 해마다 열렸으나, 1922년 조선 총독부가 주관하는 조선미술전람회가 창설됨으로써 약화되기 시작했다.

서회(敍懷)　품은 생각을 말함.

석불　돌로 만든 불상.

석상(席上)　참석한 자리.

석왕사(釋王寺)　함경남도 안변군(安邊郡) 설봉산(雪峰山)에 있는 절. 조선 태조 때 무학 대사가 지은 절로, 이성계와 인연이 있어 조선 왕실의 보호를 많이 받았다.

석조(石彫)　돌에 조각함.

선망(羨望)　부러워함.

선모심(羨慕心)　부러워하며 사모하는 마음.

선부(善夫)　김용준의 호.

선재(善哉)　참으로 훌륭하다고 감탄함.

선지(宣紙)　서화에 쓰는 중국 종이.

선지(先知)　앞일을 미리 앎.

설다　낯익지 못해 서먹하거나 어색하다.

섬광(閃光)　순간적으로 번쩍 빛나는 빛.

성가(聲價)　좋은 평판.

성개(盛開)　꽃·열매 따위가 한창 피거나 열림.

성격 파산자(性格破産者)　성격이 파탄에 이른 사람.

성관(盛觀)　성대한 구경거리.

성동격서(聲東擊西)　동쪽에서 소리를 내고 서쪽에서 적을 친다는 뜻으로, 적을 꾀어 이쪽을 공격하는 척하다가 반대쪽을 공격하는 전술.

성벽(性癖)　오랫동안 몸에 밴 버릇. 성질과 버릇.

성상(星霜)　별은 일 년에 하늘을 한 바퀴 돌고 서리는 해마다 내린다는 뜻에서, 세월 또는 일 년 동안의 세월을 비유해서 이르는 말.

세간　집안 살림에 쓰는 온갖 물건. 살림살이.

세렴(細簾)　가는 대〔竹〕로 촘촘하게 엮은 발.

세분(細分)　자세하게 분류함.

세속배　평범하고 속된 무리. 속물.

세우(細雨)　가랑비.

세인(世人)　세상 사람.

세잔(Paul Cezanne) 1839~1906. 프랑스의 화가. 처음에는 인상파에 속했으나, 그뒤 자연의 대상을 기하학적 형태로 바꾸는 독자적인 화풍을 개척했음.

세칭(世稱) 세상에서 흔히 말함.

세파(世波) 파도처럼 거센 세상살이의 어려움.

소갈머리 소가지. 마음속의 속된 말. 소갈딱지.

소관(所關) 관계되는 바.

소담(笑談) 우스운 이야기.

소담스럽다 생김새가 탐스럽다

소동파(蘇東坡) 1036~1101. 본명은 소식(蘇軾). 중국 북송(北宋) 때의 정치가·문학자. 자는 자첨(子瞻), 호는 동파 거사(東坡居士). 중국의 근세를 대표하는 사대부이며 당송 팔대가의 한 사람으로, 이지적인 학자이면서 섬세한 감각을 지닌 시인.

소복(素服) 상복. 흰옷.

소산(蕭散) 밀집된 사람·시설·건조물 따위를 흩어지게 함.

소산(所産) 생산된 바. 이루어진 바.

소요(逍遙) 자유롭게 이리저리 슬슬 거닐며 돌아다님.

소우(消憂) 걱정을 잊고 마음을 다스리기 위함.

소이(所以) 어떤 행위를 하게 된 까닭.

소인(素人) 어떤 일을 전문으로 하거나 직업적으로 하지 않는 사람.

소절(小節) 사소한 절조나 의리.

속물(俗物) 세속적인 명예와 이익에만 급급한 사람을 얕잡아 이르는 말.

속보(速步) 빠른 걸음.

속사(俗事) 세속의 자질구레한 일. 세속의 번거로운 일.

속소위(俗所謂) 이른바.

속칭(俗稱) 흔히 일컬음.

송전(松田) 솔밭.

솥발 재래식 솥 밑에 달린 세 개의 발.

쇄국(鎖國) 외국과의 교통이나 무역을 막음.

쇄소정제(灑掃庭除) 물 뿌리고, 비로 정원을 쓰는 일.

쇠미(衰微) 쇠잔하고 미약함.

수긍(首肯) 옳다고 인정함.

수담(手談) 서로 마주하여 말 없는 가운데 손만으로도 뜻이 통한다는 의미에서 바둑을 달리 이르는 말.

수더분하다 성질이 순하고 소박하다.

수묵(水墨) 빛이 엷은 먹물.

수연두옥(數椽斗屋) 두어 칸의 아주 작은 집.

수유(須臾) 잠시 동안.

수학(修學) 학업을 닦음.

숙원(宿願) 오래전부터 바라던 소원.

순직(純直) 마음이 순진하고 곧음.

순후(純厚) 순후(脣厚). 본래 '순박하고 인정이 두텁다' 는 한자어를 '입술이 두텁다' 는 얼굴의 특징을 뜻하는 동음이의어로 말놀이를 한 것임.

술어(術語) 학술어의 준말.

숫돌 칼이나 낫 따위를 갈아서 날을 세우는 데 쓰는 돌.

습속(習俗) 어떤 사회나 지역의 예로부터 내려오는 습관들이 생활화된 풍속.

승평(昇平) 나라가 태평함.

시경(詩境) 시에 그려진 경지. 시정(詩情)이 흐르는 경지.

시관(時觀) 장석표. 김용준과 함께 도쿄 미술 학교를 졸업함.

시러베 시러베아들. '실없는 사람' 을 욕으로 이르는 말.

시름 늘 마음에 걸리는 근심이나 걱정.

시머트리(symmetry) 좌우의 대칭과 균형.

시정(市井) 인가가 많이 모인 곳.

시쳇말 그 시대에 널리 유행하는 말. 시대의 유행어.

시혹(時或) 혹시의 옛말.

시흥(詩興) 시를 짓고 싶은 마음. 시심(詩心)을 일어나게 하는 흥취.

식수(食水) 식용으로 쓰는 물.

식자간(識者間) 배운 사람들 사이.

신경향(新傾向) 사상이나 풍속 등의 새로운 경향.

신도(新都) 새로운 도읍.

신미(新味) 새로운 맛.

신비시(神秘詩) 신비주의 경향을 띤 시.

신통변 보통 사람이 할 수 없는 일을 마음대로 하는 훌륭하고 신비스러운 힘.

심금 외부의 자극을 받아 움직이는 미묘한 마음.

심령(心靈) 마음이나 정신 작용을 일으킨다고 여겨지는 근원적인 존재.

심사를 부리다 고약스럽거나 심술궂게 굴다.

심산벽촌(深山僻村) 깊은 산속 외딴 마을.

심상하다 대수롭지 않고 예사롭다.

심연(深淵) 깊은 못. 헤어나기 어려운 깊은 구렁을 비유해서 이르는 말.

심우가(尋牛歌) 불교의 선종(禪宗)에서 본성을 찾는 것을 소를 찾는 것에 비유한
노래. 소를 찾아 떠난 동자가 마침내 도를 깨닫는 내용을 노래함.

심저(心底) 마음속 깊은 곳.

심혼(心魂) 마음과 혼(정신). 온 정신.

심회(心懷) 마음속에 품은 생각이나 느낌.

십년감수(十年減壽) 목숨이 10년이나 줄었다는 뜻으로, 몹시 놀랐거나 매우 위험
한 고비를 겪었을 때 이르는 말.

십이사도(十二使徒) 열두 명의 제자.

쌍희자(雙喜字) 장식이나 자수의 무늬로 쓰는 '희'(囍)의 이름.

쓰리꾼 소매치기.

쓰메에리 깃닫이 양복. 즉, 깃의 높이가 4cm쯤 되게 해서 목을 둘러 바싹 여미게
지은 양복.

ㄱ ㄴ ㄷ ㄹ ㅁ ㅂ ㅅ **ㅇ** ㅈ ㅊ ㅋ ㅌ ㅍ ㅎ

아도(阿道) 고구려 때 승려. 신라에 불교를 전함.

아르치파셰프(Mikhail Petrovich Artsybashev) 1878~1927. 러시아의 소

설가. 1905년 혁명 무렵부터 성·폭력·죽음 등을 주요 주제로 다루었으며, 죽음이라는 위협에 놓인 삶의 무의미함을 주장함.

아리스토텔레스(Aristoteles) B.C. 384~B.C. 322. 그리스의 철학자. 스승인 플라톤이 초감각적인 이데아의 세계를 중시한 데 반해 아리스토텔레스는 인간이 감각할 수 있는 세계를 중시하고, 이것을 지배하는 모든 원인을 인식하고자 하는 유물론의 입장을 취함.

아바레루 일본어로 '난폭하게 굴다'는 뜻.

아연(啞然) 너무나 놀라워서 말이 안 나오거나 어안이 벙벙함.

아취(雅趣) 아담한 정취. 또는 고상하고 운치 있는 취미.

아카데미즘 대학 등 최고의 연구 기관을 지배하는 학문 지상주의. 학문·예술상의 보수적·관료적인 권위주의. 형식뿐이고 내용이 따르지 않은 비현실적인 학문 경향.

아호(雅號) 문인·화가·학자 등이 본이름 외에 따로 지어 부르는 이름.

악성(惡性) 나쁜 성격.

악인(樂人) 악사(樂師)·악공(樂工)·악생(樂生)·가동(歌童) 등을 통틀어 이르는 말.

악인습(惡因習) 이전부터 전해 내려와 몸에 익은 나쁜 관습.

안두(案頭) 책상 위.

안심(眼深) 눈이 푹 들어감.

안위(安危) 편안함과 위태함.

안창남(安昌男) 한국 최초의 비행사.

알력(軋轢) 수레바퀴가 삐걱거린다는 뜻으로, 집안이나 한 집단 안에서 의견이 맞지 않아 서로 충돌하는 일.

암색(暗色) 어두운 느낌을 주는 빛깔.

암향(暗香) 어디서인지 모르게 그윽이 풍겨 오는 향기. 또는 어둠 속에 감도는 꽃향기.

앙리 루소(Henri Rousseau) 1844~1910. 프랑스의 화가. 사물을 단순화하고 명확하고 구성적인 구도를 구사해 입체파에 영향을 미침.

앙버티다 악착스럽게 버티다.

앙증스럽다 작으면서도 갖출 것은 다 갖추어 귀엽고 깜찍하다.

애독(愛讀)   어떤 책이나 신문, 잡지 따위를 즐겨 읽음.

애림(愛林)   나무와 숲을 사랑함.

애상(哀想)   슬픈 생각.

애조(哀調)   슬픈 가락. 시가(詩歌)나 음악 따위에 표현된 슬픈 느낌.

애착(愛着)   아끼고 사랑하는 대상에 정이 붙어 그것과 떨어질 수 없음.

애타심(愛他心)   타인을 사랑하는 마음.

애호(愛護)   아끼고 소중히 다루며 보호함.

액호(額號)   문에 붙이는 이름.

야국(野菊)   들국화.

야나기 무네요시(柳宗悅)   1889~1961. 일본의 철학자. 민예 운동 창시자. 일제가 조선에 행한 잘못된 정책을 비판하는 글과 한국 민족 예술의 우수성에 대한 여러 편의 글을 남김.

야단스럽다   시끄럽고 떠들썩하다.

야미쌀   배급 쌀을 빼돌려 암시장에서 거래하던 쌀.

야심발발(野心勃勃)   큰 뜻을 드날림.

양곡(洋曲)   서양의 음악.

양년(兩年)   작년과 올해.

양류(楊柳)   버드나무.

양미간(兩眉間)   두 눈썹 사이.

양생방(養生方)   양생법. 몸과 마음을 건강하게 잘 다스리는 법.

양이척화(攘夷斥和)   외국인을 얕보고 화해하자는 의견을 배척함.

양장(洋裝)   옷을 서양식으로 차려입음.

양협간(兩頰間)   두 볼 사이.

양호(羊毫)   양호필의 준말. 양털로 촉을 만든 붓.

어객(漁客)   고기 잡는 사람을 고기의 손님이라고 표현한 말.

어룽거리다   눈앞에 흐릿하게 어른거리다.

어별(魚鼈)   물고기와 자라. 바다에 사는 동물을 통틀어 이르는 말.

어스레하다   조금 어둑하다. 어스름하다.

언어도단(言語道斷)   매우 심하거나 매우 나쁘거나 해서 어이가 없어 말로 나타낼 수 없음.

얻어보다 '찾다' 의 사투리.

얼쑹덜쑹 여러 빛깔이나 무늬가 규칙적으로 섞여 어룽더룽한 모양.

여기(餘技) 전문 이외에, 취미로 몸에 지닌 기예(技藝).

여남은 열 가량부터 열이 좀 더 되는 수.

여명(黎明) 날이 샐 무렵. 어둑새벽.

여북 '오죽', '얼마나', '작히나' 의 뜻으로 언짢거나 안타까운 마음을 나타낼 때 쓰는 말.

여사(旅舍) 여관.

여성 시대(餘盛時代) 신라 불교 미술의 융성함이 고려 시대에 이어 온 것을 이르는 말.

여실하다(如實 —) 사실과 똑같다.

여울 강이나 바다의 바닥이 얕거나 폭이 좁거나 해서 물살이 세차게 흐르는 곳.

여의하다 일이 뜻대로 되다.

여지없다 더할 나위가 없다.

여풍(餘風) 큰 바람이 분 뒤에 아직 부는 바람. 전대(前代)부터 남아 있는 풍습이나 습관.

여하(如何) 어떠함.

역량 일을 해낼 수 있는 능력.

역전(力戰) 힘을 다해 싸움.

역증 '화' 의 높임말. 역정.

역현상(逆現狀) 반대의 현상.

연(研) 벼루.

연경(燕京) 중국의 수도. 지금의 북경.

연락 부절(連絡不絶) 왕래가 잦아 소식이 끊이지 않음.

연래(年來) 여러 해 이래.

연마(研磨) 학문이나 지식·기능 따위를 힘써 배우고 닦음.

연봉(連峰) 연이은 봉우리.

연상(聯想) 어떤 사물을 보거나 듣거나 생각하거나 할 때, 그와 관련 있는 다른 사물이 머리에 떠오르는 일.

연상배(年上輩) 나이 많은 사람.

연적(硯滴) 벼룻물을 담는 조그만 그릇.

연조(年條) 어떤 일에 종사한 햇수.

연탄 연기, 가솔린 냄새 연탄은 나무를 대신하는 새로운 연료이며, 가솔린은 자동차의 연료로 부유한 생활을 상징한다.

연호(年號) 임금의 재위 연대에 붙이는 칭호.

염정시(艶情詩) 연애를 노래한 시.

영달(榮達) 높은 지위에 오르고 귀하게 됨.

영롱하다(玲瓏—) 구슬에 반사되거나 비치는 빛처럼 맑고 아름답다.

영모(翎毛) 새나 짐승을 그린 그림을 화가들이 이르는 말.

영화(榮華) 권력과 부귀를 마음껏 누리는 일.

예운림(倪雲林) 예찬(倪瓚). 1301~1374. 중국 원(元)나라 말기의 화가이자 시인. 자는 원진(元鎭), 호는 운림(雲林). 벼슬에 뜻이 없어 풍류를 즐기는 은둔자 생활을 했으며, 조용한 취향의 산수화 양식을 창안함.

예증(例證) 실례(實例)를 들어 증명함.

오갑바 계집아이의 단발머리.

오계(梧溪) 오동나무가 있는 계곡.

오류 선생(五柳先生) 도연명.

오사모(烏紗帽) 관원이 관복을 입을 때 쓰던, 검은 사(紗: 얇고 발이 성긴 비단)로 만든 모자.

오원(吾園) 장승업.

오인(誤認) 잘못 보거나 잘못 생각함.

오죽잖다 변변하지 못하다.

옥말리다 안으로 오그라들어 말리다.

온아(溫雅) 온화하고 아담함.

와당(瓦當) 기와의 마구리.

완당서(阮堂書) 추사 김정희의 글씨.

완상(翫賞) 즐겨 구경함.

완서(阮書) 추사 김정희의 글씨.

완자창(卍字窓) '卍'자 모양의 창살이 있는 창.

완장(腕章) 팔에 두르는 표장(標章).

완적(頑敵) 완강하게 버티는 적.

왕세정(王世貞) 1526~1590. 중국 명나라의 문학자. 자는 원미(元美), 호는 봉주(鳳州)·엄주산인(弇州山人). 중국의 4대 기서(奇書) 가운데 하나로 알려진 『금병매』(金甁梅)가 그의 작품이라는 설이 있으며, 희곡으로는 『명봉기』(鳴鳳記)가 유명하다.

왕이보(王夷甫) 왕연(王衍)이라고도 함. 중국 위진(魏晉) 시대 사람으로 죽림칠현 가운데 한 사람인 왕융(王戎)의 사촌 동생. 노장(老莊) 사상에 깊이 빠져 명예와 이익을 떠난 맑고 고상한 이야기를 즐김.

왕청스레 차이가 엄청남.

왜국화(倭菊花) 일본 국화.

외빈(外賓) 손님. 여기서는 '외국 사람'을 뜻함.

외인(外人) 외국인.

외입쟁이 오입쟁이. 아내가 아닌 여자와 상습적으로 성관계를 갖는 사람.

요량(料量) 앞일에 대해 잘 헤아려 생각함.

요외(料外) 생각 밖. 요량 밖.

요원(燎原) 불타는 벌판.

요절(夭折) 젊어서 일찍 죽음.

요체(要諦) 사물의 가장 중요한 점. 요점(要點).

요충(要衝) 요충지의 준말. 매우 중요한 곳.

용기백출(勇氣百出) 여러 가지로 용기를 냄.

용천요(龍泉窯) 중국 최대의 청자요(靑磁窯). 북부의 청자 계보를 이어받아 북송(北宋)·남송(南宋)·원(元)·명(明)·청(淸)을 거쳐 오늘에 이른다.

용혹무괴(容或無怪) 혹시 그럴지라도 이상야릇할 것이 없음.

우려먹기 이미 썼던 내용을 다시 써먹음.

우미(優美) 뛰어나게 아름다움. 또는 우아하게 아름다움.

우열(優劣) 우수함과 열등함.

우키요에(浮世畵) 일본 에도 시대에 성행했던 풍속화의 한 양식. 속세(俗世)를 주로 그린 일본식 목판화.

운강(雲崗)과 용문(龍門) 운강, 용문은 거대한 불상들과 찬란한 벽화가 많은 중국의 유명한 석굴이 있는 곳.

운치(韻致) 고상하고 우아한 품격을 갖춘 멋.

웅기중기 크기가 다른 것들이 고르지 않게 많이 모여 있는 모양.

웅대(雄大) 웅장하고 큼.

웅변(雄辯) 청중을 감동시킬 수 있도록 조리 있고 힘차고 거침없이 말함.

웅지(雄志) 웅대한 뜻. 큰 뜻.

웅혼(雄渾) 시문(詩文)이나 필적 따위가 웅장하고 막힘이 없음.

원군(援軍) 전투에서 자기 편을 도와주는 군대.

원색(原色) 다른 빛깔로 더 분해할 수 없는, 모든 빛깔의 바탕이 되는 빛깔. 곧 빨강·노랑·파랑을 이름.

원(原) 수 본래 실력으로 아는 수.

원숙(圓熟) 인격이나 지식·기예 따위가 깊은 경지에 이름.

위정자(爲政者) 정치를 하는 사람.

위진(魏晉) 위나라와 진나라.

유덕(有德) 덕이 있음.

유동(流動) 이리저리 옮겨 다니거나 변천함.

유리(遊離) 다른 것에서 떨어짐. 또는 떨어져 존재함.

유린(蹂躪) 남의 권리나 인격을 함부로 짓밟음.

유사지추(有事之秋) 비상한 일이 있을 때. 유사시.

유생(儒生) 선비.

유아(幽雅) 깊은 품위가 있고 우아함.

유야무야(有耶無耶) 있는 듯 없는 듯 흐지부지함.

유열(愉悅) 유쾌하고 기쁨. 즐거움.

유위(有爲) 일을 할 만한 능력이 있음. 쓸모가 있음.

유작(遺作) 창작 예술가나 저작자가 살아 있을 때 공표하지 않았던 창작품이나 저작물.

유장(悠長) 길고 오램. 서두르지 않고 마음에 여유가 있음.

유지(有志) 어떤 일에 관심이나 뜻이 있는 사람.

유하소용(有何所用) 무슨 소용이 있겠는가.

유희(遊戲) 즐겁게 노는 일.

육조 시대(六朝時代) 중국 시대 구분의 하나. 오(吳)·동진(東晉)·송(宋)·남제(南齊)·양(梁)·진(陳) 등 6왕조를 가리킴.

윤우당(尹于堂) 1867~1926. 조선 후기의 한학자 윤희구(尹喜求)를 가리킴. 본관은 해평(海平), 자는 주현(周賢·周玄). 집에서 한학을 공부했으며, 1897년 조정에 사례소(史禮所)가 신설되자, 장지연(張志淵)과 함께 직원이 되어 『대한예전』(大韓禮典)을 편찬함.

윤택하다(潤澤—) 태깔이 부드럽고 번지르르하다.

으레 두말할 것 없이.

은거(隱居) 세상을 피해 숨어 삶.

은사(隱士) 벼슬을 하지 않고 숨어 사는 학식과 덕행이 높은 선비.

은안백마(銀鞍白馬) 은으로 이루어진 안장을 얹은 흰 말.

은익(銀翼) 은빛 날개. '비행기'를 멋스럽게 이르는 말.

음부(淫婦) 음탕한 여자.

음탕(淫蕩) 술과 여자에 마음을 빼앗겨 행실이 사리에 맞지 못함.

의발(衣鉢) 스승인 승려가 제자에게 주는 가사(袈裟)와 바리때라는 뜻. 불교의 오의(奧義: 매우 깊은 뜻)를 이르는 말.

의분(義憤) 의로운 마음에서 우러나오는 분노.

의연 전과 다름이 없음.

의장(衣裝) 옷을 차려입은 꾸밈새.

의타심(依他心) 남에게 의지하는 마음.

의협심(義俠心) 자신을 희생하는 일이 있더라도 불의의 강자를 누르고 정의의 약자를 도우려는 의로운 마음.

이그조티즘(exoticism) 다른 나라를 동경하는 취미.

이력(履歷) 지금까지 닦아 온 학업이나 거쳐 온 직업 따위의 경력.

이방(異邦) 다른 나라.

이상촌(理想村) 이상적인 사회. 유토피아.

이소사대(以小事大) 작은 것이 큰 것을 섬김.

이실직고 사실 그대로 고함.

이야다와 일본어로 '아이 싫다'는 뜻.

이욕(利慾) 이익을 탐하는 욕심.

이용후생(利用厚生) 편리한 기구 등을 잘 이용해 살림에 부족함이 없게 함.

이윽고 얼마쯤 있다가. 한참 만에.

이자겸(李資謙) ?~1126. 고려 시대의 신하로, 둘째 딸이 예종의 비가 된 후 외척으로 권세와 부귀를 누림. 왕위를 빼앗으려고 척준경(拓俊京)과 함께 난을 일으켰다가 실패하여 귀양 감.

이족(異族) 다른 민족.

이즈막 이제까지에 이르는 가까운 지난날.

이지(理智) 감정이나 본능에 치우치지 않고 깊은 지식으로 사물을 분별하고 이해하는 슬기.

이채(異彩) 남다름. 뛰어남.

이취(異趣) 이국적인 정취.

이해(利害) 이득과 손해.

익사(溺死) 물에 빠져 죽음.

인고(忍苦) 괴로움을 참음.

인도주의(人道主義) 모든 인류의 공존과 복지 실현을 꾀하려는 박애 사상. 휴머니즘.

인민(人民) 사회를 구성하는 사람. 국민. 민인(民人). 백성.

인세(印稅) 저작물의 출판과 발매를 조건으로 출판사에서 작가 또는 저작권자에게 지급하는 저작권의 신용료.

일군(一群) 한 무리.

일로(一路) 한 방향으로 곧장 뻗어 나가는 길.

일루(一縷) 한 오리의 실이라는 뜻으로, 몹시 약해 겨우 유지하는 정도의 상태를 비유해서 이르는 말.

일리(一理) 한 가지의 이치.

일별(一瞥) 한 번 흘낏 봄.

일사(逸士) 속세에 매이지 않고 유유자적하는 선비.

일선동조론(日鮮同祖論) '일본과 조선의 조상은 같다'는 설로, 일제가 한국 침략과 식민 통치를 합리화하기 위해 만든 역사관.

일수화(一樹花) 한 그루의 나무에 피는 꽃.

일어 상용(日語常用) 일상생활에서 일본어를 사용함.

일언반구(一言半句) 한마디의 말과 한 구(句)의 반이라는 뜻으로, 아주 짧은 말.

일우(一隅) 한구석.

일조일석(一朝一夕) 하루아침이나 하루 저녁이라는 뜻으로, 아주 짧은 시일.

일파(一派) 주의나 주장 또는 목적을 같이하는 한 동아리.

일파당(一派黨) 하나의 당파.

일판 일대 지역.

일필휘지(一筆揮之) 글씨를 단숨에 힘차고 시원하게 죽 써 내림.

일호반사(一毫半絲) 한 개의 가는 털이라는 뜻으로, 아주 작은 정도를 비유해서 이르는 말.

일화(逸話) 아직 세상에 널리 알려지지 않은 이야기.

임리(淋漓) 피·땀·물 따위가 흥건하게 흐르거나 뚝뚝 떨어지는 모양.

임포(林逋) 967~1028. 부귀를 추구하지 않고 매화와 학을 사랑하면서 세상을 피해 숨어 살며 독신으로 생애를 마친 북송의 시인. 송시(宋詩)의 선구자이며, 매화 시인으로 불릴 정도로 매화를 노래한 작품에 걸작이 많음.

임희지(林熙之) 1765~?. 조선 후기의 문인화가. 자는 경부(敬夫), 호는 수월당(水月堂)·수월헌(水月軒)·수월도인(水月道人). 특히 난초와 대나무를 잘 그렸다.

입구(入寇) 적이 쳐들어옴.

입성(入城) 성이나 수도에 들어옴.

입체파 20세기 초 프랑스에서 일어난 회화의 한 유파. 물체의 본질이나 형상을 이성(理性)으로 파악할 것을 주장하고, 물체의 모양을 분석해 기하학적인 점과 선으로 표현하려 했다. 입체주의. 큐비즘.

자당(自當) 스스로 짊어짐.

자못 생각보다는 훨씬.

자배기 질그릇의 한 가지. 둥글넓적하고 아가리가 쩍 벌어진 그릇.

자승자박(自繩自縛) 자기가 꼰 새끼로 스스로를 묶는다는 뜻으로, 자기가 한 말이나 행동 때문에 자신이 구속되어 괴로움을 당하는 것을 이름.

자시다 '먹다'의 높임말. 잡수다.

자욱하다 연기나 안개 같은 것의 끼어 있는 정도가 몹시 짙다.

자족(自足) 스스로 만족함.

자하 노인(紫霞老人) 조선 후기의 서예가 신위(申緯).

작고(作故) 고인이 되었다는 뜻으로, 사람의 죽음을 높여 이르는 말.

작금(昨今) 어제와 오늘. 요즈음.

작화상(作畫上) 그림 그리는 것과 관련한.

잔월(殘月) 거의 지려는 즈음의 달.

잡놈 행실이 나쁜 남자를 욕으로 이르는 말.

잡문(雜文) 일정한 문장 형식에 거리낌이 없이 닥치는 대로 쓰는 글.

장기(長技) 가장 능한 재주. 특기.

장년(壯年) 혈기 왕성하여 한창 활동할 나이. 또는 그런 나이의 사람. 일반적으로 서른 살에서 마흔 살 안팎을 이름.

장배(裝背) 그림이나 서예 작품을 붙여서 꾸미는 일.

장서(藏書) 책을 간직해 둠. 또는 그 책.

장승업(張承業) 1843~1897. 조선 말기의 화가. 자는 경유(景猶), 호는 오원(吾園), 취명거사(醉暝居士), 문수산인(文岫山人). 작품의 특징은 근대적 감각과 사실적 묘사가 돋보이는 것이다. 안견, 김홍도와 함께 조선 화단의 3대 거장으로 일컬어진다.

장안 서울을 수도라는 뜻으로 이르는 말.

장자(莊子) BC 365(?)~?. 중국 전국 시대(戰國時代)의 사상가. 제자백가(諸子百

家) 가운데 도가(道家)의 대표자.

장중(掌中)　손안. 무슨 일이 자기 뜻대로 되는 범위.

장지(壯紙)　두껍고 질긴 한지의 한 가지. 기름을 먹여 장판지로 씀.

재기(才氣)　재주가 있어 보이는 기질.

재민(災民)　재난을 당한 사람.

재분(才分)　재능과 자격.

재조(才操)　재주.

재현(再現)　다시 나타냄.

잽이　'재비'의 잘못. 일부 명사 뒤에 붙어 국악에서 악기를 연주하거나 노래를 부르거나 춤을 추는 기능자를 이르는 말.

저간　그동안. 요즈음.

저류(底流)　겉에 드러나지 않은 사물의 깊은 곳의 움직임.

저속(低俗)　품은 뜻이나 인격 따위가 낮고 속됨.

저어하다　두려워하다.

저열(低劣)　질이 낮고 옹졸하며 열등함.

적나(赤裸)　몸에 아무것도 걸치지 않은 발가벗은 상태라는 뜻으로, 있는 그대로 다 드러내어 숨김이 없음.

적막(寂寞)　고요하고 쓸쓸함.

적실(適實)　실제로 적당함. 실제로 잘 들어맞음.

전권(專權)　권력을 홀로 차지하여 마음대로 부림.

전단(傳單)　선전·광고를 하기 위해 사람들에게 돌리거나 눈에 잘 띄는 곳에 붙이거나 하는 종이.

전송(餞送)　떠나는 사람을 위해 잔치를 베풀어 작별하여 보냄.

전아(典雅)　바르고 아담하여 품위가 있음.

전업(轉業)　직업을 바꿈.

전원시(田園詩)　전원생활이나 자연미를 읊은 시.

전인(前人)　앞사람.

전일(專一)　마음과 힘을 오로지 한 가지 일에만 쏟음.

전제(田制)·　논밭에 관한 제도.

전지(田地) 논밭.

전지전(傳之傳) 전해 내려옴.

전철(前轍) 앞서 지나간 수레바퀴의 자국이라는 뜻으로, 앞사람이 실패한 경험.

점경(點景) 풍경화에 사람이나 짐승 등을 그려 넣어 정취를 더하는 일.

점묘파풍(點描派風) 18세기 프랑스에서 일어난 회화의 한 경향. 물감을 팔레트에 섞지 않고 각각의 물감을 그대로 써서 점묘의 화법으로 그림을 그린 점묘파의 분위기.

접을 붙이다 나무의 가지나 눈을 잘라서 다른 나무의 줄기나 가지에 옮겨 붙이다.

정감(情感) 정조와 감흥을 불러일으키는 느낌..

정교(精巧) 기계나 세공물 따위가 아주 세세한 부분까지 정밀하게 잘되어 있음.

정략(政略) 정치상의 책략.

정려(精麗) 깨끗하고 아름다움.

정립(鼎立) 솥발 모양으로 셋이 벌여 섬.

정박하다(碇泊—) 배가 닻을 내리고 머물다.

정소남(鄭所南) 1241~1318. 정사초(鄭思肖)의 아들로, 호는 삼외야인(三外野人)·일시거사(一是居士)이다. 원나라가 들어서자 뿌리 없는 난을 그려 몽골족에게 나라를 빼앗긴 슬픔을 나타낸 것으로 유명하다.

정수(精髓) 사물의 본질을 이룬 가장 뛰어난 부분. 가장 중요한 것.

정의(定義) 어떤 개념의 내용이나 용어의 뜻을 다른 것과 구별할 수 있도록 명확히 한정하는 일.

정정(政情) 정치의 형편. 정계(政界)의 움직임.

정진(精進) 정성을 다해 노력함.

정취(情趣) 정감을 불러일으키는 흥취.

정향(丁香) 용담목 물푸레나뭇과에 속하는 낙엽 활엽 관목.

제가(諸家) 여러 대가(大家).

제재(題材) 예술 작품이나 학술 연구 따위에서 주제의 재료가 되는 것.

제패(制覇) 패권을 잡음.

젠체하다 제가 제일인 체하다. 잘난 척하다.

조맹부(趙孟頫) 1254~1322. 중국 원(元)나라의 관리이자 서예가, 화가.

조반석죽(朝飯夕粥) 아침에는 밥, 저녁에는 죽을 먹는다는 뜻으로, 몹시 가난한 살림을 이르는 말.

조산(造山) 뜰이나 공원 등에 인공으로 산을 쌓아 만듦.

조석 아침과 저녁. 하루.

조선(祖先) 선조. 조상.

조수 해와 달의 인력에 의해 주기적으로 들어왔다 나갔다 하는 바닷물.

조숙(早熟) 나이에 비하여 정신적·육체적으로 발달이 빠름.

조어삼매(釣魚三昧) 물고기를 낚는 데 열중하여 여념이 없음.

조원(造園) 정원·공원·유원지 따위를 만듦.

조판(組版) 활판 인쇄에서, 원고에 따라 뽑은 활자로 인쇄판을 짬. 또는 그 판.

족계(族系) 대대로 이어 온 한 집안의 계통. 가계.

족적(足跡) 걸어오거나 지내 온 자취.

존숭(尊崇) 존경하고 숭배함.

졸년(卒年) 사망한 해.

종래 지금까지 내려온 그대로.

종횡 가로세로. 자유자재.

좋은 대조로 뚜렷이 대조를 이룸.

좌우(座右) 몸 가까운 곳.

주광(酒狂) 술에 미친 사람.

주시(注視) 눈여겨봄.

주시경(周時經) 1876~1914. 국어학자. 일명 한힌샘, 백천(白泉). 1907년 국문연구소 연구 위원이 되어 우리말과 글을 과학적으로 연구하고 체계를 세워 국어학을 중흥하는 데 선구가 됨.

주안(酒案) 주안상. 술상.

주안점(主眼点) 특히 중점을 두어 살피는 점. 또는 중심이 되는 목표점.

주추(柱礎) 기둥 밑에 괴는 물건.

중뿔나다 아무 관계가 없는 사람이 당치 않은 일에 참견하여 주제넘다.

중수(重修) 낡고 헌 것을 다시 손대어 고침.

즉기(卽起) 즉시 일어남.

증좌(證左) 어떤 사실을 증명하는 데 바탕이 되는 증거.

지고(至高) 더없이 뛰어남. 또는 더없이 훌륭함.

지남침(指南針) 자장(磁場)의 방향을 재기 위해, 수평으로 자유로이 회전할 수 있도록 한 작은 영구 자석. 나침반의 바늘.

지리다 똥이나 오줌을 참지 못해 조금 싸다.

지반(地盤) 기초나 근거가 될 만한 바탕.

지반(池畔) 못가.

지속(遲速) 더딤과 빠름.

직각(直覺) 추리나 경험·사고(思考) 따위에 의하지 않고, 보거나 듣는 즉시 그것이 무엇인지를 앎.

직관(直觀) 판단·추리·경험 따위의 간접 수단에 따르지 않고 대상을 직접 파악하는 일.

직장(直長) 조선 시대 때 종칠품 하급 벼슬.

진부(陳腐) 케케묵고 낡음.

진서(晉書) 당 태종의 칙명으로 방현령(房玄齡)이 지은 중국 진 왕조(晉王朝)의 역사를 다룬 정사(正史) 130권.

진서(珍書) 아주 귀한 책. 보배로운 책.

진세(塵世) 티끌 세상

진수(眞髓) 사물·현상의 중심 부분에서도 가장 중요한 부분.

진의(眞意) 참뜻.

진적(眞跡) 친필.

질감(質感) 재질(材質)에 따라 달리 느껴지는 독특한 느낌.

질박하다(質朴 ―) 꾸밈이 없이 수수하다.

질펀하다 물건 따위가 즐비하게 널려 있다.

집물(什物) 살림살이에 쓰이는 온갖 기구.

집중체 한군데로 모인 물건이나 존재.

찌 낚시찌. 물고기가 낚시를 물면 곧 알 수 있도록 낚싯줄에 매어 물 위에 뜨게 만든 가벼운 물건.

찝다 지적하여 살펴보다.

차치(且置) 내버려 두고 문제 삼지 않음.

착잡하다(錯雜―) 갈피를 잡기 어렵게 뒤섞여 어수선하다.

찬연하다(燦然―) 눈부시게 빛나다.

찬탄(讚歎) 깊이 감동하여 찬양함.

참선(參禪) 가부좌를 하고 정신을 집중해 마음에 떠오르는 모든 생각을 끊는 수행 법인 좌선(坐禪)을 하여 부처님의 가르침〔佛道〕을 닦는 일.

창일(漲溢) 물이 불어서 넘침. 의기나 의욕이 왕성하게 일어남.

채관(彩管) 그림 그리는 붓.

채색(采色) 여러 가지 고운 빛깔. 즉, 물감.

처세(處世) 남들과 사귀면서 살아가는 일.

처창하다(悽愴―) 몹시 구슬프고 애달프다.

처처(處處) 곳곳.

천변만화(千變萬化) 변화가 무궁함. 또는 천만 가지 변화.

천시하다(賤視―) 천하게 여기다.

천식(淺識) 얕은 지식이나 좁은 식견.

천양지판(天壤之判) 하늘과 땅처럼 큰 차이라는 뜻으로, 사물이 서로 엄청나게 다름을 이르는 말.

천진(天眞) 자연 그대로 조금도 꾸밈이 없음.

천착(穿鑿) 구멍을 뚫음. 어떤 내용이나 원인 따위를 파고들어 알려고 하거나 연구함.

천착(舛錯) 마음이 비꼬이고 어수선하며 혼잡함.

천태만상(千態萬象) 천차만별의 상태, 곧 모든 사물이 제각기 다른 모습을 하고 있음.

천행(天幸) 하늘이 준 은혜나 다행.

철리(哲理) 깊고 미묘한 이치.

철퇴(鐵槌) 쇠몽둥이.

첨삭(添削) 보충하거나 삭제하여 고침.

첩경(捷徑) 지름길.

청고(淸高) 사람됨이 맑고 고상함.

청담(淸談) 속되지 않은, 맑고 아담한 이야기.

청수하다(淸瘦—) 고결하고 야위다.

청아하다(淸雅—) 속된 티가 없이 맑고 아담하다.

청조(淸操) 깨끗한 정조나 지조.

청(請)하다 부탁하다.

체득(體得) 체험하여 진리를 터득함.

체증(滯症) 체하여 소화가 잘 안 되는 증세.

초당(草堂) 원채에서 따로 떨어진 곳에 짚이나 억새로 지붕을 이은 조그마한 집채.

초대면(初對面) 처음으로 마주 대함.

초명(初名) 처음에 붙인 이름.

초묵(焦墨) 진한 묵.

초속(超俗) 세속적인 것에 초연함. 한세상에서 뛰어남.

초지(初志) 처음에 품은 뜻이나 의지.

초충(草蟲) 풀과 벌레.

초현실파 서양화 화파(畵派)의 하나. 현실이 아닌 꿈과 허깨비의 세계를 상상으로 표현함.

촉망(囑望) 잘되기를 바라고 기대함.

촉체(蜀體) 한자 서체(書體)의 다른 이름. 송설체(松雪體)라고 함.

최북(崔北) 생몰년 미상. 조선 후기의 화가. 자는 성기(聖器)·유용(有用), 호는 성재(星齋)·기암(箕庵). 산수화에 뛰어나 최산수(崔山水)라 불렸으며, 조선의 산수를 그린 진경산수화의 중요성을 강조함.

추리 (북한) 오얏, 자두, 추리나무의 열매.

추사(秋史) 김정희(金正喜)의 호. 1786~1856. 조선 후기의 학자·서화가·금석학자(金石學者). 역대 명필을 연구하고 그 장점을 모아 독특한 추사체(秋史體)를 완성함.

추앙(推仰) 높이 받들어 우러름.

추종(追從) 남의 뒤를 따라 좇음.

추태(醜態) 추저분하고 창피스러운 태도나 짓거리.

축사도(縮寫圖) 원형보다 작게 줄여 베낀 그림.

출가(出家) 불교에서, 세속의 집을 떠나 불문(佛門)에 듦.

충동(衝動) 뚜렷한 목적이나 의사 없이 본능적·반사적으로 어떤 일을 하려고 하는 마음의 작용.

취사선택(取捨選擇) 쓸 것과 버릴 것을 가림.

취초(取招) 범죄 사실을 알아내기 위해 속속들이 조사함.

치 '사람' 또는 '이' 의 속된 말.

치레 잘 손질하여 모양을 냄.

치졸(稚拙) 유치하고 서툴고 보잘것없음.

치지도외(置之度外) 내버려 두고 문제로 삼지 않음. 상관하지 않거나 무시하여 내버려 둠.

침구 전문의(鍼灸專門醫) 침과 뜸으로 병을 다스리는 한방 전문 의사.

침식(寢食) 자는 일과 먹는 일.

침체(沈滯) 나아가지 못하고 그 자리에 머묾.

——————— ㄱ ㄴ ㄷ ㄹ ㅁ ㅂ ㅅ ㅇ ㅈ ㅊ **ㅋ** ㅌ ㅍ ㅎ

칸딘스키(Wassily Kandinsky) 1866~1944. 러시아 출신의 프랑스 화가. 현대 추상 미술의 선구자.

칸트(Immanuel Kant) 1724~1804. 18세기 후반 계몽사상의 성숙과 프랑스 혁명 시대를 맞이해, 이전의 서유럽 근세 철학의 전통을 집대성하여 근대적인 이성의 논리를 정립한 독일의 철학자.

코보 코주부. 코가 큰 사람을 농담 투로 이르는 말.

코스튬 복장(服裝). 의복(衣服). 어느 민족·시대·지방·계층 등의 독특한 옷차림.

코티 화장품 상표.

쿠빌라이(忽必烈) 1216~1294. 몽골의 제5대 황제이자, 중국 원나라의 시조. 남송을 멸망시키고 중국을 통일함.

타개(打開) 어떤 일이나 형편이 얽히거나 막힌 것을 헤치거나 뚫어 냄.

타족(他族) 다른 부족.

탈속성(脫俗性) 속세의 번뇌에서 벗어난 성격.

탐닉(耽溺) 어떤 일을 지나치게 즐겨 거기에 빠짐.

탐독(耽讀) (다른 일을 잊어버릴 정도로) 글 읽기에 빠짐.

터수 터. '처지'·'형편' 등의 뜻을 나타냄.

톨스토이(Lev Nikolaevich Tolstoy) 1828~1920. 러시아 작가. 도스토예프
스키와 더불어 19세기 러시아 문학을 대표하는 세계적 작가이며 사상가.

투기(投機) 확신도 없이 큰 이익을 노리고 무슨 짓을 함. 또는 그러한 행위.

투전 노름의 한 가지.

파생(派生) 하나의 본체에서 다른 사물이 갈려 나와 생김.

파자(破字) 글자를 쪼갬.

파행(跛行) 여러 사물이 균형이 잘 잡히지 않은 상태로 나아감.

판연(判然) 확실히 드러난 모양.

패기(覇氣) 적극적으로 일을 해내려는 기백.

패세(敗勢) 패하는 형세.

패패소년 패기 있고 혈기 왕성한 젊은이.

페이디아스(Pheidias) BC 5세기 고전 전기의 숭고 양식을 대표하는 거장. 아테

네에서 태어났으며, 화가인 카르미데스의 아들.

편발(編髮) 지난날, 관례(冠禮)를 하기 전에 머리를 땋아 늘이던 일. 또는 그 머리.

평가(評家) 평론가.

폐공(廢工) 공부나 하던 일을 그만둠.

폐단(弊端) 어떤 일이나 행동에서 나타나는 옳지 못한 경향이나 해로운 현상.

폐륜(廢倫) 혼인을 하지 않거나 혼인을 못함.

폐풍(弊風) 나쁜 풍습. 폐해가 되는 풍습.

포비즘 야수파. 20세기 초에 프랑스에서 일어난 회화의 한 유파로, 대담한 색채의 대비와 거친 필치를 특징으로 함.

포정(庖丁) 백정.

폴 고갱(Eugne Henri Paul Gauguin) 1848~1903. 프랑스의 후기 인상파 화가.

표연하다 (홀쩍 떠나는 모습이) 홀가분하고 거침없다.

표징(表徵) 겉으로 드러나는 특징이나 상징.

풀섶 풀이 쌓인 곳.

품 동작이나 됨됨이·꼴 따위의 뜻을 나타내는 말.

풍미(風味) 음식의 좋은 맛.

풍진(風塵) 바람과 티끌.

프로이트(Sigmund Freud) 1856~1939. 오스트리아의 정신과 의사. 정신 분석학의 창시자.

플라톤(Platon) BC 428~?. 그리스의 철학자. 서양 관념론적 이상론의 원조.

피상적 실상을 파악하지 못하거나 드러내지 못함.

필력(筆力) 그림이나 글씨의 획에 드러난 힘.

필립 모리스 미국 담배 상표의 하나

필법(筆法) 글씨나 문장을 쓰는 법.

필세(筆勢) 글씨의 획에 드러난 기세. 필력(筆力).

하관(何關) 무슨 관계가 있겠는가.

하릴없다 어떻게 할 도리가 없다.

하부다이(羽二重) 얇고 윤이 나는 순백색 비단.

하악부(下顎部) 아래턱.

학정(虐政) 국민을 괴롭히는 포악한 정치.

한담(閑談) 심심풀이로 이야기를 주고받음. 또는 그 이야기.

한묵(翰墨) 문한(文翰)과 필묵(筆墨)이라는 뜻으로, 글을 짓거나 쓰는 일을 이르는 말.

한식(寒食) 동지에서 105일째 되는 날. 이날 종묘(宗廟)와 능원(陵園)에는 제향을 올리고, 민간에서는 성묘를 함.

한식경(-食頃) 한 차례 음식을 먹을 만한 동안이라는 뜻으로, 잠깐 동안을 이르는 말.

한아(閑雅) 한가롭고 아취가 있음. 고요하고 멋이 있음.

함지박 통나무를 파서 큰 바가지같이 만든 그릇.

함축(含蓄) 풍부한 내용이나 깊은 뜻이 들어 있음.

항례(恒例) 늘 해 온 예법.

항전(抗戰) 적에 대항하여 싸움.

해 주로 내, 네, 뉘(누구), 우리 다음에 쓰여 소유물임을 나타냄.

해구(海狗) 바닷개. 물개.

해금(解禁) 금지했던 것을 풂.

해삼위(海蔘威) 블라디보스토크.

해저(海底) 바다의 밑바닥.

해조(諧調) 잘 조화됨.

해지다 해어지다. 옷이나 신 따위가 닳아서 구멍이 나거나 찢어지다.

해체(解體) 흩어지거나 없어짐.

해학(諧謔) 익살스러우면서 풍자적인 말이나 짓.

해후(邂逅) 우연히 만남.

행랑살이 남의 행랑을 빌려 들고, 대가로 그 집안의 일을 도와주며 사는 생활.

행보(行步) 걸음을 걸음.

행색(行色) 차림새 또는 모습.

행세거리 권세를 부릴 수 있는 거리.

행여 어쩌다가라도. 운 좋게.

행장(行裝) 여행할 때 쓰는 물건과 차림.

향락(享樂) 즐거움을 누림.

향토색 그 지방 특유의 정취나 풍속. 지방색.

허수하다 모르는 사이에 없어져 빈자리가 난 것을 깨닫고 허전하고 서운하다.

헤겔(George Wilhelm Friedrich Hegel) 1770~1831. 독일의 철학자. 독일 관념론의 완성자로, 그가 주장한 변증법적 원리는 19세기 이후의 사상과 학문에 큰 영향을 끼쳤음.

현격하다(懸隔—) 동떨어지게 거리가 멀거나 차이가 크다.

현명(賢明) 사리에 밝음.

현숙하다(賢淑—) 여자의 마음이나 몸가짐이 어질고 정숙하다.

현현(顯現) 명백하게 드러남, 또는 드러냄.

현황(眩慌) 정신이 어지럽고 황홀함.

혈거 생활(穴居生活) 굴에서 사는 생활.

협애(狹隘) 좁고 너그럽지 못함.

협잡물 어떠한 물질에 섞여 그 물질을 불순하게 만드는 물질.

협잡이 옳지 않은 짓으로 남을 속이는 사람. 협잡꾼.

형언(形言) 사물의 어떠함을 말로써 표현함.

형이상학(形而上學) 사물의 본질이나 존재의 근본 원리 따위를 사유(思惟)나 직관에 의해 연구하는 학문.

혜원(蕙園) 신윤복(申潤福)의 호. 1758~?. 김홍도(金弘道), 김득신(金得臣)과 더불어 조선의 3대 풍속 화가로 일컬어짐. 그는 풍속화뿐 아니라 남종화풍(南宗畵風)의 산수(山水)와 영모(翎毛) 등에도 뛰어났음.

호(戶) 그림 화포(畵布)의 크기를 나타낼 때 숫자 뒤에 붙여 쓰는 말.

호곡(呼哭) 소리내어 슬피 욺.

호구(糊口) 입에 풀칠을 한다는 뜻으로, 간신히 끼니만 이으며 사는 일을 비유해서 이르는 말.

호국(護國) 외적에게서 나라를 지킴.

호단(毫端) 붓끝.

호방(豪放) 도량이 크고 작은 일에 거리낌이 없음.

호복(胡服) 호인(胡人)의 옷. 야만인의 의복에 관한 규정.

호사(豪奢) 매우 호화롭고 사치스럽게 지냄. 또는 그런 상태.

호인(好人) 좋은 사람.

호젓하다 무서운 느낌이 들 만큼 고요하고 쓸쓸하다.

혹곡혹소(或哭或笑) 소리 높여 웃다가 울다가 함.

혹자(或者) 어떤 사람.

혼쇄(渾灑) 가라앉히거나 흩뿌려 없앰.

홀란(惚爛) 황홀하고 찬란함.

홉 한 되의 10분의 1.

홍록청황(紅綠靑黃) 빨강, 초록, 파랑, 노랑.

화구대(畵具代) 그림 도구의 값.

화단(畵壇) 화가의 사회.

화도(畵道) 그림 그리는 길.

화상(畵想) 그림에 대한 구상.

화상(畵像) 어떠한 사람을 못마땅하게 이르는 말.

화액(畵額) 그림의 액자.

화욕(畵慾) 그림을 그리고 싶은 욕구.

화용구(畵用具) 그림 그리는 도구.

화우(畵友) 그림 그리는 벗.

화인전(畵人傳) 화가에 관한 글.

화재(畵材) 그림으로 그릴 소재.

화정(和靖)의 고사(故事) 화정은 임포를 말하는데, 아내와 자식이 없는 대신 자신이 머무는 곳에 수많은 매화나무를 심어 놓고 학을 기르며 즐겁게 살았던 그를 가리켜 후세 사람들이 매화 아내에 학 아들이라는 의미로 매처학자라고 불렀다는 고사를 말한다.

화제(畫題) 그림의 제재나 제목. 또는 그림 위에 쓰는 시문.

화집(畫集) 그림을 모아서 엮은 책.

화취(畫趣) 그림의 정취.

화필을 희롱하다 '붓으로 장난을 치다' 라는 뜻으로, 그림 그리는 것을 멋스럽게 표현한 말.

화하다(化一) 어떤 현상이나 상태로 바뀌다.

화학도(畫學徒) 그림을 공부하는 사람.

화흥(畫興) 그림을 그리는 흥.

확호(確乎) 아주 든든하고 굳셈.

환 막치(아무렇게나 만든 품질이 낮은 물건)의 그림.

환골탈태(換骨奪胎) 뼈를 바꾸고 태(胎)를 빼앗는다는 뜻에서, 선인의 시(詩)나 문장을 살리되 자기 나름의 새로움을 보태 자기 작품으로 삼는 일. 또는 얼굴이나 모습이 이전에 비해 몰라보게 좋아졌음을 비유하여 이르는 말.

환산(換算) 단위가 다른 수량으로 고쳐 계산함.

환언(換言) 바꾸어 말함.

환을 치다 막치의 그림을 그리다.

환쟁이 화가를 낮추어 이르는 말.

활보 큰 걸음으로 당당히 걷는 일. 또는 그 걸음.

황(黃)고집 평양 황고집에서 유래한 말로, 고집이 몹시 센 사람.

황산곡(黃山谷) 벌거숭이 산골짜기.

황요(黃耀) 누런 흙바닥을 드러냄.

회면(繪面) 그림.

회신(灰燼) 흔적 없이 아주 타 없어짐.

회한(悔恨) 뉘우치고 한탄함.

횡행 거리낌없이 멋대로 행동함.

효시(嚆矢) 지난날 중국에서 전쟁을 시작하는 신호로 우는살을 먼저 쏘았다는 데서, 사물이 비롯된 맨 처음을 비유하여 이르는 말.

후레자식　보고 배운 범절이나 지식 없이 막되게 자라서 버릇이 없는 사람을 욕으로 이르는 말.

후생(後生)　자기보다 뒤에 태어난(태어날) 사람. 자기보다 뒤에 배우는 사람.

후줄근하다　옷이나 피륙 따위가 젖어 풀기가 없어져서 보잘것없고 궁상스럽다.

후지기누(富士絹)　노란 미색의 견직물.

훈도(訓導)　학문이나 덕으로써 사람을 감화(感化)함.

훈수(訓手)　바둑이나 장기 따위에서, 귀띔하여 수를 가르쳐 줌.

휘슬러(James A. McNeill Whistler)　1834~1903. 미국 화가. 아카데미즘에 반발해 쿠르베, 마네 등의 전위적인 경향에 이끌렸고, 인상파 화가들과 교유하면서 독자적인 화풍을 구축함.

휘호회(揮毫會)　붓을 휘둘러 글씨를 쓰거나 그림을 그리는 모임.

휘황하다(輝煌—)　휘황찬란하다. 광채가 눈부시게 빛나다.

희라(噫−)　문어 투의 말로, '아아 슬프다' 라는 뜻.

희멀겋다　희고 깨끗하게 맑지 않아 약간 흐린 듯하다.

희멀끔하다　살갗 따위가 희고 훤하게 깨끗하다.

희비애노(喜悲哀怒)　기쁨, 슬픔, 서러움, 분노.

희한(稀罕)　썩 드묾. 또는 썩 신기하거나 귀함.

히가미 근성　괜히 사물을 삐딱하게 보는 성격.

히사시가미　앞머리를 쑥 내밀게 빗는 것.

근대 미술의 선구자

평생을 그림과 더불어 살다

근원近園 김용준金瑢俊은 1904년 2월 3일 경상북도 선산善山에서 태어났습니다. 당시 그의 부모님은 농사를 지으며 조그만 한약방을 꾸리고 계셨습니다. 그는 어릴 때부터 그림에 소질을 드러내는 한편, 1920년 경성(지금의 서울)에 있는 중앙고등보통학교에 입학해서도 발군의 성적을 거두었습니다. 전교에서 2등을 할 정도로 명석한 두뇌와 실력을 지녔으며, 특히 도화圖畵, 음악, 한문 과목을 잘했다고 합니다.

김용준은 재학 시절 서양화의 선각자인 이종우李鍾禹에게 본격적인 미술 수업을 받았습니다. 그때 함께 미술 공부를 했던 이마동李馬銅, 길진섭吉鎭燮, 김주경金周經, 구본웅具本雄 같은 동료들이 모두 저명한 근대 미술의 선각자입니다. 김용준은 이렇게 고려미술원에서 이마동, 구본웅과 함께 그림을 공부하고 이듬해에 제3회 조선미전에서 입선을 합니다. 그리고는 그림에 대한 열정을 유감없이 쏟아 내기 위해 일본 유학을 결행합니다.

그후 1931년 도쿄미술학교 서양화과를 졸업하고 본국으로 돌아온 그는, 조선 향토색론을 앞장서서 주장해 유력한 미술 평론가로서 이름을 드높이기 시작했습니다. 1930년대 중반까지 사실적인 자연주의 수법을 사용한 유화 작품을 발표하는 동시에 미술 평론과 한국 미술사를 연구하는 데 힘을 쏟았습니다. 그리고 1938년 무렵부터는 화풍을 바꾸어 전통 수묵화를 그리는 데 온 힘을 기울였습니다.

그는 1937년 보성고등보통학교 미술 교사로 재직했으며, 해방 후에는 서울대학교 회화과 교수로 취임했습니다. 하지만 국대안 반대 운동(1946년, 여러 학교를 통합해 국립서울대학교를 설립하려는 미 군정의 정책에 반대한 운동)의 여파로 서울대학교 교수직을 그만두고, 동국대학교 교수로 취임합니다. 그러다 한국 전쟁이 벌어지던 1950년 9월, 가족을 데리고 월북해 평양미술대학 교수가 되었습니다.

이후 김용준은 조선 화가(전통 화가)로서 수묵 담채화를 그리는 한편, 고구려 고분 벽화에 대한 독보적인 연구를 수행하는 등 북한에서도 화가로서 또 미술 평론가이며 미술 사학자로서 뚜렷한 발자국을 남기고, 1967년에 세상을 떠났습니다.

조선의 근대 미술을 위하여 앞서 나가다

화가로서 김용준에 대해 말하자면, 무엇보다도 그는 식민지 조선에 서양화가 막 도입되던 시기의 서양화 제1세대 화가라고 불러야 할 것입니다. 한마디로 김용준은 조선 근대 서양화의 선구자입니다. 조선의 근대 미술은 다른 분야와 마찬가지로 일본을 통해 서구의 미술을 받아들이는 과정을 거쳐 성립하고 발전했습니다. 이를테면 김용준이 수학한 도쿄미술학교는 일본의 유일한 국립 미술 학교였고, 초기의 서양화 지망생들은 거의 대부분이 이 학교로 유학을 가서 미술을 공부했습니다. 그러니까 도쿄미술학교는 초기 근대 미술을 받아들이는 데 핵심적인 통로 역할을 했습니다.

하지만 김용준은 일본의 근대 미술을 받아들이는 데 머물러 있을 수는 없다고 생각했습니다. 그렇기 때문에 일본 유학에서 돌아온 뒤 그림 창작뿐 아니라 이론 면에서도 조선 화단을 계몽하고 비판함으로써 새로운 근대 미술을 창조하는 데 주도적인 역할을 했습니다. 김용준은 "오인吾人이 취할 조선의 예술은 서구의 그것을 모방하는 데 그침이 아니요, 또는 정치적으로 구분하는 민족주의적 입장을 설명하는 짓도 아니요, 진실로 향토적 정서를 노래하고 그 율조를 찾는 데 있을 것이다"라고 했습니다. 그의 예리한 필치는 조선에 참다운 근대 미술을 꽃피우려는 노력이었으며, 그는 미술 평론과 더불어 조선의 미술에 관한 이론과 역사를 탐구하는 데 열심을 다했습니다. 일제 강점이라는 역사적 조건 아래서 총독부가 주관하는 조선미전을 거부하고 스스로 미술 집단을 결성해 민족 미술을 지향했던 것은, 이와 같이 주체적으로 조선의 근대 미술을 정착시키고자 한 그의 노력을 잘 보여 줍니다.

비판 정신을 통해 고유한 조선 미술을 지향하다

김용준은 어떤 작품들을 남겼을까요? 그의 작품을 여기서 전부 소개하기는 힘들 것입니다. 하지만 그가 그 시대의 역사나 사회에 대한 비판 정신을 토대로 독창적인 작품 세계를 구축했다는 사실은 이해할 필요가 있습니다. 그는 도쿄미술학교 시절에 졸업 작품으로 달리는 기차가 뒤집히는 그림을 그렸는데, 이것이 자본주의 사회의 부패상을 표현했다고 하여 일제 경찰에 압수당하는 일이 있었다고 합니다. 이런 일은 지금은 상상하기 힘들지만, 전체주의 사회의 분위기가 잘 느껴지는 일 아닙니까.

한편 〈동십자각〉東+字閣이라는 작품이 있는데, 이는 경복궁의 동십자각이라는 건물을 조선 총독부 청사 신축에 따라 현재의 위치로 옮겨 짓는 공사 광경을 그린 것입니다. 이 그림은 전통 문화 유산이 일본 제국주의에 의해 유린되는 현장을 그렸다는 점에서 청년 화가 김용준의 정신을 상징적으로 보여 준다고 할 수 있습니다. 당시 도쿄미술학교에는 보수적이고 관료적인 아카데미즘에만 치우친 화풍이 지배적이었지만, 제1차 세계 대전이 끝날 무렵인 1920년대부터는 새로운 경향이 일어나기 시작했습니다. 다다이즘, 초현실주의, 미래파, 구성주의, 표현파 등 전위적인 예술 사조가 흘러 들어오는 한편, 프롤레타리아 미술 운동이 큰 호응을 얻었습니다. 하지만 그가 이해하던 프롤레타리아 미술은 당시에 유행하던 마르크스주의의 예술 이념과는 차이가 있어서, 나중에 그는 조선에 등장한 프롤레타리아 예술론에 대항해 논쟁을 벌이기도 했습니다.

요컨대, 김용준은 어디까지나 동양 미술과 서양 미술을 성실하게 탐구함으로써 조선의 미술이 자율적인 발전 방향을 찾아야 한다고 주장했습니다. 서구 미술과 접촉하면서 일본 나름의 근대 미술을 확립하고자 했던 일본 화단의 움직임을 특히 눈여겨보았고, 김용준 자신도 새로운 사조에 지적으로 적극 참여하고 대응함으로써 주체적인 미술 세계를 추구했습니다.

조선 민족 미술의 정체성을 탐구하다

조선의 프롤레타리아 미술 진영은 소재 면에서 당대의 시대상과 식민지 현실을 표현할 것, 그리고 미술이 민중 운동에 적극 가담해야 할 것 등을 주장했습니다. 특히 민족 미술에 관해서는 그때까지의 미술을 중심에 두었습니다. 그러나 김용준은 민족 미술을 지향한다고 해서 현대 미술을 배격하는 데는 반대하여, "취재取材를 조선 인물로 했다고 그것이 결코 조선의 회화는 아니다. 이런 입각지立脚地에서 보아 제4계급을 취재로 했거나 룸펜 생활을 묘사했다고 할지라도 관자는 다만 그 작가가 대상을 얼마만큼 미적으로 응시했는가 하는 점을 찾을 뿐이요, 기타에 문학적 취재라든가 취재 내용 여하가 하등의 기여를 할 가능성은 없다"라고 했습니다.

　　김용준은 이러한 생각 때문인지 서양화에서 동양화로 창작적인 변신을 꾀합니다. 중앙고보에 재직할 때 미술 교사로서 붓글씨 지도를 맡았던 그는, 서예가들의 가르침을 받으면서 붓글씨 공부에 열심이었고, 사군자四君子 같은 전통 묵화를 그리기 시작했습니다. 그중에서도 조선의 사대부들이 그리던 그림인 문인화에 심취해, 마침내 본래 자신의 전공인 서양화에서 벗어나 전통적인 수묵화를 이어받는 화가가 되기에 이릅니다.

빼어난 문장으로 미술 평론의 경지를 열다

김용준이 남북한을 통틀어 문화 예술인으로서 널리 대접받는 이유는, 그가 조선의 화단을 개척하고 이끈 화가였기 때문입니다. 하지만 그의 업적은 결코 미술 영역에 국한되지 않습니다. 그는 화가일 뿐만 아니라 미술 평론이나 미술사를 연구한 이론가로서도 독보적인 위치를 차지합니다. 김용준은 일제 말기부터 한국 미술사 연구에 몰입해 전통적인 미술 작품을 깊이 탐구하고, 서화나 골동품 등 문화유산에 대한 높은 안목과 식견을 쌓았습니다.

그가 남긴 미술사에 관한 많은 저술은 주체적인 조선 미술을 발전시켜야 한다는 그의 견해를 실천한 결과라고 볼 수 있습니다. 특히 그는 해방 후에 그때까지의 미술사 연구를 정리해 『조선미술사대요』朝鮮美術史大要를 완성했는데, 이 책은 해방 이후 식민 잔재를 걸러 내고 민족정신을 바탕으로 발간한 첫 미술사 서적으로서 현재까지도 커다란 의의를 지니는 저작입니다. 이와 같이 전통화론과 조선 미술사 같은 미개척 분야에 관한 이론 작업 덕분에 조선의 근대 미술은 스스로의 미학을 갖추었고, 서양 미술이나 일본 미술을 모방하거나 받아들이는 데서 더 나아갈 수 있었다는 점에서 매우 중요한 의미를 지닙니다.

김용준은 문학인을 능가하는 글 솜씨를 발휘해 투박한 멋과 곰삭은 맛이 넘치는 문장으로 많은 독자들의 마음을 사로잡았습니다. 그의 수필은 결코 화려하지 않으나, 그 속에 지성과 지혜가 담뿍 녹아 있습니다. 그런데도 한국 전쟁 때 월북했다는 이유로 그의 존재는 지금까지 안타깝게도 어둠 속에 묻혀 있었습니다.